추천평

앞으로의 전개를 예측할 수 없는 도입부, 이어지는 갑작스러운 이야기의
전환과 더불어 다채롭고 생생한 인물들의 등장 등 여러 면에서 눈길을 끈다.
〈스타트렉〉과 코니 윌리스의 소설 등 기존 SF를 떠오르게 하는 오마주로
장르 팬들의 즐거움을 더해줄 장면이 특히 많지만,
인류를 되돌아보게 하는 냉소적이지만 온기를 잃지 않는 시선은
더욱 폭넓은 독자들에게 닿을 수 있는 요소다.

_김초엽, 소설가

SF 독자로서는 그야말로 팝콘을 튀겨 옆에 두고 읽어야 할 듯한 소설이다.
코니 윌리스에 오마주를 바치는 설정과 전개, 속 깊은 유머,
사소할 수 있는 설정을 묵직하게 빚어내는 작가의 글솜씨와
재치있는 대사가 두루 호평을 받았다.

_이다혜, 〈씨네 21〉 기자

꽁냥꽁냥한 잡식성 주인공이 (미국이 아니고) 서울에서 태연하게 맞이하는
〈스타트렉〉의 파편들이 넘치고 시종 흥미롭고 유쾌하다.

_민규동, 영화감독

굉장히 소품인 것처럼 보이지만, 결말에 가서 소품이 아니라는 점이
매력적이다. 소품인 것처럼 보이면서도 이 긴 이야기를 거침없이 끌고간
필력도 훌륭하다. 작고 사소한 이야기인 줄 알았던 것을
끄트머리에 연결해서 마무리 짓는 솜씨도 좋았다.

_이서영, 소설가

표지 설명

　　표지로 쓰인 작품은 만화가이자 일러스트레이터인 김산호 작가가 그렸다.
그림은 앞표지와 책등을 가로질러 뒤표지까지 이어진다.

앞표지에는 긴 머리의 여성이 따뜻한 스웨터 차림에 목도리를 두르고 정면을 응시하고 있다. 이 이야기의 주인공인 나영이다. 머리부터 상반신까지의 모습이 표현되어 있고, 화면의 반 정도를 차지하고 있다. 끝에 술 장식이 있는 빨간색 목도리와 긴 머리카락은 바람에 살랑살랑 휘날리고 있다. 나영의 위쪽 공간에는 손가락만 한 크기의 글씨로 '크리스마스 인터내셔널'이라고 적혀 있고, 그 아래에는 조금 작게 '김원우 장편소설'이라 적혀 있다. 나영의 주변에는 크리스마스 별 장식과 리본 끈들이 부드럽게 파동을 그리며 넘실대고, 통통 튀어 오르는듯하게 붉은색 신선한 자몽의 과육 조각과 과즙이 흩날리고, 산타 모자를 쓴 자몽이 떠다닌다. 그림 속 객체들이 저마다 다른 방향으로 흘러 다녀서 크리스마스의 즐거운 분위기와 다채로움이 동시에 느껴진다.

진저브레드 모양의 초록색 외계인 쿠키가 나영의 근처에서 둥둥 떠다닌다. 외계인 쿠키는 하얗고 동그란 털 장식이 끝쪽에 달린 목도리를 하고 있다. 귀여운 모습에 왠지 먹기 미안해지는 쿠키다. 쿠키 위쪽에는 북극곰 두 마리가 있는 작은 스노글로브가 둥둥 떠다니고 있는데, 하늘색 유리구체 주변을 빙 두른 얇고 평평한 띠가 있어 행성 같아 보이기도 한다.

뒤표지 오른쪽 위에 외계인 쿠키가 하나 더 있고 그 왼쪽에는 복숭아와 커다란 스노글로브가 있는데, 스노글로브 속에는 한쪽 턱을 괴고 잠들어 있는 아이가 있다. '피치'였던 어린 나영의 모습이다. 스노글로브가 흔들렸는지 유리돔 속에 눈이 내리는 것처럼 보인다. 그 아래에는 소설 속 등장인물 동욱이 그려져 있는데, 단정한 회색 양복 차림에 각진 까만 가방을 든 채 푸른 넥타이를 휘날리며 뛰어오는 모습이다.

글쓴이 _김선예, 디자이너

크리스마스
인터내셔널

크리스마스  인터내셔널

김원우 장편소설

아작

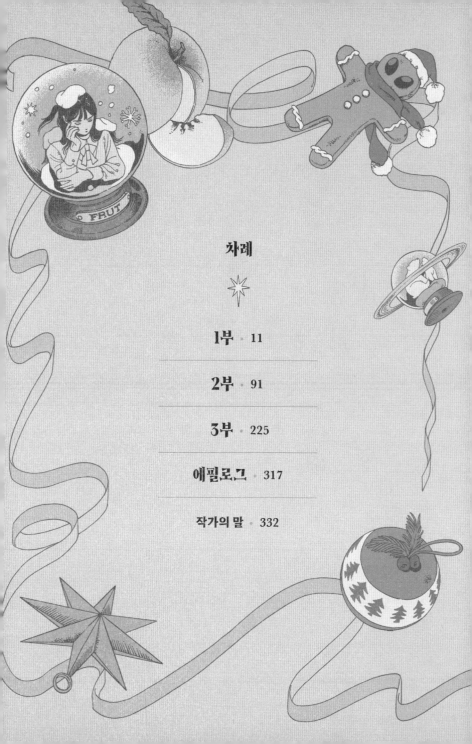

차례

1부

1

나영은 자신의 미래를 TV 속에서 발견했다. 초등학교 3학년이던 늦은 봄이었고 토요일이었으며 시곗바늘이 오후 1시를 막 지나고 있었다. 밥상 앞에 앉아 곁눈질로 TV를 보고 있을 때였다. 브라운관 속, 하얀 점들이 박힌 검은 우주를 배경으로 지금껏 어디서도 본 적 없는 생김새의 우주선이 떠올랐다. 눈을 깜빡이는 것도 잊고, 라면 면발을 빨아들이는 것도 잊고, 밥 안 먹으면 TV를 끄겠다는 아빠의 말도 듣지 않고, 나영은 그 괴상한 우주선의 외양을 이해해보려 시도했다.

어. 어. 저렇게 생기면 안 되는데. 저 우주선은 실수다. 약속을 어겼다. 무슨 약속이냐면, 그냥 그런 게 있다. 저렇게 생기면 안 된다는 약속 같은 게. 무엇보다도, 다른 건 다 그렇다고 쳐도, 머리에 해당하는 저 거대하고 동그랗고 납작한 부분만은 도저히 그냥 넘어갈 수가 없었다. 몸통과 날개로 끝내면 될 것을 저 머리는 대체 왜 달아놓았을까? 그것도 몸통의 다섯 배는 돼 보이는 커다란 머리를. 그 위태로울 정도로 커다란 원반이 당장에라도 가냘픈 목을 부러뜨리며 주저앉을 것 같아 나영은 마음을 졸였다.

TV 속 우주선은 여태껏 만화 속에서 봐왔던 그 어떤 우주선들과도 닮지 않았고, 비행기, 배, 자동차 등등 다른 탈 것들과도 비슷한 구석이 없었다. 빨라 보이지도 강해 보이지도 않았다. 오히려 연약하고 불안정해 보였다. 그래서일까. 그 은빛의 선체엔 우아함이 있었다. 어딘가 부서지더라도 거친 비명이나 불평의 말 한마디 없이 다시 날아오를 것 같은 고상함이 있었다.

다음 주에도 그다음 주에도 나영은 그 드라마를 지켜봤다. 가만히 보니 낯선 건 우주선의 생김새뿐만이 아니었다. 우주선의 승무원들은 도무지 싸울 줄을 몰랐다. 결코 약하기 때문은 아니었다. 수수깡 같은 겉모습과는 달리, 그 우주선은 행성 연방의 기술력이 집약된 최신형 우주선이었고 마음만 먹으면 얼마든지 전투에서 승리할 수 있었다. 그럼에도 불구하고 승무원들은 적을 만나면 공격 대신 인사를 먼저 건넸다. 위기에 빠지면 도망치고 논쟁하고 머리를 굴렸고, 과학과 법과 역사에 관한 지식을 광선검처럼 휘둘렀다. 그 승무원들의 중심에는 이마가 벗어진 매부리코 선장이 있었다. 선장의 이름은 '장뤽 피카드'. 이성과 진보를 믿고 인류의 과거를 통해 미래를 낙관하는 사람이었다. 승무원들이 그 우주선을 부르는 이름은 '진취성'이라는 뜻을 가진 영어 단어, '엔터프라이즈'였다.

〈스타트렉〉이라는 제목의 그 새로운 우주 활극이 나영을 사로잡았다. 토요일에 학교가 끝나면 나영은 집까지 전속력으로 달렸다. 그래야만 피카드 선장의 내레이션으로 시작하는 멋진 오프닝을 놓치지 않을 수 있었다. 나영은 거실 가운데에 앉아 숨을 고르며 〈스타트렉〉이 시작하길 기다렸고 아빠는 채널을 MBC에 고정했다. TV보다 라디오를 즐겨 듣던 엄마도 이때만큼은 거실에 함께 나와 앉았다. 봄에는 딸기, 여름엔 수박, 가을엔 사과, 겨울엔 귤. 나영은 브라운관에서 눈을 떼지 않은 채 엄마가 내미는 과일을 받아 물고 우주여행에 빠져들었다.

나영의 집에서 온 가족이 둘러앉아 TV를 보는 건 그리 흔한 풍경이 아니었다. 나영의 집으로 말할 것 같으면 전형적인 하위 중산층 가정이었다. 넉넉하지는 않아도 매달 빠짐없이 나오는 월급이 있었고, 갚아야 할 대출금이 한참 남은 아파트가 있었다. 부모는 자녀의 성공을 곧 자신의 성공이라 여겼고 요령은 없지만 교육열만은 높았다. 아빠는 낮에는 자동차 부품을 만드는 공장에서 일하는 노동자였고 밤에는 권위적인 가장이었다.

그런 배경을 가진 사람들이 대부분 그러듯 아빠는 집에만 오면 TV 앞에 앉아 있었다. TV 시청은 나영과 아빠의 유일하게 공통된 취미이기도 했는데 나영의 입장에서 그건 비극으로 끝날 수밖에 없는 관계였다. 아빠와 나영의 TV 취향이 정반대라는 것, 채널 선택권이 늘 아빠한테 있다는 것이 문제였다. 나영은 리모컨을 차지하기 위해 자주 투쟁했고 매번 패배했다.

그러나 토요일 오후 1시는 리모컨 쟁탈전이 벌어지지 않는, 영원히 이어질 것 같던 평행선이 단 한 번 교차하는 순간이었다.

한번은 〈스타트렉〉을 보던 아빠가 엔터프라이즈호를 가리키며 말했다.

"나영아. 아빠 공장에서 이제 엔터프라이즈에 들어가는 부품을 만든다."

"뻥 치시네."

"뻥 아냐. 내기할래?"

"아빠네 회사는 자동차 만들잖아!"

나영이 발끈하며 엄마 쪽을 돌아봤다.

"그치, 엄마? 뻥이지?"

"글쎄…. 뻥이긴 한데 그건 아빠가 자동차를 만들기 때문이라기보다는 저게 드라마이기 때문이 아닐까."

"거 봐! 엄마도 뻥이라잖아!"

"진짜면 나중에 딱밤 맞기다?"

아빠의 음흉한 웃음을 외면하며 나영은 코웃음을 쳤다.

그리고 몇 달 후 딱밤을 맞았다. 어느 주말 저녁, 나영은

TV에서 '엔터프라이즈'라는 이름의 자동차 광고가 나오는 걸 목격했다. 옆에서 리모컨을 쥐고 있던 아빠가 세상일이 원래 다 그렇다는 미소를 지으며 나영을 불렀다.

"이리 와. 딱 대."

나영은 이거랑 그거랑은 다르다며 저항했지만 먹혀들지 않았다. 아빠의 검지가 나영의 이마를 사정없이 강타했다. 나영은 빨갛게 부어오른 이마를 문지르면서도 기분은 나쁘지 않았다. 엔터프라이즈호가 한결 더 친근하게 느껴졌고 어쩐지 〈스타트렉〉의 주인공들과 한동네에 사는 것만 같은 기분이 들었다.

미국에서 만들어진 드라마 하나가 9천6백 킬로미터 너머에 살고 있는 한 초등학생의 하루 중 몇 가지를 바꿔놓았다. 미술 시간 나영의 작품 주제는 무조건 〈스타트렉〉이 됐다. 상상화는 당연히 지구와 토성의 고리를 배경으로 날아가는 엔터프라이즈호였고 찰흙 공작시간에도 엔터프라이즈호, 수수깡 공작시간에도 엔터프라이즈호, 불조심 포스터도 소방호스가 달린 엔터프라이즈호였다. 남다른 유머 감각과 호기심을 가진 안드로이드 과학 장교 '데이터', 위험이 닥칠 때마다 가장 앞에 나서는 보안 장교 '타샤 야', 엔터프라이즈호를 지휘하는 사려 깊은 원칙주의자 '장뤽 피카드'가 나영의 우상으로 자리 잡았다.

그리고 장래희망이 바뀌었다. 나영은 과학자가 되기로 결심했다. 엔터프라이즈호의 승무원들처럼 되고 싶었다. 나영의 눈에 엔터프라이즈호의 승무원들은 모두 과학자였다. 입고 있는 유니폼이 빨간색이든 파란색이든 노란색이든 상관없었다. 엔터프라이즈호의 승무원들은 미지의 세계를 향해 나아가고 그때마다 목숨을 위협당하면서도 그것을 해석하고 이해하려 애썼다. 나영은 그런 사람이 되고 싶었다.

첫 단추는 생활기록부에 '과학자'라는 세 글자를 새겨 넣는 것이었다. 그전까지 나영의 장래희망은 판사였다. 사실 나영은 판사라는 직업에 동경도 설렘도 없었다. 그건 부모님이 원하는 장래희망이었고 나영은 그저 옮겨 적었을 뿐이었다. 하지만 과학자는 달랐다. 거기엔 꿈이 있었다. 앞자리에서부터 넘어오는 장래희망 조사 용지를 기다리는 동안 나영은 설렘과 불안의 온탕과 냉탕을 번갈아가며 드나들었다. 깊숙한 비밀을 누설하는 것 같았고 부모님을 배신한다는 죄책감이 나영의 양심을 찔렀다. 곧 빈 종이가 나영의 손에 건네졌다. 나영에게는 꿈을 밀어붙일 용기가 필요했다. 나영은 가장 좋아하는 연필을 꺼내 들었다. 항상 정성을 들여 뾰족하게 깎아놓은 연필심처럼 마음을 날카롭게 다듬었다. 힘이 들어간 손으로 빈 종이에 과학자라 적고 그 세 글자를 가만히 쳐다봤다. 글씨가 마음에 들지 않아 지우개로 깨끗이 지우고 이번에는 획마다 정성을 들여 다시 과학자라고 적었다.

과학자가 되기 위해 당장 무엇을 할 수 있을까? 과학자가 되려면 똑똑해야 하고, 똑똑해지려면 공부를 잘해야 하고, 공부를 잘하려면 책을 많이 읽어야 하지 않을까? 나영으로서는 논리적이고 꽤 구체적이기까지 한 계획처럼 보였다. 나영은 그 길로 시립 도서관으로 달려갔다.

도서관은 옆 동네와의 경계에 솟은 언덕 꼭대기에 있었다. 언덕 위로 향하는 오르막길을 따라 탱자나무가 담벼락처럼 서 있었다. 단단한 가시를 피해 이제 막 노랗게 변하기 시작하는 탱자 열매 하나를 따 손에 쥐었다. 탱자 열매를 코로 가져가자 상쾌한 향기에 더위가 살짝 가라앉았다. 10분쯤 더 걸어 언덕 꼭대기에 도착했다. 도서관 앞마당에서 주변이 한눈에 내려다보였다. 동네를 그런 각도에서 바라본 건 처음이었다. 색색의 장난감 블록을 닮은 건물이 촘촘히 늘어선 끝에 늦여름의 뭉게구름이 피어오르고 있었다.

입구의 안내판에서 자료실의 위치를 확인하고 2층으로 향하는 계단에 들어섰다. 두꺼운 콘크리트와 화강암으로 이루어진 난간이 묵직해 보였다. 단 한 사람도 이 너머로 떨어뜨리지 않겠다는 결연함이 느껴졌다. 난간 손잡이에 손을 올리자 차가운 화강암이 나영의 체온을 빨아들였다. 언덕길을 오르느라 달궈졌던 몸의 열기가 손바닥을 통해 조금씩 빠져나갔다. 나영은 아주 소매 밖으로 나온 아래팔까지 손잡이에 붙인 채로 계단을 올라갔다.

자료실의 첫인상은 냄새였다. 공기 중에 신문지 냄새를 품은 습기가 떠돌아다녔다. 숨을 크게 들이마시자 오래된 종이와 잉크의 냄새가 가슴을 간지럽혔다. 커다란 에어컨이 구석에서 열심히 습기를 빨아들이고 있었지만, 혼자서는 역부족인 듯 골골 소리를 내며 돌아가고 있었다. 도서관은 보이지는 않는 것들, 냄새와 소리 말고도 그 이상의 무언가로 가득 차 있는 공간이었다. 나영은 죽은 나무들의 숲을 천천히 걸어 다녔다. 울창한 서가에는 도저히 손이 닿을 수 없는 높이까지 책이 빼곡히 꽂혀 있었다. 책등을 눈으로 스치며 걷다가 과학책이 모여 있는 책장 앞에 도착했다. 나영은 그 가운데서 자신에게 말을 거는 제목의 책을 꺼내 가운데를 펼쳤다.

펼쳐진 페이지를 빠르게 눈으로 훑었다. 귀퉁이에 있는 아인슈타인의 사진. 빅뱅. 적색편이. 우주상수. '아인슈타인이 틀렸다.' 아인슈타인이 틀렸다? 아인슈타인이 틀렸다고? 그 아인슈타인이? 사진 속에서 자기는 아무것도 모른다는 듯이 혀를 내밀고 있는 아인슈타인과 눈이 마주쳤다. 책에 따르면 아인슈타인은 우주의 크기가 언제나 일정하다고 생각했다. 하지만 자신의 계산이 옳다면 우주는 서로 잡아당기다가 언젠가는 한 점으로 쪼그라들어야만 했다. 그래서 아인슈타인은 그렇게 되지 않도록 자신의 식에 우주상수라는 걸 적당히 집어넣었다. 적당히! 그리고 시간이 흘러 우주의 크기는 점점 작아지지도 않고 일정하지도 않다는 사실이 밝혀졌다. 아인슈타인은 틀렸다.

"우주는 팽창하고 있다."

나영은 그 문장을 가만히 따라 읽었다. 나영의 마음이 풍선처럼 부풀어 올랐다. 처음 발음해보는 '팽창'이라는 단어가 마음에 들었다. 나영은 책을 덮은 뒤 눈앞의 책 다섯 권을 더 꺼내 양팔로 안아 들고 대출창구로 향했다. 쿵 소리가 나도록 책 여섯 권을 내려놓자 흰 머리를 한데 묶은 사서가 놀란 사슴처럼 고개를 들었다. 동그란 눈에 마르고 목이 긴 사람이었다. 두꺼운 안경알 너머로 책과 나영을 번갈아 쳐다보던 사서가 부드러운 목소리로 말했다.

"여기 처음 왔죠?"

"네."

어떻게 알았지. 뭔가 잘못했다는 걸 직감적으로 깨달은 나영이 주눅 든 목소리로 말했다.

"책을 빌려 가려면 회원증이 있어야 하는데."

아차 싶었다. 여긴 반, 번호, 이름을 적고 빌려 가면 되는 학교 도서관이 아니었다.

"회원증을 만들려면 보호자랑 같이 와야 해요. 혹시 누구 같이 온 사람 있어요?"

나영은 고개를 저었다.

"사진도 한 장 있어야 해요. 다음에 증명사진 하나 가지고 보호자랑 같이 와요. 그래야 책을 빌려줄 수 있어요."

"지금은 못 빌려 가요?"

"미안하지만 규칙이 그래요."

사서가 미소를 지으며 눈썹 끝을 떨어뜨렸다.

"보호자가 없으면 어떻게 해요?"

나영의 질문에 사서의 얼굴에서 미소가 사라졌다.

"아. 미안해요. 음. 그게. 잠시만요. 그… 다른 보호자랑 같이 오면, 아, 가족관계 증명서류가 없어서 안 되나? 없으면… 음, 어떻게 하죠?"

사서는 눈에 띄게 허둥대며 서류 몇 장을 뒤져보다가 이내 포기하고 나영을 바라봤다.

"미안해요. 솔직히 생각 못 해봤어요. 그… 회원증이 없어도 여기서 읽고 갈 수 있어요. 오늘은 여기서 읽고 가고 다음에 빌려 가는 게 어때요? 다음에 오면 제가 회원증 만들 수 있게 해놓을게요."

나영은 자신의 말이 어떤 오해를 일으켰는지 눈치채지 못한 채, 내려놓았던 책을 다시 안아 들고 "감사합니다….''를 혼잣말처럼 흘리며 돌아섰다.

커다란 책상에는 이미 할머니, 할아버지, 청년 서너 명이 띄엄띄엄 앉아 책을 읽고 있었다. 빈자리에 책을 내려놓자 머리를 샛노랗게 염색한 옆자리 사람이 나영을 흘깃 쳐다보더니 다시 읽고 있던 커다란 책으로 눈을 돌렸다. 그러고는 나영 쪽으로 쏠려 있던 책 더미와 휴대용 카세트플레이어를 자기 쪽으로 끌어당겼다. 나영은 살짝 긴장한 채 자리에 앉아 주위를 둘러보며 이곳에서 나쁜 일이 생기지 않을 거라는 증거를 찾으려 애썼다. 혼자서 또래가 아닌 사람들 사이에 끼어드는 건 처음이었다. 움츠린 마음으로 책을 펼쳤지만 일단 책의 서문을 읽기 시작하자 곧 우주의 탄생에 관한 이야기 속으로 빠져들었다.

2

"문 닫을 시간이에요."

목소리에 놀라 고개를 드니 사서가 나영을 내려다보며 서 있었다.

몇 시지? 벽시계를 찾아 주변을 두리번거렸다.

"6시예요."

사서가 대신 시간을 읽어줬다.

"아, 네."

벌써 시간이 그렇게 됐구나. 같은 테이블에 있던 이용객들도 어느새 모두 돌아간 모양이었다. 나영은 읽던 책을 들고 자리에서 일어났다. 사서가 옆에 쌓여 있던 책을 들어 책등을 살폈다.

"전부 과학책이네요? 과학 좋아해요?"

내가 과학을 좋아하나? 제일 좋아하는 과목은 미술이었다. 그다음은 국어. 하지만 국어는 좋아한다기보다는 머리가 아프지 않으니까 싫어하지 않는 것 같고. 나머지는 다 그저 그랬다. 심지어 과학은 점수조차 그다지 좋다고는 할 수 없는 수준이었다. 다른 아이들처럼 공룡 이름을 줄줄이 외울 수 있는 것도 아니고 우주에 관해서 아는 건 토성에 근사한 고리가 있다는 것 정도였다. 어떻게 봐도 과학을 좋아하는 사람이라고 할 수는 없었다.

"음, 아직 잘 모르겠어요."

그래도 완전히 부정하고 싶지는 않아 적당히 대답을 얼버무렸다.

"아직이면 앞으로 좋아할 예정인 거예요?"

나영도 의식하지 못했던 희망 사항이 대답에 섞여 있었다. 나영은 부끄러움에 쭈뼛거렸고 사서는 그런 나영을 보며 빙그레 웃었다.

"잠깐 이쪽으로 와볼래요?"

사서는 나영을 부르며 대출 창구 너머로 빙 돌아 들어갔다. 나영이 다가가자 사서는 작은 메모지에 뭔가를 끄적이더니 나영 쪽으로 내밀었다. 사서가 건넨 메모지에는 '임시 회원증'이라고 적혀 있었다.

"이번 한 번만 사용할 수 있는 임시 회원증이에요. 대신 책은 한 권만 빌릴 수 있어요. 책 빌려 가고 싶으면 거기에 이름이랑 전화번호 적어줄래요?"

"네!"

나영은 들고 있던 책을 재빨리 내려놓고 앞에 있던 볼펜을 집어 이름과 전화번호를 적었다. 그리고 자신이 적은 전화번호가 맞는지 속으로 다시 한 번 읽어 보고서는 사서의 손에 메모지를 넘겨줬다.

"대출 기간은 2주예요. 다다음 주 되기 전에 다시 가져와야 해요."

사서가 책을 내밀었다.

"네!"

나영이 책을 받아들며 다시 한 번 고개를 힘차게 끄덕였다.

빌린 책을 품에 안고 집으로 돌아가는 나영의 발걸음이 가벼웠다. 나영은 그 걸음걸이가 자신을 평소보다 더 먼 곳, 한 번도 가본 적 없는 미지의 영토로 데려가는 걸 느낄 수 있었다. 여태껏 나영이 과학책이라고 믿었던 책들에서 하는 이야기라고는 버뮤다 삼각지나 미스터리 서클, 외계인 납치 같은 것들이 전부였다. 다시 말해 과학책이라고는 읽어본 적이 없었다. 그 사실을 오늘에서야 깨달았다. 제목이 '믿거나 말거나'일 때 눈치챘어야 했는데. 뒤늦은 후회가 나영은 기꺼웠다. 나영은 품에 안은 책의 제목을 다시 한 번 읽어 봤다. 《세상을 바꾼 위대한 과학혁명》. 그것은 유혹으로 덧칠된 무지의 벽을 깨부수고, 진리를 탐구하는 과학자의 길로 한 걸음 나아가기 위한 자그마한 혁명의 불꽃이었다.

혁명의 기운에 도취된 나영은 열성적으로 책에 파고들었

다. 책 속의 모든 것이 새롭고 흥미로웠다. 동시에 어려웠지만 그건 걸림돌이 되지 않았다. 도서관으로 향하는 나영의 가방 속에서는 작은 국어사전 하나가 달그락거렸다. 모르는 단어의 허들이 튀어나올 때마다 사전을 발판 삼아 뛰어넘었다. 이해가 안 가더라도 일단 마지막 장을 넘길 때까지 포기하지 않았다. 그렇게 도서관에 있는 과학책을 하나하나 독파해나갔다. 또래 중에 이렇게 어려운 책을 읽는 사람은 없을 것 같았고, 자신이 세계에서 상대성이론을 이해하고 있는 유일한 초등학생이라고 생각했다. 존경하는 인물은 마리 퀴리로 바뀌었다. 아인슈타인은 마리 퀴리에 비하면 자격 미달이었다. 아인슈타인은 노벨상을 한 번 받았지만 마리 퀴리는 두 번이었으니까. 그리고 언젠가는 자신도 노벨상 하나를 갖게 될 예정이라고 생각했다.

그런데 망했다. 〈스타트렉〉이 끝나버렸다. 제대로 된 결말을 내지 못한, 방송국의 사정에 의한 갑작스러운 중단이었다. 그것은 엔터프라이즈호와의, 엔터프라이즈호의 승무원들과의 영원한 이별을 뜻했다. 나영은 그 이별에 무방비 상태였다. 심지어 깔끔한 이별조차 아니었다. 엔터프라이즈호의 이야기는 아직 끓는점까지 한참 남아 있는 것처럼 보였고, TV에서 〈스타트렉〉의 마지막 방송이 흐지부지 끝나는 걸 본 나영은 실수로 찬물을 부어버린 컵라면을 앞에 둔 기분이었다. 피카드, 데이터, 타샤 야, 라포지, 라이커, 워프, 베벌리, 웨슬리에게 제대로 된 작별인사를 건넬 기회를 영영 놓쳐버렸다는 슬픔이 나영의 가슴을 후벼 팠다. 나영은 그 후유증으로 한동안 주말마다 우주적인 상실감에 시달려야 했다. 한 가지 다행스러운 건, 그 상실감의 우주는 실제의 우주와는 다르게 점점 팽창하는 대신 반대로 조금씩 수축해 간다는 점이었다. 〈스타트렉〉의 종영 이후 급속팽창을 겪었던 나영의 상실감은 시간이 지나며 우주에서 은하, 은하에서 행성계, 행성계에서 위성만 한 크기로 점점 작아졌고 결국 작은 점이 되어 보이지 않는 곳으로 굴러갔다.

그렇게 나영의 꿈을 가리키던 유일한 등대가 사라졌다. 다가올 미래의 망망대해에서 나영의 열정은 갈 곳을 잃었다. 과학자라는 장래희망을 자신의 의지로 정한 순간만큼은 대사건이었지만 그 여파는 오래가지 않았다. 나영은 먼 미래를 내다보고 준비하기보다는 현재의 사건에 충실한 어린이였다. 초등학생의 세계에서 대사건은 하루에도 몇 번씩 벌어졌고 어린 마음속의 불꽃은 그때마다 색을 바꿨다. 주변에서 나영의 꿈을 독려해주는 사람도 없었고, 어쨌거나 어른이 된다는 건 머나먼 미래의 일처럼 느껴졌다. 10년의 인생 경험 속에서 깨달은 삶의 지혜 한 가지는 모든 일은 나중이 되면 어떻게든 되긴 된다는 것이었다. 그 무시무시한 방학숙제조차도 방학의 끝에 어떻게든 완성할 수 있었으니까.

다만 책에 대한 애정은 남았다. 여태껏 한 번도 거들떠본적 없던 거실의 책꽂이를 뒤져보기도 했다. 나영의 집에서 책을 읽는 사람은 엄마가 유일했기 때문에 얼마 되지 않는 책들은 몽땅 엄마의 취향이었고, 엄마의 취향은 라디오 광고를 통해 결정됐다. 그러니까 집에 있는 책들은 전부 라디오 광고에 등장했던 베스트셀러 컬렉션이었다. 예를 들면 《영원한 제국》이나 《앵무새 죽이기》, 왠지 모르겠지만 1권만 있고 2권부터는 없는 《소설 토정비결》 같은 것들이었다. 대부분은 읽고 나서도 시큰둥했지만 《앵무새 죽이기》만은 마지막 장을 넘기고 펑펑 울다가 잠이 들었다.

중학생이 된 후에는 학생증을 보여주는 것만으로 도서관 회원증을 만들 수 있었지만, 그때쯤엔 회원증의 필요성에 대해 까맣게 잊어버리고 있었다. 책은 도서관에서 읽는 것. 그게 나영의 규칙이자 버릇이었다. 도서관에는 나영을 끌어당기는 특유의, 자유와 통제가 우아하게 공존하는 분위기가 있었다. 소음의 최대치나 책을 다루는 방법, 자리에서의 몸가짐 등 제법 엄격하면서도 각박하지는 않은 수준의 규율들이 있는 반면 나머지 다른 것들, 예컨대 읽던 책을 중간에 덮거나 밖에 나가 바람을 쐬는 등 도서관에 머무는 시간만큼은 전부 나영의 손 안에 있었다. 그 공존이 가져다주는 은밀한 해방감이 좋았다. 나영이 집이 아닌 도서관 2층 자료실에 정착한 건 그래서였다.

안락함 면에서도 방에서 배를 깔고 누워 있는 것보다 딱딱한 도서관 의자에 앉아 있는 게 더 좋았다. 몇 년간 도서관의 커다란 책상에 앉아 책을 읽다 보니 몸이 거기에 맞춰진 듯했다. 주말이면 오전부터 자리를 잡고 앉아 있었고 틈틈이 앞마당에서 머리를 식히며 자료실이 문을 닫을 때까지 앉아 있었다.

도서관의 책걸상이 몸에 익은 건 나영뿐만이 아니었다. 도서관에 다니기 시작한 지 몇 주가 지난 뒤, 나영은 자료실의 커다란 테이블에서 책을 읽는 멤버가 늘 일정하다는 걸 깨달았다. 심지어 자리까지 정해져 있었다.

나영의 맞은편은 근면한 할머니와 할아버지 한 쌍의 자리였다. 두 사람은 항상 나영보다 먼저 나와 앉아 있었고, 한여름이든 한겨울이든 단 한 번의 결석 없이 그 자리를 지켰다. 어떻게 그렇게 꾸준할 수 있는지 놀라울 정도였는데, 건강의 비결을 물으면 독서라는 대답이 돌아올 것만 같았다. 책보다는 주로 신문이나 잡지를 읽는 것도 아마 이 도서관에 있는 책을 이미 다 읽어버렸기 때문인 것 같았다.

거기서 한 칸 건넌 자리엔 체크무늬 셔츠의 남자가 앉아 항상 뭔가를 쓰고 있었다. 정확히 말하자면 대부분 노트나 천장을 노려보고 있었다. 가끔 책을 읽기도 했지만 몇 장을 넘기다 다시 덮어버릴 뿐, 이 사각 탁자의 멤버 중 유일하게 독서에는 관심이 없는 사람이었다. 방금 침대에서 빠져나온 듯 헝클어진 머리카락과는 대조적으로 언제나 주름 하나 없이 빳빳하게 다려진 체크무늬 셔츠를 입고 다녔기 때문에 나영은 속으로 그 사람을 '체크맨'이라고 불렀다.

체크맨은 사각 탁자의 멤버 중 가장 먼저 이탈한 사람이기도 했다. 나영이 중학생이 되던 해였다. 연초에 갑자기 모습을 감춘 체크맨은 한 주가 지나고 한 달이 지나고 계절이 바뀌어도 다시 나타나지 않았다. 체크맨이 갑자기 사라진 이유가 궁금했지만 직접 알아볼 방법도, 누군가에게 물어볼 수도 없었다. 그제야 나영은 몇 년간 같은 책상에 앉아 있으면서도 이 사람들에 대해서 아무것도 모른다는 걸 깨달았다. 그렇다고 관계의 변화를 시도하고 싶은 건 아니었다. 지금 이대로가 좋았다. 호기심을 비밀처럼 간직하고 멋대로 상상하는 게 좋았다. 헤어질 때 작별인사를 할 수 없다는 건 조금 쓸쓸했지만 그건 어쩔 수 없는 일이었다.

사각 탁자의 나머지 한 멤버는 나영의 오른쪽으로 한 칸 떨어진 자리를 담당하고 있는 노란 머리 언니였다. 첫인상은 공포였다. 자신과 너무나 다른 존재를 맞닥뜨렸을 때의 공포. 머리색도 머리색이지만 주먹만 한 목걸이라든가 징이 박힌 가죽 팔찌, 배꼽이 보이는 티셔츠 같은 것들이 도서관과 싸우기 위한 무기처럼 보였다. '도서관에 뭐 저런 옷을 입고 온담.'이란 생각은 금세 '그럼 도서관에 무슨 옷을 입고 온담.'으로 바뀌었다. 논리적으로 생각해보니 도서관에서 화려한 옷을 입지 못할 이유가 없었다. 그해의 베스트셀러는 《반갑다 논리야》였다.

새로운 장신구가 등장하거나 머리색이 바뀔 때마다 놀라게 되는 건 그 이후로도 여전했지만 그런 것들이 나영을 두렵게 만들지는 않았다. 오히려 언니에게 한 번 더 눈길이 갔고 그럴수록 궁금해졌다. 티셔츠에 적혀 있는 영어는 무슨 뜻인지. 항상 쓰고 있는 헤드폰으로는 무엇을 듣고 있는지.

한번은 언니의 미니 카세트를 곁눈질로 슬쩍 훔쳐본 적이 있었다. 그때 나영이 본 건 돌아가지 않는 카세트테이프였다. '테이프가 끝났나?'라고 생각했지만 그 이후로도 항상 미니 카세트는 멈춰 있었다.

언니의 특별한 점은 그것뿐만이 아니었다. 언니는 책을 읽을 때 몸을 앞뒤로 조금씩 흔드는 버릇이 있었고 가끔 뜬금없이 "아!"나 "어!" 하는 소리를 내기도 했다. 그럴 때면 언니를 흘겨보거나 못마땅해하며 자리를 뜨는 사람도 있었다. 나영은 그저 언니가 읽고 있는 책에 어떤 재미있는 장면이 나오는지 궁금할 뿐이었다.

언니와 대화를 나눌 기회가 딱 한 번 있었다. 중학생이 되어 처음으로 맞은 여름방학의 첫날이었다. 나영은 한낮의 더위가 시작되기 전에 도서관으로 향했다. 여느 때처럼 할머니, 할아버지 커플과 노란 머리 언니가 먼저 자리를 잡고 있었다. 나영은 방학 때 읽기 위해 미뤄뒀던 《잃어버린 시간을 찾아서》를 서가에서 꺼내 자리에 앉아 읽기 시작했다.

깜빡 졸았다. 웅웅거리며 낮게 깔리는 에어컨 소리와 일정한 주파수로 반복되는 매미 울음소리, 그리고 프루스트에게 당했다. 화장실에서 세수를 해봐도 머릿속의 뭉게구름은 건히지 않았다. 바람이 필요해. 나영은 티셔츠 소매에 대충 얼굴을 닦고 밖으로 향했다.

1층으로 이어지는 계단을 절반쯤 내려왔을 때, 자판기 앞에 서 있는 노란 머리 언니가 보였다. 정수리에 검은 머리가 많이 자랐네. 노란 머리 속에 검은 머리라니. 해바라기인가.

그런 생각을 하며 '풋' 하고 웃는데 문득 정신을 차려보니 언니와 눈을 마주치고 있다는 걸 깨달았다. 나영은 재빨리 시선을 피하려고 했지만 언니가 한발 앞서 고개를 돌렸다. 삼키지 못한 어색함이 귀 끝을 빨갛게 물들였다. 인사라도 할걸. 아니, 그럼 더 어색했으려나. 바닥에 시선을 고정하고 조용히 자판기를 지나치려는데 갑자기 언니의 목소리가 들렸다.

"코코아 마실래요?"

나영은 그 목소리에 멈춰 섰다. 언니는 자판기에 동전을 넣고는 코코아 버튼에 손가락을 올린 채 나영의 대답을 기다렸다.

"네? 저, 저요?"

나영이 손가락 끝으로 자신을 가리켰다. 언니가 고개를 끄덕였다. 나영도 얼떨결에 마주 고개를 끄덕였다. 언니가 버튼을 누르자 종이컵이 떨어지는 소리가 들렸다. 코코아가 졸졸 내려오는 동안 그제야 무슨 일이 일어난 건지 파악한 나영이 뒤늦은 감사 인사를 꺼냈다.

"감사합니다."

"네?"

언니가 헤드폰을 벗어 목에 걸치며 되물었다.

"감사합니다."

나영이 다시 말하고 고개를 숙였다.

"아. 네. 뭐."

언니가 코코아를 꺼내 나영에게 내밀었다. 언니가 커피를 들고 앞장섰고 나영은 그 뒤를 따라 도서관 밖으로 나갔다. 바깥은 적대적으로 내리쬐는 햇볕에 의해 표백되고 있었다. 나영과 언니는 주차장 구석의 손바닥만 한 그늘을 찾아 들어 갔다. 언니는 잠깐 생각에 빠진 듯하더니 손짓을 해 나영과 자리를 바꿨다. 그리고 담배에 불을 붙인 다음 고개를 들어 머리 위로 연기를 길게 내뿜었다. 바람이 언니 쪽으로 불었 다. 그게 자리를 바꾼 이유인 모양이었다. 담배 연기 냄새가 희미하게 났지만 싫지 않았다.

"요즘은 과학책 안 읽어요?"

"어…. 네."

나영은 부끄러워졌다. 자신이 읽은 책이 뭐였는지 들킨 게 부끄러웠고 뭔가를 그만뒀다는 게 부끄러웠다. 코코아는 너 무 뜨거워서 마실 수 없을 것 같았다.

"난 2061년까지 살 거예요."

나영은 갑작스러운 화제 전환에 어떤 반응을 해야 할지 몰 라 머뭇거렸다.

"2061년에 핼리 혜성이 다시 오잖아요."

"아하."

나영은 그제야 언니의 말이 이해가 갔다. 나영도 책에서 읽은 적이 있었다. 지난번 핼리 혜성이 지구에 다가왔을 때 나영은 겨우 두 살이었다. 핼리 혜성이 우주를 돌아 다시 돌 아올 때까지 75년. 그때가 되면 꼭 핼리 혜성을 보고 싶다고 나영도 생각한 적이 있었다. 그게 2061년이었구나. 그때 난

몇 살이지? 나영은 사진으로 봤던 혜성의 꼬리를 떠올리며 종이컵을 입으로 가져갔다. 입술을 살짝 적신 코코아는 너무 달고 뜨거웠다. 옆에서 호로록 소리가 나서 보니 언니는 뜨거운 커피를 잘도 홀짝이고 있었다.

"SF 소설 좋아해요?"

언니가 말했다.

"음. 아니요."

나영이 고개를 저었다.

"읽어본 적이 없는 것 같아요."

"과학을 좋아하니까 좋아할 줄 알았어요."

언니의 말에 나영은 살짝 심술이 났다. 과학 가지고 되게 뭐라 그러네. 그리고 한편으로는 자신에게도 심술이 났다. 지금도 과학책을 읽고 SF도 좋아한다고 말할 수 있었다면 좋았을 텐데. 옆에서 입술이 나온 나영에 아랑곳하지 않고 언니는 말을 이었다.

"SF를 읽고 나면 말이죠, 세상에 당연한 건 하나도 없다는 걸 깨닫게 돼요. 이 세상은 보이는 것보다 훨씬 복잡한 것들로 이루어져 있고 당연한 줄 알았던 것들도 언제든지 뒤집힐 수 있다는 걸요. 언젠가 읽어보는 것도 나쁘지 않을 거예요."

그 말을 하는 언니의 눈빛이 저 너머의 어딘가를 향하며 그윽해졌다. 그 눈빛에 이끌려 나영은 자기도 모르게 입을 열었다.

"하나 추천해주실래요?"

시종일관 반쯤 감겨 있던 언니의 눈이 별안간 동그래졌다.

"정말요? 물론이죠! 뭘 추천하지?"

언니는 담배를 피우는 것도 잊은 채 생각에 빠졌다. 한동안 침묵이 흘렀다. 짙은 그림자가 반 발짝 자리를 옮겼고 코코아는 한여름의 열기를 몽땅 흡수하기라도 하는 듯 도무지 식을 줄을 몰랐다. 나영은 침묵을 참지 못하고 새로운 화제를 꺼냈다.

"언니, 그… 체크 옷 아저씨 요즘 못 봤죠?"

"누구요? 아, 그 사람이요? 몰랐어요?"

체크 옷 아저씨라는 호칭만으로 이해가 가능했다는 점은 다행스러웠지만 이어지는 질문은 나영을 당황스럽게 만들었다. 몰랐냐니? 뭘?

언니는 짧아진 담배를 신발 밑창에 비벼 끄고는 따라오라는 손짓을 했다. 나영은 남은 코코아를 서둘러 마시려다가 입천장을 데고는 눈썹을 찌푸리고 소리없는 비명을 지르며 언니의 뒤를 따랐다. 언니는 빠른 걸음으로 자료실로 돌아가더니 책상을 지나 서가 사이로 들어갔다. 모퉁이를 돌 때 잠시 언니를 시야에서 놓쳤지만 바로 다음 서가에서 다시 발견할 수 있었다. 언니의 손에는 이미 책 한 권이 들려 있었다. 나영은 종종걸음으로 다가가 언니 옆에 섰다. 책장을 재빨리 넘기던 언니의 손이 멈췄다.

거기엔 체크맨의 사진이 있었다. 나영은 언니가 내민 책을 받아 들고 사진을 자세히 살펴봤다. 머리가 조금 더 정돈돼 있기는 했지만 그 체크맨이 분명했다. 무엇보다도 사진 속의 체크맨이 입고 있는 옷은 나영이 몇 번이고 본 적이 있는 익숙한 체크무늬 셔츠였다. 다음 페이지를 펼쳤다. 소설이었다. 놀란 눈으로 언니를 올려다보자 언니도 그 마음 안다는 듯한 표정을 지었다. 책 표지를 확인했다. 1997년 신춘문예 당선 작품집.

"보기와는 다르죠?"

언니의 속삭임에 나영이 가만히 고개를 끄덕였다. 자신이 아는 사람이, 그중에서도 체크맨이 책에 나올 거라고는 상상도 못 했다. 상상도 못 했다는 말은 놀랍다는 뜻의 관용적 표현이 아니었다. 나영은 맞은편 자리의 할머니, 할아버지가 책에 나오는 걸 상상한 적이 있었다. 〈리더스 다이제스트〉 같은 데에, 다정한 노부부 애서가로. 대체 무엇을 썼길래? 나영은 다시 체크맨의 소설이 있는 페이지로 돌아가 그 자리에서 선 채 읽기 시작했다.

소설은 각자 가정이 있는 두 사람이 갑작스러운 태풍에 발이 묶이는 바람에 하룻밤을 함께 보내게 되는 이야기였다. 전개는 지루했고 대화는 유치했다. 인물들도 소설도 불륜에서 어떤 의미를 찾으려 하지 않는다는 것만큼은 마음에 들었지만 그것 말고는 딱히 주목할 만한 구석이 없었다. 나영은 그렇게 큰 태풍이 올 예정인데도 두 주인공 모두 일기예보 한번 본 적이 없다는 것만큼이나, 이 소설이 어딘가에서 큰 상을 받았다는 사실을 믿을 수가 없었다.

그러니까 나영이 소설을 다 읽고 감동을 받은 건 소설 때문이 아니었다. 체크맨이 멍하니 천장을 올려다보던 시간들이 헛되지 않았다는 것. 자신의 의지로 인생의 다른 트랙으로 뛰어올랐다는 것. 그 사실이 가느다란 깃털이 되어 나영의 마음을 간질였다.

책을 제자리에 돌려놓고 돌아왔을 때 언니는 자리에 없었고 대신 나영의 자리에 책 한 권이 놓여 있었다. 《여름으로 가는 문》, 로버트 A. 하인라인. 나영은 책 사이에 삐져나온 쪽지를 잡아당겼다. 거기에는 다소 애원하는 듯한 메시지가 남겨져 있었다.

혹시 고양이를 좋아하나요? 이 책이 시작으로 좋을 것 같아요. 당장 빌릴 수 있는 책 중에서는 말이에요. 혹시 재미없더라도 실망하지 말아달라는 뜻이에요. 더 재미있는 SF 소설들이 많이 있으니까요. 책은 제 이름으로 빌려놓았어요. 천천히 읽고 반납해주세요.

쪽지가 끼워져 있던 페이지를 펼쳤다. 주인공 댄이 고양이 페트로니우스와 함께 동면에 들려 하고 있었다. 나영은 시간을 확인했다. 도서관이 문을 닫을 때까지 2시간 정도 남아 있었다. 2시간 안에 다 읽을 수 있을까? 나영은 도중에 멈추지 않고 단숨에 읽고 싶었다. 저녁을 먹은 다음 모든 준비, 그러니까 샤워나 양치질 같은 잡다한 일들을 모두 마치고 방에 틀

어박혀 읽고 싶었다. 나영은 책을 품속에 안아 들고 집으로
돌아왔다.

만약 그날 이후 자신이 동면에 빠지게 될 거라는 걸 알았
더라면 분명 그런 선택은 하지 않았을 것이다.

3

그날 저녁, 아버지의 갑작스러운 이사 선언으로 나영의 일상은 정지했다. 아버지는 직장을 잃었다고 했다. 대출금을 감당할 수 없는 이 집을 팔고 더 작고 낮은 집으로 옮겨야 한다고 했다. 스스로를 다그치듯 단호하게 말하는 아버지 앞에서 나영은 항의할 수도 슬퍼할 수도 없었다. 그저 고개를 끄덕이며 이 한 번의 전락으로 모든 게 해결되기를, 더 나빠지지 않기만을 바랐다.

방으로 돌아온 나영은 소리 죽여 침대 위로 올라갔다. 비딱하게 누운 나영의 시선 한구석으로 책상 위에 고이 올려둔 책이 들어왔다. 두근대는 가슴으로 품고 온 책이었지만 지금은 도저히 그쪽으로 신경이 가닿지 않았다. 나중에. 다음에. 당장은 그저 긴 잠 속으로 도망치고 싶었다. 《여름으로 가는 문》을 읽고 그 제목의 의미와 고양이 페트로니우스의 용맹함을 알게 되기까지는 그로부터 8년이 걸릴 거라는 것을, 그 책을 도서관에 반납하는 일은 영영 없을 거라는 것을 당시로서는 알지 못했다.

복선이라면 있었다. 연초부터 내로라하는 기업들이 줄줄이 망했다는 뉴스가 흘러나왔다. 몇몇은 나영도 들어본 적이 있는 회사였다. 그렇다고 한들 뉴스 속 앵커의 비장한 목소리가 자신을 향하고 있다고는 생각할 수 없었다. 그건 어느 아이돌 그룹의 해체 소식만큼이나 자신과는 전혀 상관이 없는 뉴스처럼 들렸다.

비극은 먼 하늘의 먹구름처럼 다가오는 것이 아니라 나뭇가지가 부러지듯 덮쳐왔다. 여름이 되자 불황의 물결이 나영의 현관문 앞까지 밀려왔다. 큰 자동차 회사가 휘청거렸고 그 회사에 부품을 납품하던 공장이 문을 닫았고 그 공장에서 기계를 돌보던 나영의 아버지가 직장을 잃었다. 아버지는 매일 아침 나영보다 먼저 집을 나가 새로운 직장을 찾아다녔고 저녁 시간이 넘어서 돌아왔다. 현관문이 열리는 소리에 인사를 하러 나가보면 아버지가 신발장을 잡고 서서 축 처진 얼굴로 습기 찬 발을 구두에서 빼내고 있었다. 현관 안쪽에는 각종 금속 부품이 담긴 박스가 두꺼운 벽처럼 쌓여 있었다. 공장이 문을 닫던 날 월급을 받지 못한 사람들이 창고를 털었고, 처음에는 황망했던 나영의 아버지도 필사적으로 몇 박스를 차에 실었다. 팔 수도 먹을 수도 없는 금속 덩어리에 불과했지만 몇 달이나 임금이 체불된 노동자들은 그렇게라도 해야 했다. 박스로 된 벽은 현관에 우두커니 서 있다가 이사 가는 날 아침에 쓰레기로 버려졌다.

아버지의 선언 후 채 일주일도 지나지 않아 나영의 가족은 '이주'를 떠났다. 실제로 나영은 '이주'라고 말하고 다녔다. 전학 간 학교에서 자기소개를 할 때나, 동네 할머니들이 못 보던 애라고 불러 세울 때마다, 이사 왔다는 말 대신 이주 왔다는 말로 자신을 소개했다. 누군가 이사와 이주의 차이를 묻는다면 제대로 대답할 수는 없었지만, 자기 가족이 경험했던 그건 '아' 발음보다는 '우' 발음에 가깝다고 생각했다.

어머니는 15년 만에 다시 출근을 시작했다. 아침에 출근해 저녁에 퇴근했던 옛 직장과는 달리 이번에는 오후에 나가 밤 늦게 돌아오는 일이었다. 어머니의 월급은 아버지가 공장에서 받던 것의 절반에도 미치지 못했지만 나영의 학습지 구독료가 얘깃거리가 된 적은 한 번도 없었다. 부모님은 나영에게 너는 아무것도 생각하지 말고 공부나 열심히 하라고 말했고 나영은 그렇게 했다.

덕분이라고 하긴 뭣하지만 고등학교에 들어간 나영의 성적은 껑충 뛰어올랐다. 공부에 쏟은 시간에 비례했고 한가하게 보낸 시간에 반비례했다. 딱 한 번 모의고사 만점이란 성적표를 받아보기도 했다. 운이 좋았다고밖에 할 수 없었다. 나영은 그 성적표를 부모님에게 보여주지 않았다. 부모님이 헛된 기대를 품게 될까 두려웠다.

모의고사 만점을 받고 며칠 후 담임 선생님이 나영을 교무실로 불러 체력과 공부의 상관관계에 관해 이야기했다. 나영은 건성으로 대답했다. 교무실이 싫었다. 교무실 문을 연 순간부터 방어막을 쳐둔 상태였다. 무서운 건 아니었다. 교실이고 복도고 아무 데서나 잘도 때리는 선생님들이 교무실에서만은 매를 휘두르지 않았다. 마치 밖에서 더럽혀진 신발을 현관에서 벗듯이. 나영은 그게 싫었다. 교무실의 차분하고 사무적인 분위기는 교무실 밖의 야만적인 풍경과 대조되어 학교의 얼룩을 선명하게 강조할 뿐이었다.

　　"근데 나영아."

　　선생님이 본론으로 넘어가는 추임새를 넣었다.

　　"너 장래희망을 과학자라고 썼네?"

　　나영은 여전히 시답잖은 질문의 연장이라고 생각했다.

　　"네."

　　초등학교 3학년 이후 나영의 생활기록부에 장래희망은 항상 과학자라고 적혀 있었다. 과학자를 향한 올곧은 열망 같은 건 아니었다. 지금까지 장래희망이 바뀔 만한 계기가 없었을 뿐이었다. 어디서도 외력을 받지 않은 탓에 그저 관성으로 움직이는 장래희망이라는 물체. 매년 장래희망을 적어 내기 위해 펜을 들 때만 나영은 과학자라는 단어를 떠올렸고 그럴 때마다 자신의 장래희망이 먼 옛날에 쏘아 올려져 지구로부터 점점 멀어져가는, 이제는 신호조차 희미해진 탐사선처럼 느껴지기도 했다.

"이거 진심이니? 진짜 장래희망이 과학자야?"

그래서 선생님의 물음에 나영은 시원하게 대답할 수가 없었다.

"네…. 뭐. 일단은."

거짓말은 아닙니다만. 나영은 경계 태세를 한층 강화했다. 이건 질문을 가장한 훈계가 분명했다. 과학자가 어때서? 그러나 이어진 선생님의 질문은 나영의 방어막을 허무하게 관통해 전혀 예상하지 못한 곳을 파고들었다.

"근데 왜 문과로 왔니?"

"네?"

"과학자가 되려면 이과로 갔어야지."

"네?"

"너 문과랑 이과랑 수능 다른 거 알지?"

"네."

"대학 이공계로 가려면 이과여야 하는 거 알지?"

"네?"

금시초문이었다.

"1학년 때 진로 상담할 때에는 그런 얘기 없었는데요. 그냥 성적 더 올리라는 얘기만…."

선생님의 미간이 구겨지는 게 보였다.

"뭐…. 그거야 일단 성적이 좋으면 원하는 데는 어디든 갈 수 있긴 하니까 틀린 말은 아닌데…. 음. 정확히 말하자면 못 가는 건 아니야. 가려면 갈 수는 있어. 교차지원을 받는 학교

가 있기는 하지. 근데 그중에서도 교차지원이 불리한 경우도
있고….”

궁색한 말로 동료 교사를 변호하던 선생님은 헛기침으로
말을 돌렸다.

“아니, 근데 왜 문과로 온 거야?”

“1학년 때 담임 선생님이….”

문과를 추천했다. 수학 성적이 나쁘다는 이유였다. 하지만
나영은 그렇게 대답할 수 없었다. 그렇다고 시키는 대로 했느
냐는 질책이 따라올 게 뻔했다. 그 소리만큼은 듣고 싶지 않
았다. 분명 선생님의 말을 따른 자신의 잘못도 있었다. 하지
만… 하지만, 1학년 때에도 장래희망은 과학자였다. 그런데
도 1학년 담임 선생님은 문과를 추천했다! 이럴 거면 장래희
망은 왜 적어 내라고 한 건지. 그리고 2학년이 된 지 이미 반
년 가까이 지난 시점에, 이제 와서 이런 얘기를 하는 건 또
뭔가. 지금이라도 말해주는 걸 고맙게 여겨야 하나.

길을 잘못 들어섰다는 생각이 나영을 혼란에 빠뜨렸다. 선
생님은 늦었지만 불가능한 건 아니다, 네 성적이라면 지금이
라도 따라잡을 수 있을 것 같기는 하지만 그만큼 손해를 볼
거다 같은 말들로 수습해보려 했지만 나영의 귀에 들어오지
않았다. 선생님은 어째서인지 화가 난 표정으로 한숨을 쉬며
다시 한 번 잘 생각해보고 부모님과도 상의해보라는 말을 끝
으로 나영을 돌려보냈다.

그날 교문을 나서며, 집으로 가는 버스를 기다리며, 버스

안에 앉아 창밖을 보며, 나영은 장래희망을 과학자로 정했던 순간을 떠올렸다. 초등학교 3학년 때의 자신이 아득히 멀게 느껴졌다. 앞으로의 일들도 까마득한 건 마찬가지였다. 과학자가 된 자신의 모습을 상상해보려 했지만 희끄무레한 형체만 떠오를 뿐이었다. 그 뭉게구름 같은 형체는 하얀 가운을 입고 금테 안경을 쓴 채 시험관을 흔들고 있었다. 과학자가 이렇게 생겼었나? 나영은 애초에 과학자가 하는 일이 뭔지 알기는 했었는지조차 의심스러웠다. NASA 같은 데에서 일하면 과학자인가. 한국에서는 뭘 해야 과학자로 분류되는 걸까? 대학을 갈 수는 있을까? 부모님이 티를 낸 적은 없지만 집안 사정이 조금도 나아지지 않은 건 분명했다. 부모님이라면 빚을 내서라도 등록금을 마련해줄 것이다. 빚을 낼 수 있다면 말이지. 장학금? 죽도록 공부했는데 못 받으면? 그건 내가 죽도록 열심히 하지 않았기 때문….

버스가 급정거하는 바람에 나영은 앞자리에 앉은 사람의 뒤통수를 들이받을 뻔했다. 놀란 마음으로 주위를 둘러보니 창밖으로 높은 빌딩과 색색의 불빛들이 펼쳐져 있었다. 알 듯 말 듯한 곳이었다. 나영은 급하게 하차 벨을 눌렀다.

버스가 나영을 떨군 곳은 동대문이었다. 내려야 할 정류장도 제대로 못 찾았다는 자괴감이 참고서로 가득 찬 가방의 무게와 더해져 어깨를 날카롭게 파고들었다. 길에 늘어선 상점과 인파 속에서 집으로 가는 길을 찾아낼 엄두가 나지 않았다. 대신 어디선가 들려오는 음악 소리 쪽으로 느릿느릿 발을 끌었다.

음악 소리의 발원지는 대형 쇼핑몰이었다. 나영은 그 앞에
서 걸음을 멈췄다. 밝은 조명이 비추는 무대 아래, 또래로 보
이는 사람들이 빠른 음악에 맞춰 격렬한 춤을 추고 있었다.
인체의 한계를 벗어난 듯한 동작이 끝날 때마다 앞에 모인 군
중들이 박수와 환호를 보냈다. 어느덧 나영도 무대에 빠져들
었다. 새롭게 등장한 팀은 한층 더 묘기에 가까운 동작을 선
보였다. 댄서들의 몸은 무척 가벼워 보였다. 실제로 댄서들은
잠깐씩 공중을 날아다녔다. 무대 가운데에 선 댄서가 다음 동
작을 위해 도움닫기를 하는 순간, 누군가가 나영의 시야를
가로막았다.

"저기, 학생."

키가 큰 남자가 나영을 내려다보고 있었다. 뭐야. 나영은
눈을 치켜뜨고 방해꾼의 얼굴을 확인했다. 눈 끝이 올라간 남
자가 애써 인상 좋은 척을 하고 있었다.

"저요?"

"혹시 연예인 하고 싶은 생각 없어요?"

"네?"

오늘 '네?'를 너무 많이 말했다. '네?'라고 되묻는 것 좀 그
만해야겠다고 나영은 생각했다.

"우리 회사에서 신인 걸그룹을 준비 중인데, 그쪽이 우리
가 찾는 이미지랑 잘 맞아서요."

"어…."

이런 황당한 소리에는 뭐라고 대답해야 할까.

"저기…. 사람 잘못 보신 것 같은데…."

열심히 생각한 끝에 내놓은 건 상황에 맞지는 않지만 그렇다고 아주 틀린 말은 아닌 어정쩡한 대답이었다.

"아뇨. 제가 찾던 이미지랑 딱 맞아요. 청순하면서도 이지적인…. 학생 공부 잘하죠?"

"네?"

'네?'라는 말은 말이 아니라 반사작용이구나. 아프면 '아!'라고 하는 것처럼 황당한 말을 들었을 때 튀어나오는 감탄사로구나. 그런데 이건 감탄이 아닌데. 감탄이 아니지만 감탄사라고 해도 되는 걸까. 감탄에 내가 모르는 다른 뜻이 있나. 나영의 방어기제는 상황을 무시하는 쪽으로 발현됐지만 그렇다고 눈앞의 남자가 사라지는 건 아니었다.

"저 이상한 사람 아니에요. SMV라고 들어봤죠?"

남자는 명함을 내밀며 자기 회사에 소속되어 있다는 몇몇 가수의 이름을 읊었다. 나영은 처음 들어보는 이름들이었다. 나영은 얼떨결에 명함을 받아 들었다.

"휴대폰 번호 좀 알려줄래요? 나중에 날 잡아서 회사에 한번 와요. 카메라 테스트도 받아보고. 그냥 형식적인 거예요. 딱 봐도 붙게 생겼어."

"저 휴대폰 없는데요."

"거 봐. 딱 내가 찾던 이미지라니까? 그 번호로 꼭 연락 줘요. 빠르면 빠를수록 좋아요."

"저 노래 못하는데요."

"괜찮아요. 노래 잘하는 친구는 이미 있어요. 원래 노래 잘하는 사람은 한 명만 있으면 돼요. 그게 더 좋아요."

이건 또 무슨 이상한 소리지. 역시 이상한 사람이야. 나영은 도망치기로 결심했다.

"저 집에 가야 해서…. 안녕히 계세요."

관객들의 틈새로 빠져나가는 나영의 등에 대고 남자가 소리쳤다.

"꼭 전화해요! 부자 되게 해줄게요!"

4

다음 날 나영이 짝꿍에게 명함을 보여주며 어제 있었던 해 프닝을 우스갯소리처럼 털어놓자 나영의 친구들이 발칵 뒤집 혔다. 짝꿍은 명함에 적힌 회사의 이름을 바로 알아봤다. 짝 꿍의 말에 따르면 제법 이름이 알려진 믿을 만한 회사라고 했 다. 친구들이 백방으로 알아본 결과 그 회사엔 명함 속 이름 과 전화번호를 가지고 있는 사람이 실제로 다니고 있었다. 사 기꾼이 아니거나 꽤 솜씨가 좋은 사기꾼인 게 분명했다.

일은 일사천리로 진행됐다. 나영은 친구들에게 납치당하 다시피 끌려가 오디션을 봤고 덜컥 합격했다. 난공불락일 거 라고 믿었던 부모님은 의외로 쉽게 함락당했다. 회사가 미리 준비한 논거들을 설명서 읽듯이 하나하나 풀어놓자 부모님은 기꺼이 도장을 내밀었다. 나영은 곧바로 합숙소로 불려 들어갔다. 데뷔 준비는 매일이 낯설었다. 집이나 교실 어딘가에 현실감을 두고 온 것 같았다. 가장 낯선 건 춤과 노래를 그럴싸하게 해내는 자신의 모습이었다. 잘하고 싶다는 생각이나 데뷔에 대한 욕심 없이 그저 정해진 시간표를 따라 움직였을 뿐인데도 춤과 노래는 느리지만 착실히 늘어갔다.

그렇다고 숨겨진 재능을 발견했다고 할 만한 건 아니었다. 진짜 눈부신 재능을 가진 사람은 따로 있었다. 민아야말로 타고난 연예인이었다. 연예인이 아니면 안 될 것 같은 사람이었다. 나영은 민아를 처음 본 순간 놀라서 말 그대로 숨을 멈췄다. 연예인은 다 이렇게 예쁜가. 아니었다. 민아가 특별한 거였다. 민아가 부르는 노래를 듣고 있으면 부럽다거나 나도 열심히 해야겠다는 생각은 자취를 감추고 그저 순수한 놀라움만이 차올랐다. 재능뿐만 아니라 연습량에서도 민아는 압도적이었다. 춤도 노래도 어중간하니 성실하기라도 해야겠다고 생각한 나영이었지만 깨어 있는 모든 시간을 연습에 쏟아붓는 민아는 도저히 따라갈 수 없었다. 민아는 주위의 기대를 능가하는 열정과 사명감인지 욕망인지 구분할 수 없는 목표의식을 가지고 있었다. 나영으로서는 민아가 동료, 혹은 경쟁 상대, 하물며 롤모델로도 보이지 않았다. 그저 다른 종류의 인간으로 보였다. 민아의 말투나 눈빛으로 미루어 볼 때 민아 쪽에서는 나영을 발목에 찬 모래주머니 정도로 여기는 것 같았다. 그것이 착각임을 깨닫는 데에는 오래 걸리지 않았다. 민아는 늘 차갑고 진지했지만 그저 다정하게 구는 방법을 몰랐을 뿐, 결코 거만하거나 공격적인 사람은 아니었다.

다른 한 명의 멤버는 일본에서 온 치카였다. 치카는 작고 밝고 둥글고 따뜻한, 마치 꼬마전구 같은 아이였다. 민아에게서 후광이 보인다면 치카는 얼굴에 환한 빛이 켜져 있는 것 같았다. 춤을 출 때면 작은 몸집을 감추기 위해 남들보다 크게 원을 그리고 멀리 팔다리를 뻗었는데 그렇게 해서 만들어진 호쾌한 몸짓에는 보는 사람들의 기운까지 끌어올리는 힘이 있었다. 남들보다 에너지 소비량이 높은 탓에 연습 때 가장 먼저 나가떨어졌지만 그 순간조차 웃음을 놓치지 않았다. 민아의 날카로움도 치카의 미소에는 흠집 하나 내지 못했다. 비에도 젖지 않을 단단한 명랑함이었다. 이성으로 낙관하고 의지로 낙관하는, 어떤 면에서는 가장 강한 사람이기도 했다. 나영과 민아가 으르렁댈 때마다 치카는 그 사이로 뛰어들어 사이좋게 지내라며 두 사람을 꾸짖었다. 두 사람은 치카의 말이라면 껌뻑 죽었다. 치카가 짐짓 근엄한 척 허리에 손을 올리고 호통을 칠 때마다 나영과 민아는 그 사랑스러움 앞에 녹아 내릴 수밖에 없었다.

약 1년에 걸친 연습 끝에 세 사람의 데뷔가 결정됐다. 그룹의 이름은 '프룻'. 영문으로는 'FRUT'. 'For Renaissance of Unbelievable Talent'라는 다소 난해한 뜻을 가진 문장의 알파벳 약자였다. 회사에서 배포한 보도자료에 따르면 놀랄 만한 재능을 가진 세 사람이 가요계에 르네상스를 일으킬 거라는 뜻이라고 했다.

기획사의 전폭적인 지원을 등에 업은 스트로베리 민아, 피치 나영, 오렌지 치카 세 사람의 출발은 순조로웠다. 짝사랑하는 상대가 짝사랑에 빠져 괴로워하는 모습을 곁에서 지켜봐야만 하는 애달픈 마음을 노래한 타이틀곡 〈토마토는 과일이 아니야〉는 데뷔와 동시에 가요순위프로그램 10위권에 안착했다. 인기의 중심은 역시 스트로베리 민아였다. 나영이 그랬던 것처럼 대중들도 민아의 특별함을 한눈에 알아봤다. 무대 위의 민아는 번화가의 중심에 있는 크리스마스트리처럼 성스러우면서도 화려하게 빛났고 사람들은 그런 민아를 반짝이는 눈으로 올려다봤다.

　문제는 무대 밖이었다. 기획사는 예능 프로그램 출연 기회가 있을 때마다 민아를 앞장세워 내보냈지만 기대만큼의 반응이 돌아오지 않았다. 예능 프로그램에 출연한 민아는 좀처럼 웃을 줄을 몰랐다. 딱딱하게 보일 정도로 진지한 면이 민아에게 있다는 걸 멤버들이나 기획사 사람들은 익히 알고 있었다. 하지만 방송에서까지 한결같을 거라고는 누구도 예상하지 못했다. 기획사에서는 민아를 달래도 보고 혼내도 봤지만 소용없었다. 민아는 이게 자신의 본 모습이며 이런 자신의 모습을 좋아해주는 팬들도 있다고, 숫자에 상관없이 그 팬들도 소중하다고 했다. 그러면서 예쁨 받는 건 나머지 두 사람한테 시키라는 말을 덧붙이는 것도 잊지 않았다. 그해 여름 프룻의 가요순위프로그램 최고 순위는 9위였다. 실패는 아니었지만 욕심냈던 것만큼의 성공도 아니었다.

훗날 모 일간지에서 유수의 전문가들을 대상으로 투표를 거쳐 100대 명반을 뽑을 때 108위에 오르게 되는 프룻의 두 번째 앨범 《Funny Fine Fresh Friends Forever》, 통칭 'F5'의 시작은 미미했다. 소꿉친구를 향한 우정과 사랑 사이에서 느끼는 혼란을 담은 가사에 디스코와 빅비트를 절묘하게 조합한 타이틀곡 〈소금 수박〉은 가요순위프로그램 30위에 처음 이름을 올렸다. 먼저 반응을 보인 건 평단이었다.

"2003년 우리에게 당도한 2030년의 음악!"

"우리는 지금 새로운 장르의 탄생을 목도하고 있을지도 모른다. 그 장르의 이름은 프로그레시브 디스코다."

유명 음악 리뷰 사이트에서는 아이돌 가수의 노래에 처음으로 별 다섯 개를 주며 한국 팝 음악의 지향점이라는 짧은 평을 남겼다. 소수의 팬이 그 문장들을 인터넷 커뮤니티에 열심히 퍼 날랐다. 인기의 중심은 여전히 민아였지만 회사는 작전을 바꿔 예능 프로그램에 민아 대신 치카를 내보냈다. 치카와 같은 방송에 출연한 연예인들은 시청자들보다 한발 앞서서 치카의 팬이 되었다. 프룻의 지명도는 느리지만 확실한 상승곡선을 그렸다. 그리고 그 해가 가기 전에 프룻은 가요 순위 프로그램 1위 후보에 올랐다.

1위를 눈앞에 두고 프룻은 세 명이 함께 TV에 출연할 기회를 잡았다. 기획사 대표가 세 사람을 회의실로 불렀다. 대표는 노력과 인기의 상관관계에 관해 이야기했다. 나영은 건성으로 고개를 끄덕거렸다. 대표가 목을 앞으로 빼며 말했다.

"너희 '1대 99' 알지?"

세 사람은 고개를 끄덕였다. 한창 관심을 끌고 있는 주말 저녁 퀴즈쇼였다. 대표는 '1인'으로 출연할 멤버로 나영을 지목했다. 모의고사 전국 1등이라는 타이틀을 드디어 제대로 어필할 기회가 왔다며, 오직 나영을 위해 마련한 출연 기회라는 점을 힘주어 얘기했다. 그걸 듣는 나영은 의자에 앉아 있는 게 아니라 의자 아래에 깔려 있는 기분이었다. 딱 한 번 운이 좋았다는 점이 어필하고 싶은 전부인데. 나영은 마지못해 고개를 끄덕이며 생각했다.

녹화 당일 무대 뒤에서 나영은 긴장감에 취해 머리가 어지러웠다. 데뷔 후 1년이 지난 지금까지도 무대에 오를 때면 전교생 앞에서 리코더 시험을 보기라도 하는 것처럼 속이 울렁거렸다. 게다가 이번엔 민아도 치카도 옆에 없었다. 두 사람은 다른 출연자들과 섞여 99명의 자리에 있을 예정이었다. 무대를 오롯이 혼자 버텨야 한다는 압박감이 나영을 내리눌렀다. 모르는 문제가 많이 나올까? 재치 있는 말도 해야겠지? 일부러 엉뚱한 답이라도 말해야 하나? 어수선한 머릿속을 민아나 치카에게 들키고 싶지 않았다. 자신을 향한 지나친 기대가 두려운 한편 기대를 무너뜨리는 건 그것보다 더 두려웠다. 문득 숙소를 나오기 직전 매니저로부터 전해 들었던 이야기가 떠올랐다. 나영이 몇 단계까지 갈 수 있을지 소속사 사람들 사이에서 내기가 벌어졌다는 이야기였다. 10단계에 건 사람이 가장 많다고 했다.

"너도 내기했어?"

나영이 옆에 서 있던 민아에게 물었다. 민아는 대답 없이 나영을 빤히 쳐다봤다.

"몇 단계에 걸었어?"

민아는 입을 다문 채 손가락 하나를 나영의 눈앞에 들어 보였다. 1단계. 그럼 그렇지. 그저 날 놀릴 생각뿐이로군.

"넌 상금 받으면 국물도 없을 줄 알아."

나영이 민아를 째려보며 말했다. 민아는 세웠던 손가락을 좌우로 흔들었다. 그러고는 허리를 반듯이 펴고 눈을 감은 자세로 돌아갔다. 오늘 녹화의 중간쯤 사회자가 민아에게 노래를 청하기로 대본에 나와 있었다. 민아는 완벽한 솔로 무대를 위해 목을 쉴 수 있도록 말을 걸지 말라고 선언한 상태였다. 이 선언조차 말 대신 종이에 적어 아침에 나영의 눈앞에 들이밀었다. 그 장면이 떠오르자 심술이 났다. 나영이 반격할 차례였다.

"민아야. 저번에 네가 제일 좋아하는 가수가 누구라고 그랬더라? 크리스티나 아길레나? 맞지?"

나영의 말에 민아가 눈을 뜨고 나영을 노려봤다. 민아의 눈이 소리치고 있었다. 아길레'라'!

"네가 크리스티나 아길레나를 좋아한다고 해서 나도 찾아 들어봤어. 네가 그렇게 좋아한다는데 안 들어볼 수가 있어야지 말이야."

나영은 민아의 눈빛 경고에도 아랑곳하지 않고 민아에게

계속 말을 걸었다.

"역시 크리스티나 아길레나야. 사람들이 왜 크리스티나 아길레나, 크리스티나 아길레나 하는지 알겠더라."

나영을 흘겨보는 민아의 눈썹이 실룩거렸다. 치카는 불안한 눈빛으로 두 사람을 번갈아 쳐다봤다.

"이름도 참 예쁘지. 크리스티나 아길레나. 나중에 강아지를 키우게 된다면 이름을 레나라고 지을까 봐. 어때?"

"언니…."

지켜보다 못한 치카가 나영의 옷깃을 잡아당기며 나영을 말렸다. 나영은 물러서지 않았다.

"크리스티나 아길레나 이번 앨범도 진짜 좋더라. 특히 그 노래 진짜 좋던데? 가사도 좋고 뮤직비디오도 좋고. 제목이 뭐더라? 어… 프리티?"

"뷰티풀."

"응?"

"프리티가 아니고 뷰티풀! 아길레나가 아니고 아길레라!"

결국 도발에 넘어간 민아의 성대가 폭발했다. 나영의 말에 왠지 모르게 자신의 자존심이 깎여 나가는 걸 더는 참을 수 없었다.

"말 시키지 말랬지!"

"아. 미안. 미안. 내가 헷갈렸네. 뷰티풀이었지."

나영이 능청스럽게 대답했다.

"근데 그 노래 크리스타라 아길레라가 작곡한 거야?"

"크리스티나! 아길레라!"

민아가 '나'와 '라'에 힘을 주며 말했다.

"아. 내가 다르게 말했어? 미안. 크리스티나 아길네라."

"아길레… 으!"

민아가 분통을 터뜨리며 등을 돌렸다. 나영은 민아의 뒷모습을 바라보며 만족스러운 미소를 지었고 치카는 그 미소를 떨리는 눈동자로 바라봤다.

성공적인 복수로 긴장을 덜어낸 나영은 1단계를 가볍게 통과하고 99인에 섞여 있는 민아를 향해 손가락으로 V자를 그려 보였다.

"그럼 2단계 문제 보여주세요!"

사회자의 말과 함께 화면에 다음 문제가 떠올랐다.

"과일 '자몽'을 영어로 뭐라고 할까요?"

이어서 보기 네 개가 펼쳐졌다.

너무 쉬운 거 아냐? 나영은 생각했다. 아무래도 함정문제 같았다. 괜히 복잡하게 생각해서 헷갈리게 만들려는 의도의 문제인 게 분명했다. 나영은 자신 있게 답을 선택했다.

"2번 자몽입니다."

"망설임 없이 정답을 선택하셨습니다. 이 문제는 프룻한테 유리한 문제가 아닐까 싶은데요. 어떤가요, 나영 씨. 2번이 정답이 확실합니까? 힌트를 사용할 수 있는데요."

"힌트는 아껴둘게요. 정답은 2번, 자몽으로 하겠습니다."

나영은 확신했다. 정답은 2번이다. 자몽은 자몽이다. 자몽이 자몽이지 자몽이 아니면 뭐겠어. 3, 4번은 비슷하게 생긴 다른 과일의 이름이었다. 여기저기서 본 적이 있었다. 보기 1번은 정답 후보에서 제일 먼저 제외했다. 그레이프프루트? 포도과일? 제작진이 조금 더 그럴듯한 오답을 생각해냈다면 재미있었을 텐데. 답은 2번 자몽, 'J, a, m, o, n, g'가 분명했다. 다른 보기들은 정답 근처에도 가지 못했다. 고민할 필요도 없었다. 나영은 멤버들을 향해 주먹을 들어 보였다. 민아가 무서운 눈으로 나영을 쳐다봤고 옆자리에 있는 치카의 표정은 굳어 있었다.

"나영 씨가 답을 확신하고 있네요. 과연 2단계를 통과해 3단계로 갈 수 있을지! 자! 정답을 확인하겠습니다! 정답은!"

땡!

라 음의 맑은 실로폰 소리가 세트에 울려 퍼졌다. 나영은 눈을 크게 뜨고 화면을 올려다봤다. 화면에 떠오른 글자는 1번 'Grapefruit'이었다.

이후로 녹화가 어떻게 진행됐는지 나영은 제대로 기억하지 못했다. 정신을 차려보니 무대 뒤였고 나영을 뺀 나머지 사람들끼리 다음 단계를 진행하고 있었다.

회사도 멤버들도 나영을 탓하지 않았다. 방송을 본 대부분의 사람들은 그저 여러 웃음 포인트 중의 하나로 여기며 지나갔다. 일부의 사람들만이 인터넷에서 그 장면을 이리저리 나르고 조롱하며 조회 수를 늘리는 데 사용했다. 말벌 같은 사람들. 책에서 읽은 적이 있었다. 말벌 수십 마리가 꿀벌 수백 마리를 전멸시킬 수 있다는 내용이었다. 소수였지만 나영을 괴롭히기엔 넘치는 숫자였다. 말벌 같은 사람들. 나영은 그렇게 생각했다.

다음 주 가요순위프로그램에서 프롯이 1위를 차지했다. 무표정한 얼굴로 굵은 눈물방울만 뚝뚝 떨어뜨리는 민아와 그 옆에 매달려 대성통곡하는 치카를 나영은 뒤에서 꼭 안아줬다. 그게 나영의 마지막 무대였다. 나영의 선택이었지만 나영이 원한 건 아니었다. 무대 위를 떠올리기만 해도 몸이 굳었다. 노래도 춤 연습도 할 수 없었다. 사람들 앞에 모습을 드러내는 것 자체가 두려웠다. 그 무기력과 공포에 저항할 마음조차 들지 않았다. 그러니 다른 방법이 없었다.

나영은 가수를 그만두겠다는 결정을 주위에 알렸다. 모두가 말렸다. 회사는 연습 중 허리 부상을 당해 치료 받고 있는 걸로 얘기해놓을 테니 잠시 쉬다 오라고 했다. 다친 건 허리가 아닌데 왜 그렇게 얘기해야 하는지, 나영은 이해할 수 없었지만 잠자코 있었다. 시간이 지나도 나영의 생각은 변하지 않았다. 그러자 회사는 자세를 바꿔 나영의 죄책감과 경제상태를 인질 삼았다. 다른 멤버들 생각은 안 하느냐고, 그만두고 싶다고 해서 그만둘 수 있는 일이 아니라고 했다. 계약이란 건 그런 거라고 했다. 회사는 나영의 눈앞에 계산기를 들이밀며 조곤조곤 협박했지만 소용이 없었다. 나영에게 탈퇴는 선택의 문제가 아니었다. 민아와 치카에게는 미안하다는 말밖에 할 말이 없었다. 치카는 나영의 팔에 매달려 가지 말라며 울었다. 미안해. 미안해. 나영은 그렇게 속삭이며 치카의 등을 도닥였다. 내내 팔짱을 낀 채 나영의 얘기를 듣고만 있던 민아가 익숙한 날 선 목소리로 말했다.

"진짜 진짜 그만두고 싶어? 몇 번이고 제대로 잘 생각해본 거 맞아?"

나영이 힘없이 고개를 끄덕였다.

"억지로라도 못 하겠어? 생각이 바뀔 가능성은 없어?"

"응…. 미안해."

"진짜 마지막으로 묻는 거야. 후회 안 할 거야?"

"미안해."

"알았어."

나영의 대답을 들은 민아는 자리를 박차고 나갔다.

다음 날 회사에서 연락이 왔다. 회사는 갑자기 태도를 바꿔 나영과의 계약을 조건 없이 해지하겠다고 통보했다. 나중에 치카가 전해준 이야기에 따르면, 민아가 경영진 앞에 나가 나영과 같이 활동 못 하겠다고, 나영을 내보내지 않으면 자기가 그만두겠다고 으름장을 놓았다고 했다. 나영의 짧았던 가수 생활은 그렇게 끝났다.

5

비극은 먼 하늘의 먹구름처럼 다가오는 것이 아니라 한밤의 산사태처럼 덮쳐온다. 이 오래전의 깨달음은 아무짝에도 쓸모가 없었다. 말 그대로 정말 써먹을 데가 없었다. 비극을 대비할 수 없다는 깨달음은 당연하게도 비극을 대비하는 데에 아무런 도움이 되지 않았다. 그렇다고 위로가 되지도, 희망이 되지도 않았다. 나영은 자신에게 내민 손들을 뿌리치고 작은 방 안으로 침잠해 들어갔다. 무슨 일이 있었는지 묻는 가족에게 나영은 아무런 말도 할 수 없었다. 대체 무슨 일이 있었던 걸까. 나영이야말로 그게 가장 궁금한 사람이었다. 분명 뭔가 이유가 있을 것이다. 이유가 있어야만 했다. 그레이프프루트를 자몽이라고 부른 것 때문에? 겨우 그것 때문에? 그럴 리가 없다고 생각했지만 그것 말고는 떠오르는 게 없었고 그럴수록 나영은 자기 자신과 점점 멀어져갔다. 저 한심한 타인을 어쩌면 좋을까. 이해할 수 없는 자신을 이해하려는 노력은 매번 실패로 돌아갔다. 스스로도 이해할 수 없는 일을 남들이 이해해줄 리는 없었다. 어차피 이해시키지 못할 거라면 아무 말도 하지 않는 편이 나았다. 주위의 끊이지 않는 질문에 나영은 입을 다물었다. 나영의 상처는 나영의 비밀이 됐다. 사람들은 나영의 비밀을 노크하고 밀고 당기다가 지쳐 떠나갔다. 나영은 자신을 방치하는 것 말고는 아무것도 할 수 없었다.

나영은 마치 불행이 밀도가 낮은 기체라도 되는 양 방 안에 틀어박혀 불행을 들이마시지 않도록 최대한 몸을 낮추고 납작하게 엎드려 지냈다. 생존하는 걸 제외하고는 TV에서 해주는 영화와 동물이 나오는 다큐멘터리를 보는 게 나영의 유일한 일과였다. 볼 영화가 떨어지면 모자와 마스크를 눌러 쓴 채 집 앞의 비디오 대여점에 갔고 돈을 아끼기 위해 이젠 아무도 찾지 않아 구석에서 먼지만 쌓여가는 싼 대여료의 옛날 비디오테이프들을 빌려 봤다. 4대 3 화면비의 뭉개진 화질로 재생되는 영화가 나영이 속한 세계였다. 나영은 영화가 마취제라도 되는 듯, 손에 잡히는 영화들을 닥치는 대로 그리고 끊이지 않도록 신중하게 머릿속에 주입했다.

가족들은 더는 나영에게 사정을 캐묻지 않았다. 가족들 사이에는 이해할 수 없는 좌절을 겪은 사람들끼리의 유대감이 있었다. 아버지는 나영이 짧은 기간 벌어 온 돈에 대출금을 보태 작은 카페를 열었다. 어머니는 카페가 조만간 대박이 날 거라며, 그래도 아버지가 재능이 없지는 않은 것 같다는, 변명 같은 잡담을 종종 늘어놓았다. 가계는 여전히 어머니의 저임금 노동에 기대고 있었기에 그 고단함을 상상할 수 있었던 나영은 무게를 더하고 싶지 않아 그저 고개를 주억거렸다. 그렇게 2년의 시간이 흘렀다.

매일같이 혹사당해온 비디오 플레이어가 결국 고장 나고 말았다. 비디오를 볼 수 없게 되자 남아도는 시간을 주체할 수 없었던 나영은 방구석에 쌓여 있던 오래된 짐들을 정리하기 시작했다. 이리저리 쫓기듯 이사를 다니며 풀지도 않고 처박아뒀던 박스들이었다. 단지 크기가 작다는 이유로 버려지지 않고 살아남은 자질구레한 잡동사니들이 출토됐다. 그 속에 책 한 권이 있었다. 《여름으로 가는 문》. 책장을 넘기자 쪽지 하나가 떨어졌다.

혹시 고양이를 좋아하나요? 이 책이 시작으로 좋을 것 같아요. 당장 빌릴 수 있는 책 중에서는 말이에요. 혹시 재미없더라도 실망하지 말아달라는 뜻이에요. 더 재미있는 SF 소설들이 많이 있으니까요. 책은 제 이름으로 빌려놓았어요. 천천히 읽고 반납해주세요.

천천히 읽고 반납해주세요. '천천히'라고 하기엔 도가 넘었다. 8년이면 강산이 80퍼센트는 변했을 시간이었다. 이왕 이렇게 된 거. 나영은 이불 속으로 들어가 8년을 미룬 독서를 시작했다.

다음 날 나영은 도서관으로 가는 버스를 탔다. 예전에는 걸어서 10분이면 갈 수 있었지만 집을 옮긴 지금은 버스를 타야만 갈 수 있는 거리였다. 동네를 벗어나는 건 2년 만의 일이었다. 모자를 눌러 쓰고 목에 감은 목도리는 눈 밑까지 끌어 올렸다. 등에 멘 가방 속에서 《여름으로 가는 문》이 덜그럭거렸다. 도서관까지 이어진 오르막길은 더 이상 나영이 알던 모습이 아니었다. 길을 따라 서 있던 탱자나무 담장은 모두 사라지고 새 집들이 들어서 있었다. 언덕의 중턱에는 새 아파트가 솟았다. 도서관 주차장에서 훤히 내려다보이던 마을은 아파트에 가려 절반밖에 보이지 않았다.

도서관 안으로 들어간 나영은 목도리를 턱밑으로 내렸다. 갇혀 있던 입김이 빠져나와 하얗게 흩어졌다. 돌돌돌 소리를 내며 열심히 일하는 라디에이터에도 불구하고 인조화강암으로 된 바닥과 하얀 시멘트벽에서 냉기가 뿜어져 나오는 것 같았다. 차가운 난간에 굳이 손을 올린 채 2층의 자료실로 올라갔다.

마법에 걸린 곳이라고 나영은 생각했다. 나영이 알던 모든 게 시간을 거스른 듯 그 자리에 그대로 있었다. 책을 대출하고 반납하는 곳, 늘어선 책장, 나영이 늘 앉던 대형 책상까지 그대로였다. 나영은 홀린 듯이 책상으로 다가가 빈자리에 앉았다. 나영이 앉던 자리엔 이제 막 초등학교에 들어갔을 법한 아이가 앉아 있었다. 지난 시절의 멤버는 보이지 않았다. 할머니, 할아버지도, 체크무늬 셔츠의 남자도, 책을 빌려줬던 언니도 없었다.

내가 갑자기 나타나지 않게 됐을 때, 그 사람들은 날 궁금해했을까? 아니면 사라진 것도 모르고 그냥 지나갔을까? 욕심 같지만 궁금해해줬으면 좋겠다고 생각했다. 내가 체크무늬 셔츠를 궁금해했던 것처럼. 적어도 언니는 궁금해했겠지, 언니한테 나는 책 도둑일 테니까. 나영은 그 사람들이 궁금했다. 할머니, 할아버지는 건강하실까. 언니는 어디서 뭘 하고 있을까?

나영이 가방의 책을 꺼내 사서 쪽을 돌아봤다. 얼굴을 가린 모니터 위로 초록색 머리카락이 솟아 있었다. 늦었지만 하지 않으면 안 되는 일을 해야 했다. 나영은 사서에게 다가가 《여름으로 가는 문》을 내밀었다. 사서가 놀란 나무늘보처럼 천천히 고개를 들었다.

"저…. 반납이요."

사서는 받아든 책의 표지를 보고 눈을 가늘게 뜨더니 나영의 얼굴을 흘끔 쳐다봤다. 나영은 목도리를 다시 코까지 끌어올리며 고개를 숙였다. 곁눈질로 보니 사서가 미간을 찌푸린 채 안경 너머로 모니터를 노려보고 있었다. 그럴 만도 했다. 자백을 하기로 했다.

"이 책이 빌린 지가 좀 오래돼서요."

"알죠. 8년 전에 반납하셔야 했는데."

"네…. 죄송합니다."

"진작 분실처리 됐어요. 반납 안 하셔도 돼요."

사서가 나영 앞으로 책을 불쑥 내밀었다.

"아, 예. 그렇군요. 죄송합니다."

나영이 망설이다 책을 받아들었다.

"책은 재미있었어요?"

"아…. 네."

"다른 책 또 추천해줄까요?"

"네?"

"코코아 한잔 할래요?"

"네?"

언니였다! 머리색이 바뀌었지만, 안경을 썼지만, 그 언니였다. 추억 속의 누군가를 오랜 시간이 지나 우연히 다시 마주치게 된다면 기쁨과 슬픔 중 어느 쪽이 더 클까? 나영은 슬픔이 지배하는 쪽이었다. 눈물이 그렁그렁한 나영을 언니가 재빨리 밖으로 잡아끌지 않았다면 책들에 둘러싸여 울음을 터뜨렸을지도 모른다.

오랜 시간이 흘러 알게 된 언니의 이름은 수경이었다. 수경은 빌려준 책의 반납 기간이 다가왔을 때쯤에야 나영의 이름을 모른다는 걸 깨달았다고 했다. 2주가 지나고 한 달이 지나자 수경은 나영이 돌아오지 않을 거라는 걸 직감했다. 나 때문인가? 수경은 그런 생각도 해봤다. 이름도 연락처도 모르니 궁금해하는 것 말고는 할 수 있는 게 없었다.

"그랬던 아이가 갑자기 가수가 돼서 TV에 나오는 걸 보고는 깜짝 놀랐죠."

TV에서 나영을 발견한 수경은 안심했다. 갑자기 사라졌던 아이가 어딘가에서 잘 살고 있다는 사실을 확인한 것으로 만족했다. 낯선 이에 대한 믿음은 다소 무너졌지만 큰돈을 떼인 것도 아니고 겨우 책 한 권이었으니까.

"책이 반납 안 됐을 때는 정말 난감했다고요. 그러니까 그동안 무슨 일이 있었는지 들을 자격 정도는 있죠?"

수경의 질문에 나영은 입이 떨어지지 않았다. 기껏해야 앙다문 입술에 희미한 미소를 길어 올릴 수 있을 뿐이었다. 침묵이 길어지자 수경이 질문을 바꿨다.

"그래서,《여름으로 가는 문》은 어땠어요? 재미있었어요?"

그리고 수경은《여름으로 가는 문》에 관한 이야기를 쉬지 않고 늘어놓았다. 소설이 단숨에 읽히는 것처럼 하인라인도 단 2주 만에 소설을 써 내려갔다는 사실, 시작과 끝이 나머지 부분을 지배하는 방식, 가사노동으로부터의 여성해방을 주장하는 한편 벨을 편협한 시선으로 그리는 작가의 모순, 그나저나 작품 속에 고양이를 등장시키는 건 반칙이라고 생각하지 않는지와 같은 이야기들. 수경은《여름으로 가는 문》을 추천한 건 절대로 이 소설이 걸작이거나 최고의 작품이라서 그런 게 아님을 알아주길, 재미없었다면 아직 실망하긴 이르며 다른 재미있는 작품들을 얼마든지 추천해줄 수 있다고 말했다.

"좋아요."

나영이 말했다.

"다른 책도 추천해주세요."

수경은 나영을 놓치기라도 할 것처럼 재빨리 자료실로 이끌었다. 책의 위치를 정확히 알고 있는 듯한 군더더기 없는 움직임으로 서가에 다녀온 수경은 〈화재감시원〉이라는 단편이 실린 《시간여행 SF 걸작선》과 《둠즈데이 북》, 《개는 말할 것도 없고》를 나영에게 건네며 반드시 이 순서대로 읽을 것을 당부했다. 최근 가장 좋아하는 작가의 작품들이라고 했다.

그리고 드디어 나영에게 도서관 회원증이 생겼다. 매끈한 플라스틱 카드에 새겨진 얼굴이 낯설었다.

"요즘은 이렇게 바로 사진을 찍어서 만들어주는군요. 증명사진 안 가져와도 되고."

"21세기의 작은 승리죠. 날아다니는 자동차는 없지만요."

나영은 수경이 밀어준 책을 가방에 담았다.

"꼭 반납할게요. 이번엔 진짜로요."

나영이 기어들어 가는 목소리로 말했다.

"꼭 다시 와요."

수경이 대답했다.

나영은 약속을 지켰다. 일주일 만에 도서관을 다시 찾았다. 책은 이틀 만에 다 읽었지만 다시 바깥으로 나가는 데에는 마음의 준비가 필요했다. 반짝이는 눈으로 올려다보는 수경에게 나영은 자신도 코니 윌리스에게 반해버렸음을 고백했다. 어떻게 글자라는 매체가 시끄러울 수 있는지 모르겠으며, 너무 시끄러워 정신이 없을 때 귀를 막아야 할지 눈을 감아야 할지 헷갈렸다는 이야기, 역시 코미디가 완성되는 순간은 쌓아온 웃음들이 감동이 되어 돌아올 때라는 사실, 불가능해 보이는 상황에서도 희망을 잃지 않고 가능성을 찾아내는 사람들, 그리고 또다시 등장한 고양이!

그 뒤로도 나영은 종종 도서관을 찾아 수경과 잠깐의 티타임을 가졌다. 나영은 이제 코코아 대신 커피를 마셨다. 옆에서 8년 전과 같이 커피를 마시는 수경을 바라보다 나영은 문득 궁금한 게 생겼다.

"언니, 옛날에 담배 피우지 않으셨어요?"

"끊었죠. 책 만지는 일을 하잖아요."

수경이 손끝을 비비며 말했다.

"근데 사서는 어떻게 하시게 된 거예요? 원래 사서가 꿈이셨어요?"

"원래 여기 계셨던 사서 선생님이 그러시더라고요. 도서관에 살다시피 하는 것 같은데 사서를 해보는 게 어떻겠냐고."

"혹시 머리 하얗고 두꺼운 안경 쓰신 그분이요?"

"오. 맞아요. 나영 씨가 도서관 자주 올 때 계셨으니 나영 씨도 알겠네요."

나영은 자신에게 임시 회원증을 만들어줬던 하얀 머리의 사서를 떠올렸다. 그 사람이 나영을 도서관에 다시 오도록 만들었고 그걸 시작으로 도서관에 출석하게 됐다. 그 사람이 수경을 사서가 되도록 부추겼고 그 덕분에 나영이 오래된 책을 반납하러 왔을 때 책을 받는 자리에 수경이 앉아 있게 됐다. 결국 지금 두 사람이 서 있는 자리는 그 사서가 만들어준 것과 다름이 없었다.

"그분은…."

"퇴직하셨죠. 몇 년 됐어요. 그분 퇴직하시고 나서 계약직을 뽑더라고요. 운이 좋다고 해야 할지. 마침 막 자격증을 딴 터라 지원했는데 덜컥 됐죠."

"그렇구나."

이번엔 수경이 질문할 차례였다. 8년 전에 왜 갑자기 사라졌는지, 어쩌다 아이돌이 됐으며 갑자기 그만두게 된 이유가 무엇인지, 그 뒤로는 또 어떻게 지냈는지. 그러나 그렇게 물어보는 대신 수경은 불쑥 자기 이야기를 하기로 마음먹은 듯했다.

"저, 학교 다닐 때 따돌림을 당했어요."

갑작스러운 고백에 놀란 나영이 수경을 바라봤다. 수경은 먼 곳에 시선을 둔 채로 말을 이었다.

"그래서 학교에 안 가고 도서관에 왔어요. 괴롭히는 사람도 없고 조용하고 돈도 안 들고. 도서관에서도 사람들이 저를 별로 안 좋아하긴 했는데, 그때 그 선생님이 저한테 잘해줬어요. 그리고 그, 옛날에 같이 앉아 있었던 할머니, 할아버지랑 체크 남방 입은 남자랑 나영 씨도요. 그 사람들 기억나요?"

"그럼요. 기억나죠."

그 사람들은 어디서 뭘 하고 있을까? 나영은 궁금했지만 그것보다 더 신경 쓰이는 말이 있었다. 내가 언니한테 잘해줬다고? 나영에게 그런 기억은 없었다. 수경과 대화를 나눈 적이 단 한 번 있을 뿐이었다. 《여름으로 가는 문》을 빌렸던 그날. 사각 탁자에서 이탈한 두 번째 멤버가 됐던 바로 그 날 말이다. 할머니, 할아버지, 체크맨도 수경과 교류가 없어 보이던 건 마찬가지였다. 수년간 도서관을 다니면서, 나영은 그 사람들이 수경과 말이든 눈짓이든 혹은 간식이든 뭐라도 주고받는 것을 본 적이 없었다. 뭔가를 봤다면 기억하지 못했을 리가 없었다. 멤버들 사이에 상호작용이 없었다는 건 기억에 선명하게 남아 있었고, 만약 그 사이에 뭔가가 오고가는 걸 목격했다면 그런 충격적인 일이 또 없었을 테니까. 아니면 나 빼고 자기들끼리 텔레파시라도 통했나? 나영은 자기가 수경에게 뭘 잘해줬다는 건지 알 수 없었다.

의문이 가득 찬 눈으로 자신을 바라보는 나영을 신경 쓰지 않고, 수경이 혼잣말처럼 찬 바람에 말을 흘렸다.

"그때 나 괴롭혔던 애들은 잘 지내고 있으려나. 잘 못 지냈으면 좋겠네."

마치 '내일은 하늘이 맑았으면 좋겠네.'라고 이야기하는 것 같은 명랑한 말투였다.

나영은 괜히 숙연해져서 발끝을 바라봤다. 수경은 그런 나영을 물끄러미 응시했다. 눌러쓴 야구모자 밑으로 보이는 두꺼운 플라스틱 테의 도수 없는 안경에 김이 서려 있었다. 평

소에 코와 입을 가리고 있던 마스크는 종이컵을 입에 가져가
느라 턱밑에 걸친 채였다. 수경이 갑작스럽게 나영의 머리에
서 모자를 낚아챘다.

"핫."

나영이 한발 늦게 목을 움츠리며 두 손을 머리 위로 가져
갔다. 수경은 손에 들어온 모자를 자기 머리에 눌러썼다. 수
경이 턱을 들어 먼 하늘을 쳐다보며 말했다.

"곧 봄이죠."

봄이랑 내 모자가 무슨 상관이지? 나영은 놀란 눈으로 수
경을 바라보며 생각했다.

"외국에 나가보는 건 어때요?"

봄이랑 외국이랑 무슨 상관이지? 나영은 수경의 생각을
따라잡으려 애썼다.

"제대로 한번 도망쳐보는 것도 괜찮을 것 같은데."

나영은 그날 밤 수경의 말에 대해서 곰곰이 생각해봤다.
도망이라고 말하는 건 좀 치사하지 않나. 그게 도망인가. 아
닌 건 아닌가. 그렇다고 해도 외국에 가는 게 무슨 도움이 되
나. 나의 문제가, 뭔지는 모르겠지만, 여기에 있고 저기에 없
는 건 아닌데. 여기에 없고 저기에 있는 게 있나. 그럼 한번
가볼까. 그런데 역시 모자나 봄이랑은 상관없지 않나. 아니,
있나.

나영도 해외여행을 생각해본 적이 있었다. 오래전 일이었
다. 베스트셀러가 된 여행기를 읽으며 언젠가 자신도 홀로 배

낭여행을 떠나게 될 거라고 믿었다. 배낭을 메고 어느 이국 도시의 골목을 걷는 자신의 모습을 상상했고, 홀로 가난과 고난을 짊어진 채 세계 속으로 뛰어드는 것이야말로 참된 삶이고 인간으로서 완성에 이르는 길이라고 생각했다. 하지만 얼마 지나지 않아 해외여행이란 단어는 불가능이란 단어와 단단하게 결합했다.

나영은 인터넷 검색창에 '여행'을 넣어봤다. 여러 나라들의 이름을 검색하고, 비행기표를 찾아보고, 통장 잔고를 확인했다. 통장에는 한 번의 여행을 다녀올 수 있는 돈이 아슬아슬하게 남아 있었다. 며칠을 망설인 끝에 나영은 런던행 비행기표를 샀다. 열흘짜리 왕복 티켓이었다. 떠나기 전 수경을 놀라게 할 생각으로 도서관을 찾았다. 나영이 대출하려 내민 책 사이에서 런던 여행 안내서를 발견한 수경의 눈이 커졌다. 나영이 손가락으로 그린 브이 자를 내밀며 말했다.

"도망쳤다 오겠습니다."

6

런던까지는 10시간이 넘는 비행이었다. 나영은 지루함과 갑갑함에 맞서 필사적으로 잠을 청했지만 쉽사리 잠들지 못했다. 겨우 잠들었다가 얼핏 눈을 떴을 때 안내 화면 속 비행기는 울란바토르 근처를 날고 있었다. 목적지까지 6,154킬로미터, 남은 시간 7시간 44분, 현재 속도 시속 840킬로미터, 고도 11,000미터, 외부기온 섭씨 영하 55도.

비행기는 밤늦게 히스로 공항에 착륙했다. 직업을 묻는 입국심사관에게 나영은 준비한 거짓말을 했다. 나는 과학자입니다. 나영의 심박수가 요동쳤다. 입국심사관은 나영과 나영이 등에 멘 단출한 배낭을 번갈아 봤다. 영국을 침략하기 위해 동양의 작은 나라에서 보낸 트로이 목마가 아닌지 의심하는 듯한 눈초리였다. 고개를 갸웃거리던 입국심사관은 꺼림

칙한 표정으로 여권에 도장을 찍었다.

공항은 캄캄한 밤 속으로 나영을 뱉어냈다. 나영은 내내 쓰고 있던 마스크를 벗고 크게 숨을 들이켰다. 공기는 차갑고 건조했고 상상했던 유럽의 냄새 같은 건 나지 않았다.

여행은 걷는 것이 전부였다. 지도 한 장만 가지고 발길이 닿는 대로 걸었다. 런던이라는 공간을 여행한다기보다는 시간여행을 하는 것에 가까웠다. 멍하니 걷다가 정신을 차려보면 찰스 디킨스의 작업실이나 버지니아 울프가 살던 집과 마주쳤다. 국립 미술관에서는 모네의 분홍색과 쇠라의 단순함과 종교화의 이상한 표정들을 봤다. 고흐와 터너의 그림 앞에 선 괜히 울적해졌다. 이상하지, 슬픈 그림도 아닌데. 타인이 세계를 이해하는 감각에 세게 부딪친다는 건 따끔하면서도 황홀한 경험이었다.

여행의 마지막 날 나영은 아침 햇살이 레몬색으로 부서지는 세인트폴 대성당의 돔을 바라보고 있었다. 여행의 대단원을 위해 아껴뒀던 곳이었다. 1666년 런던 대화재로 불타고, 2차 세계 대전의 대공습 기간 동안 불타버릴 뻔한 곳. 하지만 등화관제의 암흑과 쏟아지는 폭탄 속에서도 용기를 잃지 않은 화재감시원들이 전쟁의 파괴로부터 구해낸 곳. 코니 윌리스의 세계에서는 2015년에 폭파되어 사라질 고달픈 운명이었지만 아직 나영의 눈앞에서는 주위의 풍경을 압도하며 서 있었다.

성당 내부는 단체로 방문한 아이들로 소란스러웠다. 풍채 좋은 직원이 단호한 말투로 주의를 줬지만 안 그래도 곤란해 보이는 인솔자만 더욱 주눅 들게 할 뿐 아이들은 들은 척도 하지 않았다. 아이들은 손목에 'I AM LOST'라는 문장과 전화번호가 적힌 종이 띠를 두르고 있었다. 나영은 아이들이 그 띠를 여행의 기억과 함께 평생 간직했으면 좋겠다고 생각했다.

돔의 꼭대기에 이르는 계단의 벽면에는 18세기부터 19세기 중반까지의 사람들이 새긴 낙서들이 가득했다. 이름과 날짜를 그냥 죽죽 그어 새긴 게 아니라 세리프체로 한껏 멋을 부려놓은, 조각에 가까운 솜씨였다. 성전을 훼손하는 주제에 거의 조각가의 자세로 작업에 임했을 옛 방문자들을 떠올렸다. 1739년의 낙서를 쓰다듬으며 나영은 다시는 21세기로 돌아갈 수 없을 것만 같은 느낌을 받았다.

돔의 꼭대기에서 고개를 젖히자 종탑의 끝부분과 빠르게 흘러가는 조각구름 말고는 아무것도 보이지 않았다. 아니, 구름은 그 자리에 서 있고 빠르게 흘러가는 건 자신인 것처럼 보였다. 어디선가 속삭이는 한국어가 들렸다. 누군가 자기 쪽으로 다가오는 기척이 느껴졌다. 도망갈까? 갑자기 움직이면 더 이상하게 보일까? 망설이던 나영이 발걸음을 떼려는 순간, 아래에서 봤던 아이들이 입구로부터 쏟아져 나왔다.

"와!"

아이들은 감탄을 섞어가며 저마다 떠들어댔다. 좁은 회랑은 금세 아이들로 가득 찼고 나영과 다가오던 사람 사이에 벽이 생겼다. 뒤따라 입구를 빠져나온 인솔자는 회색 물에 담갔다 뺀 얼굴을 하고 있었다. 여기까지 이르는 528개의 계단과 저 아이들 중 어느 쪽이 그렇게 만든 건지는 물어보지 않아도 알 수 있었다. 나영의 옆에 있던 아이가 나영의 옷깃을 잡아당겼다. 나영과 눈을 마주친 아이는 아래로 보이는 런던 시내를 가리키며 알아들을 수 없지만 어딘가 확신에 찬 말투로 재잘거렸다. 나영은 마주 웃으며 속으로 말했다. 그래. 네 말이 맞아.

런던을 떠나 인천으로 향하는 14시간 동안 나영은 잠들지 않았다. 대신 이 여행의 의미를 찾으려 애썼다. 그럴싸한 답을 떠올리지 못한 채 비행기가 곧 인천국제공항에 착륙한다는 방송이 흘러나왔다. 나영은 여행이 끝나면 자신이 달라져 있기를, 이를테면 양지로 도약하거나 걱정과 근심이 쌍으로 소멸하기를 내심 기대하고 있었다. 하지만 단 한 번의 여행이 나영을 바꿔놓지는 못했다. 바뀐 걸로 따지자면 나영의 내면보다 통장 잔고의 자릿수가 훨씬 많이 바뀌어 있었다. 그렇다면 나는 또 실패한 걸까. 실패라고 하기엔 즐거웠고 좀 따뜻하기도 했다. 지금은 불가능하지만, 언젠가는 이 여행의 의미에 대해서 이야기할 수 있는 날이 올 거라고 생각했다. 게다가 나영에게 아주 영향이 없는 것도 아니었다. 바뀐 통장 잔고의 자릿수가 나영을 방 안에 머무를 수만은 없게 만들었다. 한국으로 돌아온 나영은 부모님의 카페에서 아르바이트를 시작했다. 그만큼 생활반경이 늘어나긴 했지만 집, 도서관을 잇는 선에 카페라는 점 하나가 추가됐을 뿐이었다. 나영의 생활은 오래된 빙하처럼, 단단히 고체 상태로 아주 천천히 흘러갔다.

카페에서 일할 때를 제외한 나머지 시간은 대부분 도서관에서 영화나 책을 보며 지냈다. 한번은 영화를 볼 수 있는 자리가 모두 차 있는 탓에 잠깐 정보검색용 컴퓨터 앞에 앉았다. 화면엔 논문검색 사이트가 열려 있었고 나영은 자기도 모르게 한글로 '자몽'을, 영어로 'Grapefruit'를 검색했다. 'Grapefruit'의 검색 결과가 훨씬 많았다. 나영은 그 가운데 하나를 눌러 읽기 시작했다. 그날 이후로 나영은 도서관에 머무르는 모든 시간을 자몽에 관한 논문을 읽는 데에 쏟아부었다.

인터넷으로 검색할 수 있는 한글과 영문으로 된 모든 자몽 관련 논문을 섭렵하는 데에는 꼬박 15년이 걸렸다. 나영은 어릴적 도서관에서 과학책을 읽을 때처럼, 읽고 있는 논문이 이해가 안 가더라도 일단 마지막 장을 넘길 때까지 포기하지 않았다. 하나의 논문을 이해하기 위해서는 다섯 편의 논문이 필요했고 그 논문을 이해하기 위해서 또 그만큼의 논문이 필요했다. 그렇게 축적된 정보의 핵들은 분열하며 연쇄반응을 일으켰다. 하나를 알던 나영은 둘을 알게 됐고 둘을 알면 셋도 알 수 있었다. 직각삼각형 두 변의 길이를 알면 나머지 한 변의 길이도 알 수 있는 것처럼, 알고 있는 것들로부터 새로운 것을 떠올렸다. 수백 편에 이르는 논문을 읽은 나영은 자몽에 관한 모든 지식의 지도를 머릿속에 그릴 수 있었다. 지식의 점들로 이루어진 지도를 내려다보자 그 사이를 연결하는 선들이 보였다. 정보의 국경선이 그어지고 자몽의 항로가 이어졌다. 다음으로 나영이 할 일은 분명했다.

　나영은《네이처》에〈예측가능성―브라질에서의 자몽 농약 사용이 텍사스에 풍해를 일으킬 수도 있는가?(Predictability: Does the Using Pesticides on Grapefruit in Brazil Set Off a Wind Damage to Texas?)〉라는 논문을 발표한 것을 시작으로 2020년에만 네 편의 논문*을 연달아 발표하는데 훗날 사람들은 이 해를 아인슈타인이 혁명적인 논문 네 편을 발표했던 1905년에 빗대어 '기적의 해'라고 부르게 된다. 나영의 지도는 과학이라는 대륙에만 한정되지 않았다. 오노 요코의《그레이프프루트(Grapefruit)》에 대한 완벽한 재해석으로 미국현대미술관

---

*　자몽의 생산과 변이에 관련된 발견에 도움이 되는 견해에 대하여(On a Heuristic Viewpoint Concerning the Production and Transformation of Grapefruit), Natural vol.517 issue.7546, pp. 56-69, March, 2020
정지 액체 속에 떠 있는 자몽 과육의 운동에 대하여(On the Motion of Grapefruit Pulps Suspended in a Stationary Liquid), Scientific vol.859, pp. 13-34, May, 2020
요리된 자몽의 영양학에 대하여(On the Nutrition of Cooked Grapefruit), Global Nutrition Society vol.76, pp. 9-21, June, 2020
자몽의 맛은 성분 함량에 의존하는가?(Does the Taste of Grapefruit Depend Upon Its Component Content?), Natural vol.524 issue.7567, pp. 23-49, October, 2020

에서 주최한 평론상을 수상하며 미술계의 주목까지 받게 된
다.* 여전히 2020년이었다.

도대체 김나영이 누구지? 논문을 읽은 사람이라면 누구나
이 질문을 떠올렸다. 논문을 통해 알 수 있는 것이라고는 '김
나영'이라는 이름 세 글자뿐. 소속도 약력도 적혀 있지 않았
다. 학자들은 학연을 총동원해 김나영을 수소문했다. 대학에
입학한 적이 없는 나영은 그 정보망에 걸려들지 않았고 인맥
을 통한 탐문에 실패한 학자들은 학회에서 동료들을 만날 때
마다 서로를 의심하기 시작했다. 너야? 네가 썼어? 인터넷
검색창에 '김나영'을 입력했을 때 첫 화면에 출력되는 가수와
학계를 떠들썩하게 만든 논문의 저자를 겹쳐보는 사람은 아
무도 없었다.

과학과 미술 양쪽에 걸친 특이한 이력, 단 1년 동안에 폭
발적으로 쏟아져 나온 천재성, 여기에 숨겨진 정체가 만들어
낸 신비함이 더해져 일약 학술계의 슈퍼스타가 되었지만 나
영은 그런 소란에 대해 전혀 알지 못했다.

나영은 여전히 사람들의 눈을 피해 삶의 가장자리를 떠돌
고 있었다. 일상은 집과 카페와 도서관이 그리는 작은 삼각형
안에 머물렀고, 얼굴은 도수 없는 안경 뒤에 숨어 표정을 잃
었다. 스무 살에 수많은 눈동자 앞에서 경험했던 무기력한 추

---

* 분노의 자몽(The Grapefruit of Wrath), GoMA Artistic Criticism 2020,
pp. 9-23, December, 2020

락 이후 삼십 대 중반이 되기까지의 긴 시간 동안 나영이 잠
겨 있던 우울의 표면은 견고하게 얼어붙어 있었다. 그 얼음벽
을 무너뜨릴 만한 일은 절대로 일어나지 않을 것만 같았다.

그러던 어느 날 광화문 광장에 외계에서 온 우주선이 착륙
했다.

7

그것은 착륙이라기보다는 불시착에 가까웠다. 2022년 10월 3일 서울 상공에 하얀 점으로 나타난 우주선은 나선을 그리며 점점 가까워지더니, 재조성 공사가 한창이던 광화문 광장을 완전히 갈아엎은 뒤 정지했다.

다행히 그 시각 건설 노동자들이 시청 앞 광장에서 건설현장 안전수칙 준수를 요구하는 파업을 벌이던 덕분에 공사가 중단된 광장은 텅 비어 있었다. 흙먼지가 바람에 쓸려가자 광화문을 지나던 시민들과 관광객들이 우주선 주위로 몰려들었다. 우주선을 향해 접근하던 사람들은 집채만 한 크기의 금속성 물체가 내뿜는 열기를 느껴 더 다가가기를 멈췄다.

정부는 우주선의 등장을 불시착과 거의 동시에 알아차렸다. 그도 그럴 것이, 광화문 광장 바로 옆이 정부서울청사였으니까. 개천절에도 출근한 자신의 신세를 한탄하며 창밖으로 광화문 광장을 내려다보던 외교부와 행정안전부 직원들은 즉각 두 가지 고민에 빠졌다. 어느 부서 담당이지? 휴일인데 과장한테 전화해도 되나? 결국 가장 먼저 움직이기 시작한 건 외교부도 행정안전부도 아닌 서울지방경찰청 교통안전과였다. 차를 세워 두고 구경을 나간 사람들로 인해 사직로와 세종대로, 새문안로를 비롯한 반경 1킬로미터의 교통이 완전히 멈췄다. 출동 명령을 받은 교통경찰들은 현장까지 걸어서 이동해야 했다. 뒤늦게 정부 윗선으로부터 "일단 봉쇄해."라는 지시가 떨어졌다. 하달된 지시를 받은 공무원이 경찰청에 협조 공문을 보내자 경찰청에서는 광화문 광장 일대에 차벽을 설치했다. 우주선을 구경하던 시민들과 광화문 쪽으로 행진을 시작한 건설 노동자들은 갑자기 생겨난 차벽을 허물어야만 할 것 같은 이상한 기시감을 느끼다 흩어졌다.

차벽이 광화문 광장을 둘러싸기 직전 우주선에서 줄줄이 내리는 외계인의 모습이 수많은 휴대폰 카메라에 담겨 SNS로 퍼져 나갔다. 처음 모습을 드러낸 외계인은 동그란 주황색 몸통에 가느다란 팔다리가 나뭇가지처럼 붙어 있는 모습을 하고 있었다.

꼭 자몽처럼 생겼네.

그 모습을 본 사람들은 생각했다.

70억의 사람들은 매일 아침 외계인에 관한 새로운 소식이 있기를 기대하며 눈을 떴다. 어떤 사람은 SNS에 정제되지 않은 상상을 쏟아 냈고 누군가는 그걸 실어 날랐으며 누군가는 신을 향해 기도했고 누군가는 계산기를 두드렸다.

전 세계가 흥분한 가운데 일부 미국인들은 할리우드 영화에서 보던 것과 달리 외계인이 미국 땅에 착륙하지 않았다는 사실을 받아들이기 힘들어했다. 일각에서는 달 착륙과 마찬가지로 우주선 착륙 또한 조작된 것이라는 음모론이 퍼져나갔다. 미국을 필두로 한 각국 정부는 '달과 기타 천체를 포함한 외기권의 탐색과 이용에 있어서의 국가 활동을 규율하는 원칙에 관한 조약'을 들어 한국 정부는 한발 물러서서 국제적인 협력 하에 외계인과 접촉해야 한다고 주장했다. 한국 정부는 그 조약은 외기권에 관한 것으로 지구에는 적용되지 않는다며 맞섰지만, 거센 압박에 굴복하는 건 시간문제인 것처럼 보였다.

외계인이 한국에 출현했다는 것보다 더 큰 충격을 준 건 외계인들이 한국어를 사용한다는 사실이었다. 우주선에서 내리자마자 외계인이 내뱉은 한마디는 누가 들어도 한국어가 분명했다. 다만 그 말을 이해한 한국인은 아무도 없었다. 각각의 단어들은 똑똑히 알아들을 수 있었으나 그 조합이 문장이 되자 사람들은 말소리와 의미를 연결해내지 못했다. 익숙한 단어들로 이루어진 알 수 없는 문장은 사람들을 당황하게 했다. 게다가 그 한마디를 끝으로 외계인은 두 번 다시 말을 하지 않았다.

전 세계의 암호전문가들이 그 한마디를 해석하기 위해 뛰어들었고 전 세계의 한가한 사람들이 암호전문가의 길에 뛰어들었다. 언어학계의 살아 있는 전설로 이름 높은 한 노교수는 외계언어 연구에 매진하기 위해 교수직을 은퇴하며 선언했다.

"아인슈타인에게 통일장이론이 평생의 연구였다면 나에게는 이 외계언어 연구가 바로 그것이 될 것이다."

미국의 한 설문조사 기관은 불시착만 아니었다면 외계인들이 미국 땅에 착륙했을 것이라는 의견이 93퍼센트에 이른다고 발표했다. 외계인이 미국에 착륙했다면 영어를 사용했을 것이라는 의견은 98퍼센트에 달했다. 미국의 한 과학자가 이 설문조사의 결과를 비웃는 글을 SNS에 썼다가 언론과 대중의 뭇매를 맞았고 얼마 못 가 자필 사과문을 올렸다.

반면 외계인이 한국에 도착한 게 필연이라고 생각하는 사람들도 있었다. 광화문에 천막을 친 한 민족주의단체는 TV 뉴스 인터뷰에서 이렇게 외쳤다.

"외계인들이 광화문에 착륙한 것은 결코 우연이 아닙니다. 성스러운 개천절에 바로 여기, 광화문 광장에 계신 세종대왕님의 부르심에 이끌렸기 때문입니다!"

물론 그 사람들도 외계인의 한마디에 대해 변변한 해석 하나 내놓지 못한 건 마찬가지였다.

그리고 2개월이 지나도록 새로운 발견이랄 것은 전혀 없었다. 외계인은 이해할 수 없는 한마디 이후 갑작스러운 침묵에 돌입했다. 그 이후로는 소통의 의지를 보이지 않은 채 광화문 광장에 못 박힌 듯 서 있다가 늦은 밤이 되면 우주선으로 돌아가는 생활을 반복했다. 외계인에 관한 뉴스는 매일

"오늘도 새로운 소식은 없었습니다."로 시작했다. 다양한 추측들이 쏟아져 나왔지만 확실한 것은 아무것도 없었다. 외계인들의 생활습관을 볼 때 외계인들의 행성도 자전 주기와 공전 주기가 달라 낮과 밤이 있을 것이라는 가설은 너무 당연하다고 여겨진 나머지 별 주목을 받지는 못했다. 손가락처럼 보이는 기관이 세 개라는 이유로 3진법을 사용할 것이라는 주장이 발표됐고 다음 날에는 팔처럼 보이는 기관이 네 개 있으니 4진법을 사용할 것이라는 주장이 발표됐다. 대중들, 특히 동양인들은 대체로 3진법을 지지했다. 비록 주목을 받지는 못했어도 이런 추측들은 외계인들을 이해하기 위한 그나마 건설적인 가설에 속했다.

전 세계의 학자들이 답답함을 못 이기고 한국을 찾아왔지만 한국 정부는 철저한 무시로 일관했다. 분야를 막론하고 문전박대당한 학자들은 남는 시간을 주체하지 못해 자기들끼리 모여 수다를 떨기 시작했고 전례 없이 높은 수준의 비공식 학회들이 서울에서 동시다발적으로 열렸다. 학자들은 외계생명체에 대한 가설을 두고 갑론을박을 벌이다가도 한국 정부를 전복하기 위한 실천적 논의들 앞에서는 곧잘 대통합을 이루었다.

학자들을 더욱 열받게 만든 건 한국 정부가 과학과는 눈곱만큼도 관련 없는 사람들한테는 잘도 문을 열어준다는 점이었다. 외계인이 서울에 나타나고 약 한 달이 지나, 적어도 당장은 침략활동을 벌일 생각이 없다는 점이 분명해지자 각국의 지도자들은 앞 다투어 한국 방문 일정을 잡기 시작했다. 국가 원수가 이런저런 정치적 핑계로 한국을 방문할 때마다 한국 대통령은 손님에게 외계인을 구경시켜줬다. 외계인은 금세 국가 원수들 사이에서 인기 있는 관광상품이 되었다. 한국을 방문한 국가 원수들은 외계인이 자기 영토에 떨어지지 않은 것에 배 아파하면서도 자신의 임기 또는 재위 중이라는 것에 기뻐하며 외계인을 배경으로 기념사진을 찍었다.

한국 대통령은 자신의 인기와 외계인에 대한 관심을 곧잘 혼동했다. 강대국의 지도자가 제 발로 한국에 찾아올 때마다, 학교에서 소문난 인기인이 자기 생일파티에 나타나기라도 한 것처럼 신나 했다. 정작 국가 원수들 사이에서는 한국 대통령을 가리켜 소국의 왕 주제에 운 좋게 외계인이 앞마당에 떨어진 것 가지고 거들먹거린다며 은근히 경멸하는 분위기였지만, 그러거나 말거나 한국 대통령은 "느 집엔 이거 없지?" 하는 표정으로 어깨를 세우고 다녔다.

종교계의 압박에 못 이겨 각 종교 단체 대표의 방문도 허용됐다. 대표자들은 자신의 차례에 기적처럼 외계인의 말문이 트이길 기대했지만 그런 일은 일어나지 않았고 그저 기념사진 한 장으로 만족해야 했다. 모 단체의 대표자가 외계인에게 세례를 주겠다며 물을 뿌리려다 제지당한 이후로는 그마저도 중단됐다.

비밀이 많을수록 소문은 자라난다. 비밀에 싸인 외계인들에 대한 소문이 난무했고, 허무맹랑한 거짓말들이 인기를 끌었다. 유튜브에는 "자몽인 착륙, 노스트라다무스가 예언했다!", "NASA 직원이 누출한 자몽인의 정체", "자몽인의 섹스법"과 같이 터무니없는 영상들이 판을 쳤고, 스마트폰 메신저를 통해 "외계인 테마주", "광화문 부동산, 투자하려면 지금!", "외계 바이러스 감염 예방법"과 같은 헛소리가 대단한 비법이라도 되는 것처럼 전해졌다. 그리고 이 모든 것들은 인터넷 기사로 재생산됐다.

겨울의 시작과 함께 독감이 유행하자 인터넷을 중심으로 외계인 독감이 창궐하고 있다는 헛소리가 퍼져 나갔다. 실제 감염률은 예년에 비해 살짝 낮은 수준이었고 질병관리청도 이 내용을 언론에 공개했지만 헛소리를 퍼뜨리는 사람들은 이를 무시하거나 정부의 음모로 치부했다.

종말론자들에게는 1999년에 이어 다시 한 번 목돈을 마련할 기회가 찾아왔다. 일부 기독교 종말론자들은 외계인들이야말로 요한 묵시록에서 예언한 적, 백, 흑, 청의 네 기수라며 심판의 날이 머지않았다고 주장했다. 외계인 가운데 주황색은 있어도 빨간색은 없다는 점이나 결정적으로 넷이 아닌 다섯이라는 사실은 사소한 차이로 여기는 것 같았다. 이 주장은 큰 인기를 끌지는 못했는데 무엇보다도 묵시록의 네 기수라고 하기엔 외계인들의 인상이 너무 둥글둥글했기 때문이었다.

외계인들의 명칭은 '자몽인'으로 굳어졌다. 외계인의 모습을 본 사람은 누가 먼저라고 할 것도 없이 자몽을 떠올렸고 SNS에 사진과 영상을 올리며 자몽인이라는 태그를 달았다.

물론 비교적 대중적인 '오렌지'로 부르자거나, 아니면 보다 한국적인 '감귤성인'으로 부르자는 소수의견도 있었지만 그렇게 부르기에 자몽인은 너무 컸다. 착륙 직후 생성된 게시물은 당연하게도 대부분 한국어로 되어 있었고 그 게시물들은 그대로 리트윗되거나 '좋아요' 또는 '하트'를 받으며 전 세계로 퍼져 나갔다. 외국인들은 당황했다. 일단 다들 자몽인이라고 하니까 자몽인이라고 부르고는 있지만 이대로 괜찮은가? 자몽에 해당하는 자국의 언어로 바꿔 불러야 하는 것 아닐까? 이 혼란에 종지부를 찍은 건 의외의 인물이었다. 트위터에서 가장 많은 팔로워를 가진 한 케이팝 그룹이 자신들의 노래 가사 중 일부를 자몽인으로 개사해 부르는 영상을 트위터에 올린 것이다. '우주'와 '염색체'라는 단어가 포함된 가사나 우주가 배경으로 등장하는 뮤직비디오가 외계인이라는 주제와 절묘하게 들어맞았기에 영상의 파급력은 더욱 컸다. 이 영상은 모든 SNS의 기록을 갈아 치우며 퍼져 나갔고 결국 자몽인이라는 명칭이 전 세계에 정착했다. 다만 미국만은 예외였다. 외계인 종주국이라는 근거 없는 자부심을 가진 미국인들은 자몽인이라는 이름을 받아들이지 않은 채 Large Grapefruit Men, 줄여서 LGM이라고 불렀다.

2부

8

카페에서 아르바이트를 하던 나영은 스마트폰 화면에서 자몽인을 처음 본 순간 눈을 의심했다. 어. 어. 저렇게 생기면 안 되는데. 저 외계인은 실수다. 약속을 어겼다. 화면 속 외계인은 여태껏 만화나 영화 속에서 봐왔던 그 어떤 외계인들과도 닮지 않았고, 오로지 자몽만을 닮아 있었다. 그건 외계인이라기보다는 그냥, 자몽이었다. 어린 시절의 트라우마가 뒤늦게 이런 식으로 발현되는 걸까? 외계인에 대한 공포가 내 뇌를 엉망으로 만들어버렸을 수도 있어. 아니면 저건 사실 외계인이 아니라 내가 두려워하는 대상에 따라 형태를 바꿔 나타나는 유령이라거나. 부기맨처럼 말이야.

나영은 다른 사람들도 자신과 똑같은 형상을 보고 있는지 궁금했다. 손님들은 모두 스마트폰 화면에 시선을 고정하고 있었다. 나영이 다시 스마트폰 화면으로 시선을 돌리자 사진 밑에 달린 해시태그가 보였다.

#자몽인.

좋아. 나만 그레이프프루트로 보이는 건 아니야.

그렇다고 현실을 받아들이기가 더 쉬워진 것은 아니었다. 외계인의 등장은 여전히 믿기 힘든 일이었고 하필 자몽처럼 생겼다는 건 믿기 싫은 일이었다. 나영은 휴대전화를 앞치마 주머니에 꽂아 넣으며 생각했다.

너희 별로 돌아가. 여긴 위험한 곳이야.

자몽인들과 최대한 거리를 두려는 나영의 노력은 크리스마스를 며칠 앞둔 12월의 어느 아침에 산산이 조각났다. 그날은 화요일이었고 애매한 첫눈이 내렸다. 듬성듬성 내리는 눈송이는 땅에 닿기가 무섭게 녹아버렸다. 가게 한쪽 테이블 위에는 작은 전구로 장식된 회전목마가 소리 없이 돌아가고 있었고 오래된 크리스마스 캐럴이 온풍에 실려 실내를 떠돌았다. 계산대에 턱을 괴고 앉은 나영은 아스팔트 위에서 장렬히 융해하는 눈송이를 바라보며 슬슬 유통기한이 다가오는 원두의 재고가 얼마나 되는지 고민했다. 내일은 새 원두를 볶아야겠다고 생각했을 때 검은색 승용차가 가게 앞에 멈추고 한 남자가 내렸다. 아니, 차에서 내리려고 했다. 남자는 풀지 않은 안전띠에 걸려 다시 주저앉았고 안전띠를 풀고 나오다 닫힌 문에 옷자락이 끼는 바람에 다시 뒷걸음질 쳤다. 겨우 차에서 벗어나는가 했더니 튀어나온 보도블록에 걸려 비틀거리고는 '당기시오'라고 적혀 있는 유리문을 밀고 들어오려다 코를 박을 뻔했다.

저 블록에 언젠간 누군가가 걸려 넘어질 줄 알았어. 문도 밀어서 열 수 있도록 바꾸자고 사장님한테 말씀드렸었는데. 나영은 생각했다. 그리고 입구 문턱도 없애자고 진작부터 얘기했었지.

문턱에 걸려 거의 구르듯이 카페에 들어온 남자는 나영을 향해 멋쩍은 미소를 지었다.

근사한 미소였다. 헝클어진 머리카락 틈새로 아침 햇살이 새어 나오며 황금색으로 빛났고 눈송이가 녹아 생긴 물방울이 금실 같은 머리카락에 다이아몬드처럼 맺혀 있었다. 길쭉한 팔다리는 완벽한 조형에 약간의 불균형을 부여함으로써 매력적인 긴장감을 더했다. 얼굴은 마치 뱀파이어처럼 혹은 뱀파이어에게 피를 죄다 빨린 것처럼 새하얬는데 완벽한 위치에 있는 입술만은 앵두를 머금은 것 같은 투명한 붉은색이었다. 당장에라도 나팔 소리와 함께 승천할 것 같은 남자를 지상에 붙들고 있는 건 팔꿈치에 가죽을 덧댄 도토리색 헤링본 트위드 재킷의 중후함이었다. 좀처럼 보기 힘든 스타일이었지만 튀어 보이지는 않았고 주변에 녹아들기보다는 자기 주변을 런던의 노팅힐로 바꿔놓는 마법을 부리는 것 같았다. 순간 나영은 남자가 튀어나온 곳이 자동차가 아니라 〈닥터후〉의 타디스가 아닐까 생각했다. 그리고 뭔가 이상했다. 분명 알 수 없는 위화감이 들었는데 이유가 뭔지 알 수 없었다. 그 의문은 남자의 첫마디에 풀렸다.

"김나영 박사님 되시죠?"

그제야 나영은 남자가 가게를 들어오기 전부터 줄곧 자신을 똑바로 바라보고 있었다는 것을 깨달았다. 보통 손님은 점원을 응시하지 않는다. 빈자리를 찾거나 메뉴판을 본다. 그리고 다짜고짜 점원의 이름을 부르지도 않는다. 설마 나를 알아본 건가? 나영은 황급히 손을 눈가로 가져갔다. 변장용 안경은 제자리에 있었다. 투박한 안경과 화장기 없는 얼굴, 20년에 가까운 시간은 나영을 가수였던 시절로부터 효과적으로 단절시켰다. 안경 하나로 슈퍼맨에서 클라크 켄트로 변신하는 기적을 나영은 의심하지 않았다. 그런데 이 사람은 뭐지? 박사님은 또 무슨 소리고?

"아닌가요? 여기 맞는데…. 장록 맞죠? 주소가 분명…."

나영의 대답이 없자 남자는 재킷 안주머니에서 쪽지를 꺼내 펼쳤다. 펼친 쪽지의 글자가 옆으로 누워 있었던 모양인지 남자도 고개를 90도 오른쪽으로 꺾었다.

"170-1번지… 맞는데."

나영은 종이를 바로 세우기보다 고개를 옆으로 꺾기를 선택한 남자를 경계의 눈초리로 바라봤다. 남자는 벽에 주소가 적혀 있기를 기대라도 하는 것처럼 카페 안을 두리번거리다가 나영의 옆에 서 있던 사장을 향해 물었다.

"혹시 김나영 박사님 되시나요?"

나영은 재빨리 남자의 시선을 가로막으며 대답했다.

"제가 김나영인데, 무슨 일 때문에 그러시죠?"

"아, 맞게 찾아왔군요. 카페 이름 검색해서 찾아왔는데 두 군데나 잘못 들러서 이상하다고 생각했어요."

그건 확실히 이상했다. 어마어마한 길치가 아니고서야 지도를 보고 다른 카페를 찾아갈 리는 없었다. 나영이 일하는 카페의 이름은 '카페 장뤽'이고, 그런 시네필스러운 이름을 가진 카페는 나영이 아는 한 이 근방에서 하나뿐이다. 벽에는 〈네 멋대로 해라〉와 〈국외자들〉의 포스터가 걸려 있고 가끔 시네필들이 모여 "그건 영화에 대한 모독이야." 같은 대사를 날리기는 하지만 사실 그건 상업적 판단에 의해 의도된 오해의 결과물이다. 사장은 시네필이 아니라 '트래키'였고, 따라서 카페 이름은 '장뤽 고다르'가 아닌 '장뤽 피카드'에서 따왔다. 단서라곤 앞치마에 달린 스타플릿 배지가 전부라서 그걸 알아채기란 거의 불가능했고 설령 알아챘더라도 그 사실을 입 밖으로 꺼낼 만큼 외향적인 손님은 나영이 일을 시작하고 17년 동안 단 한 명도 없었다.

"배지를 보니까 제가 제대로 찾아온 게 분명하네요."

17년의 기록이 깨졌다.

"소개가 늦었네요. 저는 이동욱이라고 합니다."

동욱이 오른손으로 지갑에서 명함을 꺼내 내밀었다. 동시에 왼손에 든 지갑을 바닥에 떨어뜨렸다. 동욱이 지갑을 줍는 사이 나영은 받아 든 명함을 살펴봤다. 명함에는 유명 대학의 이름과 함께 '천체물리학과', '조교수' 같은 단어가 적혀 있었다.

"지금은 강진화 박사님 비서로 일하고 있어요."

동욱이 허리를 펴고 말했다.

"강진화 박사님 아시죠? 광화문에 계시는."

강진화라는 이름은 나영도 들어본 적이 있었다. 뉴스에서 자몽인과 관련된 보도가 나올 때 종종 우주론의 세계적인 권위자로 언급되는 걸 들었고 기자회견 하는 모습을 본 적도 있었다. 은발이 무척 잘 어울리는 사람이었다. '광화문에 계신다'는 말은 광화문에 세워진 연구시설에서 일한다는 뜻일 것이다. 우주선이 추락한 그 날 이후 '광화문'이 상징하는 것은 완전히 달라져 있었다.

"네."

나영이 대답했다.

"근데 왜요?"

"박사님을 모셔오라는 지시를 받았어요. 자몽인 연구에 힘을 보태달라는 부탁입니다. 뉴스 보셔서 아시겠지만 연구가 제자리걸음을 하고 있다 보니 최대한 많은 분의 도움을 구하고 있거든요. 아, 물론 고양이 손이라도 빌려보겠다는 뜻은 아니고. 아, 이게 아닌데. 아무튼 그런 게 아니고 박사님을 좀더 일찍 모시고 싶었는데 박사님을 찾는 데 한참 걸렸어요. 아무도 박사님을 모르더라고요. 대학에 소속되어 계시지도 않고 학회에 나타나신 적도 없고 논문이 실렸던 저널에 연락을 해봐도 메일 주소밖에 모른다고 하지. 메일 보냈는데 혹시 보셨어요?"

　나영은 고개를 저었다. 마지막으로 이메일을 확인한 게 언제인지 기억도 나지 않았다.

　"안 보셨을 줄 알았어요. 제가 안 찾아본 데가 없어요. 심지어 페이스북도 뒤져봤는데, 페이스북에 김나영이 몇 명인지 아세요? 107명이에요. 다 연락해봤죠. 그중에도 안 계시더라고요. 그래서 결국 제가 박사님을 찾아서…."

　"저 박사 아닌데요."

　나영이 동욱의 말을 끊었다.

　"네?"

　"저 박사 아니라고요."

　"네? 아! 네. 죄송합니다. 제가 실수했네요."

　당황한 동욱의 말이 빨라졌다.

　"모시러 가는 분들이 다 박사님이다 보니까, 실례했습니다. 음. 그럼 어떻게 불러드릴까요? 김나영… 선생님? 씨?"

　"네. 그냥 '씨'면 될 것 같아요."

　"알겠습니다. 김나영 씨. 같이 가셔서 힘을 보태주시죠. 벌써 박사님, 아니, 나영 씨의 연구 결과가 기다려지네요. 자세한 설명은 도착해서 들으실 수 있을 거예요."

　"그러니까 지금 같이 가자는 데가 외계인 연구하는 거기 말씀하시는 거죠?"

　"네. 맞아요."

　"외계인 연구를 도와달라는 말씀이시죠?"

"네, 네."

"아무래도 잘못 찾아오신 것 같아요."

나영이 동욱의 명함을 도로 내밀었다.

"어…. 김나영 씨 맞으시죠? 〈자몽의 생산과 변이에 관련된 발견에 도움이 되는 견해에 대하여〉랑 〈자몽의 맛은 성분 함량에 의존하는가?〉 쓰신…."

"그건 맞는데…."

나영은 외계인을 목격한 듯한 눈으로 자기를 쳐다보는 사장을 애써 무시하며 말했다.

"아무튼, 사람 잘못 찾아오셨어요."

"분명 맞다고…. 맞죠? 맞으시죠? 저 정말 힘들게 찾아다녔어요. 히든 닥터, 자몽의 권위자 김나영 씨요."

히든 뭐? 뭐라는 거야. 나영은 생각했다. 궁지에 몰린 정부가 되지도 않는 일을 시도하는구나. 자몽과 외계인은 지구와 안드로메다만큼이나 거리가 멀다. 생물학 전문가가 아닌 나영도 그 사이에 생물 수백 종은 족히 끼워 넣을 수 있었다. 설령 그 외계인이 자몽을 닮았다고 해도 마찬가지였다. 차라리 나무늘보를 연구하는 사람이 자신보다는 더 적임자일 것이다. 나영은 고개를 절레절레 흔들었다.

"힘드신 건 알겠어요. 연구가 진척이 없으니 나라에서는 여기저기 일단 찔러는 봐야겠고, 내키지는 않지만 그래도 가서 데려오라니까 저 같은 사람한테까지 찾아와서 도와달라고 말씀하셔야 하고."

나영은 동욱이 명함을 돌려받을 생각이 없어 보이자 계산대에 올려놓았다.

　"겨우 논문 몇 편 썼을 뿐이에요. 권위자도 아니고요. 만약 그렇다 쳐도 상식적으로 말이 안 되잖아요. 외계인이 그레이프프루트를 좀 닮았기로서니 그걸 연구했던 사람한테 외계인을 연구하라고 시킨다니요."

　"그래서 그런 거 아니에요."

　동욱이 화사한 미소를 지으며 말했다.

　"네?"

　"박사님이, 아니, 나영 씨가 자몽 전문가라서 부탁드리는 거 아니에요."

　"제 논문 보고 찾아오신 거 아니에요?"

　"맞아요. 그건 맞는데, 그게 자몽이라서 그런 건 아니에요. 아니, 그게 자몽이라서 그런 게 맞긴 맞는데…."

　동욱은 말이 생각을 앞질러버리는 바람에 잠시 말을 멈추고 생각이 따라오기를 기다렸다가 다시 말을 이었다.

　"나영 씨가 쓰신 논문들이 서로 아무런 관련이 없기 때문이에요. 자몽과 관련이 있다는 것 빼면 논문들 사이에 아무런 공통점이 없잖아요. 바로 그 이유로 강진화 박사님께서 나영 씨를 찾은 거예요. 외계인 연구에 필요한 건 그런 재능이라면서요."

　나영은 동욱의 말이 잘 이해가 가지 않는데, 동욱의 횡설수설 때문인지 단순히 말의 의미를 파악하지 못한 건지 헷갈렸다. 나영이 인상을 쓴 채 방금 들은 말을 해석하려 애쓰는 사이 동욱이 새로운 말들을 쏟아 냈다.

"그리고 그것도 아니에요. 연구에 진척이 없는 건 맞는데 그래서 나영 씨를 찾아온 건 아니에요. 처음부터 나영 씨를 찾았었어요. 연구단이 처음 꾸려질 때부터요. 근데 도무지 찾을 수가 있어야죠. 김나영이라는 사람을 만나봤다는 사람은 하나도 없지, 어디 연락처가 있는 것도 아니고. CIA에 있는 지인한테 부탁해 겨우 단서를 찾아서⋯."

동욱은 잠시 멈춰 숨을 고른 뒤 말을 이었다.

"아무튼 지금 저희가 이렇게 만난 건 운명이에요."

카페 안에 침묵이 흘렀다. 어색한 분위기를 감지한 동욱이 허둥대며 말을 고쳤다.

"아, 운명 아니고 기적. 아니 그러니까 제 말은 기적적으로 어렵게 나영 씨를 발견했다는 거죠."

나영이 고개를 흔들며 말했다.

"여전히 이해가 안 가요. 왜 절 찾아오신 건지요. 저는 정말 외계인에 대해 아무것도 몰라요."

"나영 씨. 제가 이거 한 가지는 분명하게 말씀드릴 수 있어요. 외계인에 대해 뭐라도 알고 있는 사람은 아무도 없어요. 우리가 뭘 발견할지, 나영 씨가 오셔서 뭘 발견하실지 아무도 몰라요. 그래도 해보는 거예요. 최선을 다해보는 거예요. 다음 기회는 있을지 없을지조차 몰라요. 저는 이게 충분히 가치 있는 일이라고 생각해요."

나영은 팔짱을 낀 채 생각에 빠졌다. 사기꾼은 아닌 것 같은데. 아니면 솜씨 좋은 사기꾼이거나.

"나영아."

그때까지 가만히 두 사람의 이야기를 듣고 있던 사장이 나영의 어깨에 손을 올렸다. 나영이 카페에서 일을 하기로 했을 때, 나영과 부모님은 공과 사를 분명히 구분해서 일하는 동안만큼은 가족이라는 관계를 접어두고 철저히 사업주와 노동자로서 서로를 대하자고 약속했었고 지금까지 그 약속을 굳게 지켜왔다. 그리고 지금 나영의 엄마가 그 약속을 깨려 하고 있었다.

"〈스타트렉〉 시작할 때 나오는 내레이션 기억하지?"

당연하죠. 나영은 고개를 끄덕였다. 사장이 우주를 바라보듯 고개를 들어 허공을 응시하며 나지막한 목소리로 내레이션을 시작했다.

"우주. 최후의 개척지. 이것은 우주선 엔터프라이즈호의 항해기록이다. 이 우주선의 계속적 임무는 미지의 신세계를 탐험하고 새로운 생명과 문명을 찾으며 인류의 손길이 닿지 않는 곳에 과감히 첫발을 내딛는 것이다."

사장은 여운이 지나가길 기다렸다가 나영을 마주 봤다.

"언젠가부터 엄마는 여기에 궁금증이 하나 생겼단다. 왜? 엔터프라이즈는 왜 탐험을 하고 발견을 하려고 하는 걸까? 목숨까지 걸고 고생이란 고생은 다 하면서 말이야. 너는 그 이유를 아니?"

나영이 고개를 저었다.

"나는 이렇게 생각한단다. 그건 결국 공생하려는 노력이었다고 말이야. 모든 존재와 함께 잘 살아가기 위해 그렇게 열심히 지식의 지평을 넓힌 거라고."

스피커에서 나오던 노래가 끝나고 다음 노래가 시작되기까지 공백이 흐르는 동안 카페는 가습기에서 수증기가 뿜어져 나오는 소리가 들릴 정도로 고요했다. 카페의 손님들마저 아까부터 숨을 죽이고 계산대의 상황을 주시하고 있었다.

"나영아. 나는 언제나 네가 행복하길 바랐지. 어떤 방식으로 행복할지는 간섭하지 않았어. 그건 네가 결정할 문제니까. 늦었지만 한 가지 조언을 허락해주겠니?"

나영은 얼떨떨해하며 고개를 한 번 끄덕였다.

"혼자 행복한 거보다 함께 행복한 편이 낫다. 그게 인류든, 나영이 너라는 사람 하나든 말이야. 믿어보렴."

9

　나영이 동욱의 제안을 승낙하기로 한 건 엄마의 말이 설득력 있었기 때문은 아니었다. 방 안에 처박혀 시간을 죽이던 시절, 나영을 채근하지 않고 묵묵히 기다려주던 부모님이 늘 마음에 걸렸다. 그런 부모님을 보면서 나영은 언젠가 부모님이 자신에게 뭔가를 부탁한다면 그게 어떤 것이든, 설령 내키지 않는다고 해도 한 번쯤은 무조건 받아들이자고 다짐했다. 그건 나영 나름대로의 감사의 표시이며 마음의 빚을 덜어내는 일이기도 했다. 나영은 지금이 바로 그때라고 결정했다.
　"다녀오겠습니다."
　그리고 감사했어요. 나영은 카페 사장 겸 엄마를 향해 손을 흔들었다.
　동욱은 나영의 엄마를 향해 차려 자세를 취하더니 〈스타트렉〉에 나오는 벌칸식 손인사를 건넸다.

"장수와 번영을 빕니다."

엄마는 그 인사를 그대로 돌려줬고 나영은 고개를 절레절레 흔들며 먼저 카페 밖으로 나왔다.

"여기 타세요. 광화문까지 모셔다드릴게요."

뒤따라 나온 동욱이 말했다.

나영은 차에 타기 전에 차 주변을 한 바퀴 돌며 어디 박살난 곳이 없는지 살폈다. 의아한 듯 쳐다보는 동욱의 시선이 신경 쓰였지만 꼭 필요한 일이었다. 동욱이 카페에 들어오기까지의 과정을 생각해보면 광화문에 도착하기 전에 먼저 응급실로 실려 갈 확률이 높아 보였다.

"자동차에 관심이 있으시군요?"

동욱의 물음을 나영은 못 들은 척했다. '당신의 공간지각능력에 깊은 불신을 품고 있습니다.'라고 대답하는 것보다는 오해하도록 내버려두는 편이 나을 것 같았다. 다행히 차가 어딘가에 부딪히거나 긁힌 흔적 같은 건 없었다. 다만 차 꽁무니에 붙어 있는 이름이 눈길을 끌었다. 〈스타트렉〉의 상징과도 같은 우주선의 이름이 거기 있었다.

"이거 엔터프라이즈예요?"

"어. 맞아요. 그러고 보니 우연이네요."

동욱이 반가워하며 대답했다.

"꽤 오래된 차예요. IMF가 터지고 회사가 망하면서 같이 망했죠. 원래 어디 외교관이 타고 다녔다고 들었어요. 그런데 이

제 너무 낡아서 그냥 관용으로 여기저기 굴리는 모양이에요."

"알아요."

"아, 알고 계셨군요?"

알고 있었다. 알고 있었지만 오랫동안 잊고 있었다. 긴 시간이 지난 지금에 와서 그 이름을 가진 차가 눈앞에 나타난 건 확실히 흥미로운 우연이었다. 나영에게 있어 엔터프라이즈는 좋은 의미로도 나쁜 의미로도 그냥 자동차가 아니었다. 나영은 감상에 빠지려던 생각을 재빨리 거뒀다. 지금은 더 신경 쓰이는 문제가 있었다.

"이거 제대로 굴러가기는 해요?"

"물론이죠. 아직 쌩쌩해요."

동욱의 강한 긍정이 도리어 불안을 키웠다. 나영은 찜찜함을 지우지 못한 채 뒷좌석의 문을 열었다.

뒷좌석에는 새끼 북극곰 한 마리가 카시트에 앉아 책을 읽고 있었다. 새끼 북극곰이 읽던 책에서 눈을 떼고 나영을 바라봤다. 다시 보니 사람이었다. 하얀 털점퍼와 북극곰 머리 모양 털모자가 일으킨 착각이었다. 일곱 살쯤 돼 보이는 아이가 고개를 삐딱하게 들고 나영을 물끄러미 응시하고 있었다. 나영은 괜히 잘못한 기분이 되어 소리 나지 않게 문을 닫고 앞으로 가 조수석에 몸을 집어넣었다.

"안녕하세요."

뒤에서 들려오는 목소리에 슬쩍 고개를 들자 백미러를 통해 아이와 눈이 마주쳤다.

"안녕하세요."

나영도 목을 살짝 움츠렸다 펴며 인사했다.

"제 이름은 정수빈이에요."

"저는 김나영이에요."

나영은 자신과 눈싸움을 벌이는 듯한 수빈의 시선을 피해 창밖으로 고개를 돌렸다.

"그럼 출발하겠습니다."

동욱의 말과 함께 차가 앞으로 움직였다. 나영은 반사적으로 손잡이를 움켜쥐었다.

"아빠. 가다가 아이스크림 가게 갈 거야?"

수빈이 말했다. 아이스크림 광고에 나올 법한 말투였다.

나영이 '딸이었구나.'라는 생각을 채 마치기도 전에 동욱이 입을 열었다.

"딸이에요. 아니, 딸 아니에요."

동욱의 목소리 끝이 갈라졌다.

"강진화 교수님 손녀예요. 교수님은 제 고모이고 수빈이는 교수님 딸의 딸이고요. 수빈이 엄마는 제 사촌 누나이고 저는 교수님한테 조카인 거죠. 그러니까 수빈이는 제 조카인 셈이 죠. 셈이죠가 아니라 제 조카예요."

"아. 예."

나영은 생사를 걱정하느라 동욱의 말을 건성으로 들었다. 동욱의 횡설수설에 광화문까지 가는 길이 한층 더 불안해 졌다.

"저 놀리느라 그러는 거예요. 제가 여성분이랑 같이 있을 때마다 아빠라고 부르는데, 그러면 제가 당황할 줄 아는 모양이에요."

"아, 네."

충분히 당황하신 것 같은데요. 나영은 여차하면 뛰어내려야겠다는 생각으로 문고리의 위치를 확인했다. 곁눈질로 백미러를 보니 수빈이 만족스러운 표정을 머금고 책 읽는 자세로 돌아가 있었다. 만화로 된 속담풀이 책이었다.

"언니."

수빈의 갑작스러운 부름에 나영은 재빨리 시선을 거뒀다. 수빈이 책에서 눈을 떼지 않은 채 질문을 던졌다.

"울며 겨자 먹기라는 말 알아요?"

티 나나?

"네. 알죠."

나영이 한숨을 섞어 말했다. 지금 나한테 딱 맞는 말이지.

"울며 겨자 먹기는 싫은 일을 억지로 할 때 쓰는 말이래요. 근데 이상하지 않아요? 겨자는 원래 먹으면 매워서 우는 거잖아요? 근데도 맛있어서 먹는 거잖아요? 그러니까 울며 겨자 먹기는 어쨌든 자기가 좋아서 할 때 쓰는 말 아니에요?"

"음, 그게⋯."

왜 저게 말이 되는 것 같지? 스트레스 때문에 머리가 이상해졌나? 나영은 두통이 밀려오는 걸 느끼며 미간을 꾹 눌렀다.

"언니 그거 알아요?"

수빈이 물었지만 나영은 대답할 힘이 없었다. 수빈도 대답을 기다릴 생각이 없어 보였다.

"이거 방탄유리래요."

"와아…. 그렇군요."

그렇게 대답하면서도 나영은 그럴 리가 없다고 생각했다. 외교관이 타던 차였다는 구실로 누군가가 순진한 아이에게 했을 법한 거짓말이었다. 나영이 옆자리에 앉아 있는 그 누군가를 쳐다봤다. 나영의 시선을 느낀 동욱이 나영을 마주 보며 씩 웃었다. 앞이나 똑바로 쳐다보시지. 나영이 무표정으로 눈을 흘겼다.

"언니."

나영은 수빈이 슬슬 귀찮아지기 시작했다. 그런 나영의 속을 모르는 수빈이 말을 이었다.

"언니가 히든 닥터예요?"

"그게 대체…."

나영은 말을 멈추고 화를 억눌렀다. 아까 동욱이 같은 말을 했던 게 기억났다. 히든 닥터라니. 저 사람이 만든 말인가? 작명 센스 진짜 구리네. 아니, 그 전에. 얼굴 좀 감추고 살았기로서니, 대체 왜 그런 걸 만들어 가져다 붙이는 건데. 나영은 다시 동욱을 흘겨봤다. 수빈의 말에 대답하는 척, 두 번 다시 그 호칭을 꺼내지 말라는 의사를 동욱에게 확실히 전달하고 싶었다. 나영이 뒷자리로 고개를 돌려 말했다.

"아니에요. 뭔가 와전된 것 같은데. 저는 그런 사람이 아니에요. 누가 지어낸 건지는 몰라도 의미도 없고 재미도 없는 이상한 소리네요."

"와전."

수빈은 '와전'이라는 단어를 반복하고는 옆자리에 있던 가방을 열었다. 수빈이 가방에서 꺼낸 물건이 나영의 호기심을 불러일으켰다.

"사전을 가지고 다녀요?"

"네. 취미예요."

사전을 찾는 게 취미라니. 취미는 조금 더 뭐랄까, 종이학 접기 같은 거 아닌가. 다이어리 꾸미기라거나 슬라임 놀이라거나. 나영이 생각했다. 그사이 사전을 펼친 수빈이 보이는 문장을 소리 내어 읽었다.

"와전. 사실과 다르게 전함."

"맞아요."

나영은 고개를 끄덕인 뒤 다시 앞을 보고 앉았다. 왠지 모르게 수빈이 거북했다. 충분히 영악한 어린이는 얄미운 어른과 구분될 수 없나? 그렇다고 하기에 수빈이 한 거라곤 시답잖은 농담과 독특한 속담 해석, 그리고 자칭 취미생활이 전부였다. 나영은 이유 없이 수빈을 미워하지 말자고 다짐하며 심호흡을 했다.

"언니 그거 알아요?"

아니. 몰라. 그것도 모르고 이것도 모르고 저것도 몰라. 나영은 무너지려는 다짐을 가까스로 붙들고 침묵을 유지했다.

이번에도 수빈은 대답을 기다리지 않았다.

"언니 앞치마 입고 있어요."

나영과 동욱이 동시에 나영의 앞치마를 내려다봤다. 뒷자리에서 수빈이 책장을 넘기는 소리가 '팔락!' 하고 들려왔다.

10

　광화문으로 가는 동안 나영은 휴대전화로 자몽인이 나오는 영상을 찾아봤다. 예습 같은 건 아니었다. 단지 이어폰으로 귀를 틀어막고 싶었고 '방해금지'라고 써 붙이는 것보다는 이쪽이 더 점잖은 방법 같기 때문이었다. 놀랍게도 이 방법이 먹혀들었다. 동욱은 뻣뻣하게 굳은 자세로 운전에 집중했고 수빈은 책에 빠져든 것 같았다.

　지금 보고 있는 건 자몽인이 처음 우주선 밖으로 나왔을 때의 영상이었다. 다섯 명의 자몽인이 우주선에서 뻗어 나온 경사로 위를 걸어 내려오고 있었다. 멀리서 볼 땐 마치 볼링공이 굴러 나오는 것처럼 보였지만 카메라가 줌인하자 몸통에서 뻗어 나온 여덟 개의 가지가 보였다. 그중 네 개가 다리 역할을 하고 있었다. 인간의 걸음걸이와 비슷한 속도로 경사로를 빠져나온 자몽인들은 광화문 광장 한가운데에 서서 천천히 주위를 둘러봤다.

애네는 자기들이 귤속 잡종 식물 이름으로 불리고 있다는 걸 알기나 할까. 나영은 일차원적 작명센스를 지닌 네티즌들이 지배하는 세계에 불시착한 외계 종족의 운명에 약간의 동정심을 느꼈다. 사실 엄밀히 따지면 모두가 자몽을 닮은 것도 아니었다. 형태는 엇비슷했지만 색이 제각각이었다. 자몽색, 그러니까 주황색은 단 하나뿐이었고 나머지는 은회색, 파란색, 보라색, 자줏빛이 섞인 검은색이었다. 자몽인이 된 건 순전히 지면에 처음으로 발을 내딛는 암스트롱의 역할을 자몽처럼 생긴 녀석이 맡았기 때문이었다. 만약 은회색이 버즈 올드린 역에 불만을 품고 자몽을 앞질러 나왔다면 저들은 지금쯤 쇠구슬인으로 불리고 있을지도 몰랐다.

자몽인들이 광화문에 상륙한 의도는 알 수 없었지만 마음의 준비가 전혀 되지 않았다는 것만은 분명했다. 표정을 읽을 수는 없어도 어쩔 줄을 몰라 하고 있는 것이 눈에 보이는 듯했다. 서울에 계획을 가지고 방문한 거라면 "안녕하세요", "김치 맛있어요" 중 하나는 연습해왔을 것이다. 적어도 로봇을 먼저 보내거나 방탄복 정도는 입고 왔어야 했다. 저들에게 서울은 미지의 세계였다. 어쩌면 엔터프라이즈호의 선원들처럼 "미지의 세계를 탐험하고, 새로운 생명과 문명을 찾으며, 누구도 가보지 못한 곳에 과감히 첫발을 내딛는" 임무를 지니고 온 것일지도 모른다는 생각이 나영은 퍼뜩 들었다.

거의 정지화면처럼 보이던 영상에 움직임이 나타났다.

무슨 말을 하고 싶은 거니, 피카드.

나영은 지구에 첫발을 디딘 주황색 자몽인에게 엔터프라이즈호 선장의 이름을 붙였다. 화면 속에선 피카드가 이상한 방식으로 두 팔을 흔들고 있었다. 그건 일종의 기계체조 같기도 했고 어떻게 보면 구조요청 같기도 했다. 적어도 손날로 목을 긋는 제스처처럼 느껴지지는 않았다. 왜 피카드가 앞장서서 내렸을까? 왜 피카드가 나서서 말을 했을까? 가위바위보에서 졌나? 아니면 역시 피카드가 선장인가? 지구의 관습을 바탕으로 생각하자면 두 문명의 접촉 같은 중대한 일에는 서열이 가장 높은 사람이 첫 발언권을 행사하는 게 타당해 보였다. 〈스타트렉〉에서도 외계인과의 통신 장면은 언제나 "엔터프라이즈호 선장 피카드입니다."로 시작하니까.

그건 너무 인간 중심적인 생각일지도 몰랐다. 사실 저기 뒷짐 지고 있는 검정이 선장이고(실제로 뒷짐을 지고 있지는 않았다) 피카드는 두 팔을 휘저으며 "선장님 납시오!"라고 외치고 있을 뿐 아닐까? 이 상상은 곧바로 기각당했다. 이거야말로 너무나도 인간 중심적이다. 그것도 아니라면, 보안장교? 여행 가이드? 어쩌면 통역관일지도 모른다. 만약 그렇다면 형편없는 통역관임이 틀림없다.

나영은 영상을 멈췄다. 줌인 된 피카드가 화면을 가득 채우고 있었다. 떠오르는 의문이 너무 많았다. 어디서 왔으며 어떻게 왔는지. 인간과 무엇이 닮았고 무엇이 다른지. 자몽인의 백과사전을 가져다준다고 해도 새로 알게 되는 것보다 새로 생기는 의문이 훨씬 많을 것이었다. 어찌 됐건 잘 부탁합니다. 장뤽 피카드 씨. 나영은 휴대전화 화면 속 피카드를 보며 주문과도 같은 인사를 보냈다.

"다 왔습니다."

동욱의 말에 나영은 고개를 들었다. 눈에 익은 광화문의 빌딩들 사이, 검은 이순신 장군 동상 뒤로 거대한 하얀색 돔이 자리 잡고 있었다. 광화문 광장 전체가 반구형의 우윳빛 거품으로 싸여 있는 듯한 모습이었다. 좌우로는 세종문화회관에서 KT빌딩까지, 앞뒤로는 광화문역 출구에서 북측 광장까지 이르는 넓이에, 높이는 교보생명 빌딩의 절반에 가까운 크기였다. 그 비상식적인 크기보다 사람들의 정신을 더 깊숙이 자극하는 건 돔의 색이었다. 티끌 하나 없이 순수한 흰색의 외벽이 바라보는 사람의 머릿속까지 하얗게 만들었다. 구경을 나왔던 사람들은 거대한 돔을 바라보며 감탄하다가도 어느 순간 무의식이 외치는 경고를 듣고 반사적으로 고개를 돌렸다. 서울 한복판에 나타난 그 거대한 흰색 돔이 바로 사람들 사이에서 새롭게 '광화문'이라고 불리는 장소였다.

"수빈아."

동욱이 말하자 수빈은 익숙하다는 듯이 담요를 뒤집어썼다. 나영은 물음을 떠올리는 것과 거의 동시에 그 이유를 납득할 수 있었다. 광화문 앞은 난장판이었다. 수천 명은 족히 돼 보이는 사람들이 광화문 앞에 진을 치고 있었다. 저마다의 스피커에서 쏟아져 나온 수많은 소리들이 서로를 형체도 알 수 없을 때까지 찢어발겼다. 군중들 사이로 좁은 길 하나가 돔까지 뻗어 있었다. 길 양쪽에 나열된 바리케이드 뒤에는 걸음마다 배치된 경찰들이 각각 군중 쪽과 길 쪽을 바라보며 엇갈리게 서 있었다. 동욱이 속도를 줄여 그 길에 접어들자 카메라 렌즈가 일제히 이쪽을 향했다. 이게 수빈이 담요를 뒤집어쓴 이유일 것이었다. 기자인지 유튜버인지 모를 사람들이 바리케이드에 바짝 붙어 연신 셔터를 누르거나 카메라를 마주 보며 떠들고 있었다. 어린아이가 돔에 드나들고 있다는 사실이 알려지면 인터넷에서 퍼져 나갈 끔찍한 말들이 나영의 머릿속을 스쳤다. 나영은 눈가로 손을 가져가 변장용 안경이 제자리에 있는지 다시 한 번 확인했다.

가까이에서 본 군중은 주장하는 사람, 항의하는 사람, 기원하는 사람, 놀러 나온 사람 등이 뒤섞인 혼란의 도가니였다. 방송차 위에서 방호복을 입은 사람들이 "UFO = 핵폭탄 위력의 100배", "국방부는 각성하라!", "외계인 박멸! 깨끗한 대한민국!"과 같은 문구가 적힌 팻말을 흔들고 있었고, 바로 옆 무대에선 얼굴을 주황색으로 칠한 댄스팀이 "지구에 온 것을 환영합니다!"라는 현수막을 배경으로 케이팝 안무를 따라 추고 있었다. 무대 앞 군중 속에는 자몽 모양의 옷을 입어 변장한 사람들이 군데군데 섞여 있었다. 전 대통령 사진과 성조기를 나란히 걸어 놓은 채 지구의 평화를 위해 외계인을 미국으로 보내야 한다고 외치는 방송차도 보였다. 한편에선 '아름다운 한국어 알리기 시 낭송 대회'가 열리고 있었고, 거기에 질 수 없다는 듯이 각자의 국기를 내건 수십 개국의 사람들이 자몽인을 상대로 자국어 강습을 펼치고 있었다. 한국의 시위 문화에 대한 사전 조사가 부족했던 몇몇 집단은 대형 스피커로 무장한 단체들 사이에서 작은 확성기 하나로 고군분투하고 있었다. 나영이 알고 있는 모든 종교가 각자의 신을 찬양하는 노래를 부르거나 기도를 올리고 있었고 이름조차 생소한 종교집단의 수는 그보다 많아 보였다.

신이시여, 감사합니다. 나영이 생각했다. 외계인이 돔 덕에 이 꼴을 볼 수 없어서 정말 다행이에요.

돔을 둘러싼 가림벽의 입구에 도착하자 경찰이 다가와 세 사람의 출입증을 요구했다. 동욱과 수빈은 출입증을 내밀었고 동욱의 전화 한 통이 나영의 출입증을 대신했다. 가림벽 안쪽에는 또 하나의 거대한 문이 앞을 가로막고 있었다. 닫힌 문 양쪽으로 소총을 든 군인들이 서 있었고 그중 두 명이 다가와 차를 살폈다. 나영은 군인의 손에 들린 검정 소총을 눈으로 좇으며 그 반대편으로 몸을 기울였다. 군인이 차 안을 들여다보려 몸을 숙일 때 총의 개머리판이 조수석 창문에 턱 하고 부딪쳤다. 나영이 그 소리에 깜짝 놀라 어깨를 움츠렸다. 자신과 총 사이를 창문이 가로막고 있다는 사실은 위안이 되지 않았다. 오히려 유리벽을 종잇장처럼 간단히 통과하는 총알의 이미지만 더욱 선명해졌다. 실제로는 1분 남짓했던 검문 시간이 나영은 끔찍할 정도로 길게 느껴졌다. 군인이 앞을 향해 손짓하고 차가 움직이기 시작할 때까지도 나영은 긴장을 내려놓지 못했다. 차가 움직이는 것과 동시에 정면을 가로막고 있던 문이 열렸다.

그리고.

하얀 돔 아래, 광화문 광장 한가운데에 자몽인이 있었다. 자몽인들은 다섯이서 무리를 지은 채 그저 멍하니 하늘을 보고 있었다. 첫눈이라도 보고 있는 건가? 나영이 걸음을 멈추고 자몽인의 시선을 따라 고개를 들었다. 착각이었다. 그렇지. 실내에 눈이 내릴 리가 없지. 자몽인의 시선이 향하는 곳에는 하얀 천장뿐이었다.

"실제로 보니까 어때요?"

동욱이 물었다.

"흐음…. 글쎄요."

나영이 답을 얼버무렸다.

이어질 말을 기다리며 눈을 껌뻑거리던 동욱은 그 대답으로 대화가 종료됐다는 걸 깨닫고는 다시 앞장서 걸어갔다. 나영이 뒤를 따라 걸었다. 그때 나영의 머릿속에는 십여 년 전의 퀴즈쇼가 펼쳐져 있었다. 자몽이라는 단어를 떠올리기만 해도 따라오는 악몽 같은 기억. 나영에게 자몽은 더 이상 자몽이 아니었다. 순간이 시간을 대체하고 기억이 생각을 뒤덮을 수 있다는 것을 나영은 경험으로 알고 있었다. 그런 나영에게 있어 자몽인은 경이의 대상이라기보다는 물질화된 악몽이었다. 나영과 자몽인 사이에는 넘을 수 없는 거대한 계곡이 있었다.

"저기예요."

동욱의 말에 나영은 생각에서 빠져나왔다. 동욱이 늘어선 천막 중 하나를 가리키고 있었다.

"저기에 강 박사님이 계실 거예요. 전 이만 가볼게요. 베를 린 필하모닉이 연주할 곡을 선곡해야 해요."

"베를린 필이요? 그쪽 일도 하시는 거예요?"

"크리스마스에 저 앞에서 음악회가 열릴 거예요."

동욱이 돔의 입구 쪽을 가리켰다.

"외계인과 함께하는 크리스마스 음악회예요. 거기서 베를 린 필이 어떤 곡을 연주할지를 강 박사님 보고 정하래요."

"강 박사님이 클래식에 조예가 깊기 때문은 아니겠죠?"

"자몽인들이 좋아할 만한 곡을 과학적으로 결정하라는 거 예요."

"점점 더 이해가 안 가는데요."

"선호하는 음파의 파형, 진동수, 뭐 그런 걸 찾아보라는 거겠죠."

"그런 게 있어요?"

"모르겠어요. 찾을 시도도 안 해봤어요. 강 박사님은 그 지 시를 받고는 코웃음 치더니 저한테 그냥 몇 군데 전화 좀 해 보고 정하라고 하더라고요."

"왜 갑자기 음악회 같은 걸 한대요?"

"인류의 하모니를 들려주고 싶다나. 그리고…."

동욱이 살짝 아련한 표정으로 얼굴을 바꿨다.

"크리스마스잖아요."

동욱은 마치 그게 자명한 진리라는 듯이 말했다. 1 더하기 1이 2라는 것처럼. 나영은 잘 모르겠다는 의미로 어깨를 으쓱했다.

"필요한 거 있으시면 언제든지 연락 주세요. 제 명함 가지고 계시죠?"

동욱이 손을 들어 보이며 잰걸음으로 멀어졌다. 나영은 주머니를 뒤져봤다. 동욱의 명함은 카페에 두고 온 모양이었다. 나영은 동욱이 차에 올라타는 걸 보고는 자몽인을 곁눈질하며 동욱이 가리켰던 천막을 향해 걸어갔다.

나영은 강진화 박사를 금방 알아볼 수 있었다. TV 뉴스에서 인상적으로 봤던 부스스한 흰머리 그대로였다. 진화는 꼿꼿이 선 채 책상 위에 쌓여 있는 서류들을 재빨리 훑어보고 있었다.

"좀 지나갈게요."

밖으로 나가려는 사람의 요청에 나영은 그제야 자기가 입구를 막고 서 있다는 것을 깨달았다. 한발 비켜선 뒤 다시 진화 쪽을 보자 박사의 끝이 올라간 안경 너머로 눈이 마주쳤다. 나영은 다가가 말을 걸었다.

"저기…."

"김나영 박사님이세요?"

"박사는 아니고…."

"강진화예요. 히든 닥터를 드디어 뵙게 되네요."

"네?"

나영은 진화가 내민 손을 얼떨결에 잡고 악수를 했다.

"좋은 때에 오셨어요. 마침 조회를 시작할 참이거든요. 저 옆 텐트에 가서 잠시만 앉아 계세요. 5분 후에 시작할 거예요."

말을 마친 진화는 다시 서류 더미로 눈을 돌렸다. 나영은 진화가 가리킨 방향으로 걸어가며 생각했다. 또 나왔다, 히든 닥터. 동욱 혼자 그렇게 부르는 게 아니었나? 대체 어디까지 퍼져 있는 걸까? 생각해보니 동욱이 처음 그 말을 했을 때도 나영이 당연히 알아들어야만 한다는 식의 말투였다. 설마 나를 부르는 이름인 건가. 나영은 그 이름을 처음 생각해낸 사람을 저주했다. 분명 어딘가의 네티즌이 지었겠지.

옆 천막에는 접이식 의자가 줄을 맞춰 펼쳐져 있었고 이미 절반쯤 자리가 차 있었다. 나영은 구석 자리로 가 앉은 뒤 주위를 둘러보며 나쁜 일이 생기지 않을 거라는 증거를 찾으려 애썼다.

"안녕하세요."

소리 나는 쪽을 보니 어느새 옆자리에 한 남자가 앉아 있었다.

"안녕하세요."

"처음 오셨나 봐요."

"네."

뭐지, 이 사람. 나영은 경계심을 늦추지 않은 채 대답했다. 갑자기 다가와 친근하게 구는 사람은 무섭다. 이런 데서 뭘 팔고 있는 건 아닐 테고, 그냥 오지랖이 넓은 사람인가? 아니면 포교라거나. 남자는 검정 터틀넥 밖으로 나무 십자가 목걸이를 하고 있었다.

"반갑습니다. 이상윤이라고 합니다."

"김나영입니다."

"김나영 박사님?"

상윤의 눈이 커졌다.

"박사는 아니고요."

"아, 그렇군요. 죄송해요. 여기서 만나는 사람들이 다 박사님이다 보니 입에 붙었나 봐요."

"네. 그러신 것들 같더라고요."

"그럼 김나영 씨는… 아, 김나영 씨라고 불러도 될까요?"

"네."

그럼 달리 뭐라고 부르겠는가.

"나영 씨는 전공 분야가 어느 쪽이세요?"

"아…. 저는 뭐 이것저것…."

"이것저것이요?"

"굳이 말하자면 그레이프프루트요."

"그레이프프루트라면, 자몽이요?"

"그레이프프루트요."

"그럼 역시 '그' 김나영 씨 되시나요?."

상윤이 '그'에 힘을 주며 말했다.

"몇 년 전에 학계를 떠들썩하게 만들었던 그…. 뭐더라….

사람들이 뭐라고 부르던데….”

“박사님은 어떤 분야를 전공하시나요?”

나영이 서둘러 말을 돌렸다.

“저도 이것저것이요.”

상윤이 능글맞게 웃으며 대답했다.

“굳이 말하자면 신이라고 할 수 있겠네요.”

“신이요?”

“저는 신부예요.”

“신부요? 신부라면 그….”

“네, ‘그’ 신부요.”

“신부님이 여기 왜 계세요?”

아차. 나영은 반사적으로 튀어나온 의문을 입밖으로 뱉고 눈알을 굴렸다. 상윤이 아무렇지도 않은 듯 웃으며 말했다.

“하하. 그러실 만도 해요. 저도 여기 가라는 전화를 받았을 때 그렇게 말했는걸요. 제가 거기 왜요? 라고요. 위에서 힘을 좀 쓴 모양이에요. 인간과 함께 저들을 창조하신 주님의 뜻을 헤아려봐라, 뭐 그런 뜻인 것 같아요.”

“저 외계인이요?”

“다른 외계인이 있나요?”

“하느님은 자기 모습을 본떠 인간을 창조했다고 하지 않나요?”

“잘 알고 계시네요. 혹시 성당 다니시나요? 아니면 교회라든가.”

"아니요."

나영은 단호하게 고개를 저었다.

"하느님의 형상이라는 게 반드시 겉모습을 말하는 건 아니에요. 영혼일 수도 있고 정신일 수도 있죠."

"그것참…."

편리한 해석이네요. 나영은 뒷말을 삼켰다. 종교의 긍정적인 부분이라고는 크고 튼튼한 건축물뿐이라는 평소의 종교관을 내보이기에 적당한 상대는 아니었다.

"진전은 좀 있나요?"

"노력하고 있어요. 하지만 주님의 뜻을 알기가 그렇게 쉽지만은 않아요."

"그렇…군요."

나영은 '그렇겠죠'라는 말이 튀어나오려던 걸 가까스로 얼버무렸다.

"그래도 제가 연구에 기여한 정도가 다른 과학자들에 비해 결코 적지 않아요. 사실 완전히 동일하죠."

상윤이 엄지와 검지를 붙여 동그라미를 만들어 보이며 웃었다. 0이란 뜻이었다.

상윤이 만든 동그라미 너머로 진화가 들어왔다. 진화가 연단 앞에 서자 사람들의 말소리가 줄어들었다.

"조회 시작하기 전에 먼저 새로 오신 분을 소개할게요. 김나영 박사님이십니다."

사람들의 시선이 일제히 나영을 향했다. 동시에 천막 안의 공기가 낮은 진폭으로 술렁거렸다. 엉덩이를 빼고 앉아 있던 나영이 슬며시 자세를 바로잡았다.

"일어나서 자기소개 한번 부탁드려요."

정말? 전학 온 학생도 아니고, 이 많은 사람 앞에서 자기 소개를 하라고? 그렇게 생각하면서도 나영은 안경을 한 번 추켜올린 뒤 엉거주춤하게 일어섰다.

"안녕하세요. 김나영입니다."

나영은 '잘 부탁드립니다'라는 말을 덧붙일까 잠시 고민하다 그냥 다시 자리에 앉았다. 어색한 정적이 흘렀고 어딘가에서 실수 같은 박수 소리가 한 번 울렸다.

"뭐, 박사님에 대해서는 아시는 분은 다 아실 거라고 생각합니다. 서로 잘 협조해주시길 부탁드립니다."

진화가 미적지근한 분위기를 정리하고 조회를 시작했다.

"단장님은 저한테도 박사님이라고 불러요. 다른 사람은 다 신부님이라고 부르는데요."

상윤이 속삭였다.

"아무래도 여기에 박사가 아닌 사람은 저희 둘뿐인 것 같네요."

"어…. 나중에 알게 되시면 더 이상할 것 같아서 미리 말씀드리는 건데, 사실 저도 박사 학위가 있어요."

"아. 신학 박사요?"

"아니요. 신학대 가기 전에 다른 공부를 했었어요. 물리학이요."

"물리학이요?"

나영의 목소리가 순간적으로 높아졌고 주변의 사람들이 나영 쪽을 쳐다봤다.

"네."

사람들이 다시 앞을 보기를 기다렸다가 상윤이 대답했다.

"그런데 어쩌다가 신부님이 되신 거예요? 기적이라도 경험하셨나요?"

"비슷해요."

"거기 두 분, 집중 좀 해주시죠."

강진화 박사의 말에 이번에는 천막 안의 모든 사람이 나영 쪽을 쳐다봤다. 나영은 거북이처럼 목을 집어넣었다.

나영은 조회에 집중해봤지만 딱히 쓸 만한 이야기는 없었다. 행정과 관련된 공지사항이 있었고 부서별로 새로운 내용이 있으면 보고하라는 말에 천막 안은 그 어느 때보다 조용해졌다.

"이만 마칩시다."

조회 종료를 선언한 진화가 되돌아 나가자 나영은 그쪽을 향해 뛰쳐나갔다. 진화는 사람들 사이에 섞여 벌써 저만치 멀어지는 중이었다.

"박사님!"

스무 명 정도 되는 박사가 돌아봤지만 진화는 걸음을 멈추지 않았다.

"강 박사님!"

이번에는 서너 명이 고개를 돌려 나영을 바라봤지만 진화는 여전히 앞만 보며 걷고 있었다. 나영은 두 명의 박사와 부딪히고 접이식 의자에 걸려 넘어질 뻔한 다음에야 겨우 진화를 따라잡을 수 있었다.

"저기, 박사님. 저, 아직 제가 여기서 무슨 일을 하면 되는지 듣지 못했는데요."

"아. 그거라면 박사님께 맡겨둘게요."

"네?"

"그냥 하고 싶은 걸 하시면 돼요."

진화의 대답을 들은 나영은 의심을 담아 미간을 찌푸렸다.

"혹시 몰라서 여쭤보는데, 김나영 찾으신 거 맞죠? 논문 몇 쪽 쓰긴 했지만 대학 졸업장도 없고 최종 학력이 고졸인 그 김나영요."

"박사님이 다른 사람보다 나은 점이 뭔지 아세요? 좋게 말하면 학문에 경계가 없고 나쁘게 말하면 일관성이 없어요."

나영은 '나쁜 쪽은 굳이 얘기할 필요 없지 않나.'라고 생각하면서도 잠자코 이야기를 들었다.

"몇 달 동안 우리는 뭘 해야 하는지 안다고 생각했어요. 그 결과가 이거예요. 아까 조용한 거 보셨죠?"

진화가 천막을 떠나는 사람들의 뒷모습을 가리켰다.

"자기가 뭘 해야 하는지 아는 사람들은 이미 충분히 있어요. 물론 그 사람들을 탓하고 싶지는 않아요. 두 달이 충분한 시간은 아니니까요. 그래도 이젠 새로운 방향을 모색해볼 때도 됐어요. 자몽인에 관한 거라면 뭐든지 좋아요. 그걸 정하는 것도 박사님의 일이에요. 그러니까 하고 싶은 걸 하면 된다는 말은 말 그대로 하고 싶은 걸 하면 된다는 뜻이에요. 무슨 뜻인지 아셨죠?"

아뇨. 잘 모르겠는데요. 하고 싶은 걸 하라니, 한국에서 공교육을 받은 사람에게 그런 주문은 무리다. 이 사람은 분명 외국에서 학교를 나왔을 거야. 토론식 수업과 자기주도학습을 강조하는 선생님들. 스케이트보드를 타고 등하교를 하면서 원하는 수업을 골라 시간표를 짰겠지. 가끔 치어리더들한테 괴롭힘도 당했을 거야. 졸업 파티 때 인생이 좀 풀린다 했더니 핏물이 가득한 양동이가 머리 위로 떨어지고 평소에 괴롭히던 애들의 머리가 펑 펑.

머릿속에서 질주하는 망상의 폭주기관차에 석탄을 던져 넣느라 굳어버린 나영의 어깨에 진화가 손을 얹었다.

"솔직히 최종 학력이 고졸인 건 몰랐어요. 물론 알았다고 해도 달라지는 건 없었겠지만."

진화가 나영의 어깨너머를 향해 말했다.

"두 분 이미 인사를 나누신 것 같으니 박사님이 여기 김 박사님 시설 안내 좀 부탁드려요."

나영이 뒤를 돌아보자 상윤과 눈이 마주쳤다.

"넵."

상윤이 고개를 크게 한 번 끄덕였다.

"그럼 기대할게요, 히든 닥터."

진화가 나영의 어깨를 살짝 두드리고는 천막을 빠져나갔다.
옆으로 다가온 상윤이 말했다.
"그럼 갈까요, 히든 닥터?"

11

상윤은 먼저 나영을 행정실로 안내했다. 행정실 천막 안은 이름에 걸맞게 조용하고 삭막한 분위기를 풍기고 있었다. 편한 옷을 입고 있던 연구원들과는 달리 무채색의 양복을 차려입은 사람들이 책상만을 뚫어져라 쳐다보는 중이었다. 그 가운데 단 한 사람만이 색색의 줄무늬 스웨터를 입은 채 나영과 눈을 마주치고 있었다. 작은 체구에 목을 길게 빼고 있는 그 모습을 보자니 나영의 머릿속에서 '아프리카에 서식하며 몸길이가 50센티미터 정도 되는 미어캣은 사막의 파수꾼이라는 별명을 가지고 있습니다.'라는 내레이션이 흘러갔다. 상윤이 앞장서서 그 직원 쪽으로 걸어갔다. 상윤이 나영을 소개하자 직원이 활짝 웃으며 말했다.

"새로 오신 분이군요!"

동그란 얼굴과 반듯하게 자른 앞머리 때문인지 교복을 입혀 놓으면 학생처럼 보일 것 같은 사람이었다. 작은 체구에도 불구하고 연구단지 전체의 활기를 책임지고 있는 것 같아 보였다. 책상 앞에는 김지우라는 명패가 붙어 있었다. 지우는 능숙한 솜씨로 여러 종류의 서류를 나영 앞에 늘어놓고 말했다.

"읽어보시고 표시한 부분 채워주시면 돼요. 모르는 건 물어보시고요."

서류에는 중간중간 주황색 형광펜으로 줄이 그어져 있었다. 그 부분만 적어 내면 된다는 뜻인 것 같았다. 나영은 서류에 인적사항을 채워 넣고 근로계약서와 비밀유지계약서를 비롯한 몇 종류의 서류에 서명했다. 나영이 내민 서류를 검토한 지우가 웃으며 말했다.

"완벽해요!"

지우는 서류를 내려놓고 나영의 뒤편을 가리켰다.

"저쪽에 서보시겠어요?"

지우가 가리킨 곳에는 사진기가 설치되어 있었다.

마지막으로 사진기 앞에 섰던 게 언제더라. 기억을 더듬으니 카페를 개업할 때 그 앞에서 찍은 가족사진이 떠올랐다. 사진 찍기를 거부하는 나영을 부모님이 그때만큼은 단호하게 잡아끌어 카페 건물 앞에 세웠다. 19년 전 일이었다. 그 후로 긴 시간 동안 사진으로 남길 만한 순간이 단 한 번도 없었나. 그렇게 생각하니 한숨이 나왔다. 한숨을 쉬는데 셔터 소리가 들렸다.

"잠시만 기다려주세요."

지우가 자리로 돌아가 컴퓨터를 만졌다. 곧 지이잉 소리와 함께 출입증이 뽑혀 나왔다. 지우가 목걸이에 출입증을 연결한 뒤 나영에게 건넸다.

"사진이 잘 나왔네요!"

출입증에는 애매하게 입을 벌린 나영의 사진이 인쇄되어 있었다.

"등록은 다 끝났어요. 혹시 더 필요한 거 있으세요?"

지우의 질문에 나영은 상윤을 쳐다봤다. 그때까지 멀뚱하게 서 있던 상윤이 말했다.

"일단은 없어요. 감사합니다."

"감사합니다."

나영은 상윤을 따라 인사를 하고 행정실을 빠져나왔다. 나오는 동안 지우와 번갈아 가며 서너 번씩 고개를 숙였다.

의료동에서는 문진표를 작성하고 피를 뽑았다. 나영은 팔에 반창고를 붙인 채로 나머지 시설을 안내받았다. 천막의 절반은 연구동, 화장실, 창고 같은 평범한 시설들이었다. 나머지 절반이 군인들의 막사라는 사실은 의외였다. 과학자들이 우글거릴 거라고 줄곧 생각해왔던 곳이었지만 보이는 것만 놓고 따지자면 연구소보다는 군부대에 가까웠다.

상윤이 광장을 가로질러 걸어가는 한 무리의 군인들을 가리켰다.

"저기 앞에 가는 사람이 여기 책임자예요. 계급이 뭐라더라. 준장이랬나."

"책임자요?"

나영은 상윤의 말을 이해할 수 없었다.

"강 박사님이 책임자 아니었어요?"

"강 박사님은 연구단을 이끄는 연구단장이에요. 저 사람이 본부장이고요."

나영은 눈을 가늘게 뜨고 본부장이라는 사람을 바라봤다. 본부장은 허리를 꼿꼿이 세운 채 자몽인들 쪽으로는 눈길 한 번 주지 않고 그 앞을 빠른 걸음으로 지나쳤다. 뒷짐을 진 손으로는 팔뚝 길이의 지휘봉을 까딱대고 있었다. 저건 어디다 쓰는 걸까? 뭔가를 가리키는 건 손으로 충분하지 않나. 나영은 지휘봉의 용도를 상상해봤지만 그럴듯한 게 떠오르지 않았다. 그 시대착오적인 나무 막대기가 나영을 괜히 불안하게 만들었다.

"왜 군인이 책임자인 걸까요, 과학자가 아니라? 아니면 차라리 행정가든가."

나영의 의문에 상윤이 어깨를 으쓱했다.

"모르겠어요. 국가적인 프로젝트는 군에서 관리하는 게 보통인 걸까요? 왜, 맨해튼 프로젝트의 책임자도 군인이었잖아요."

"그게 정상일까요?"

"글쎄요. 어쨌든 맨해튼 프로젝트는 결국 성공했잖아요."

"결국 핵폭탄을 떨어뜨렸죠."

나영은 준장을 노려보며 영화에서처럼 바닥에 침이라도 뱉고 싶었다. 입안에 쓴맛이 돌았다.

"여기서 하는 게 연구가 아니라 전쟁이었군요."

내가 여기 있어도 되는 걸까? 영화 속에서 보던 나쁜 과학자들이 떠올랐다. 외계의 기술을 이용해서 무기를 만들고 싶어 하는 군인들과 은폐된 진실로 민중을 통제하려는 정치인들, 결과가 불러올 파국을 외면하고 눈앞의 이익만을 좇는 자본가들, 진리에 대한 열망이라는 핑계로 거기에 봉사하는 과학자들. 그런 영화나 소설 속 이야기들을 떠올리는 건 망상인 걸까. 그 속에서만 살다 보니 현실감각이 사라져버린 걸까. 책임자가 군인이라는 걸 알게 된 이상 그렇게 생각할 수만은 없었다. 로스앨러모스의 과학자들에게는 나치 독일보다 앞서 핵무기를 만들어야 한다는 핑계라도 있었지. 순수하게 외계인을 연구해달라는 부탁을 받고 왔을 뿐, 아무것도 몰랐다는 사실이 나중에 변명이 될 것 같지는 않았다.

준장이 지나간 자리 너머로 자몽인들이 보였다. 주변 상황이 어떻게 돌아가는지도 모른 채 가만히 서서 시간만 보내고 있는 저들을 생각하자 나영은 자몽인들이 몹시 가여워 보였다.

나영의 시선이 자몽인을 향해 있는 것을 본 상윤이 말했다.

"쟤들이 자몽처럼 생겨서 다행이라고 생각하지 않으세요? 만약 에이리언이나 악마처럼 생겼어 봐요. 말 그대로 정말 전쟁이 났을 수도 있잖아요."

상윤은 가벼운 코웃음 정도를 기대했겠지만 나영의 반응은 예상과 전혀 달랐다.

"외모로 사람을 판단하는 분이셨군요?"

"아니…. 그건…."

상윤은 그냥 가벼운 농담이었다고 항변하려다가 변명이 되지 못한다는 것을 깨닫고는 순순히 잘못을 인정했다.

"실언이었습니다. 제가 경솔했네요."

자신의 잘못을 인정하고 사과를 할 줄 안다는 것은 근래에 보기 드문 미덕이고, 멸종위기의 미덕은 독려 받을 필요가 있었다. 나영은 웃으며 고개를 끄덕였다.

"저기…. 방금 주의를 받고 나서 얘기하기에 적당한 타이밍은 아니지만, 몇 가지 주의사항이 있어요."

상윤이 나영의 눈치를 보며 말을 꺼냈다.

"근로계약서 뒤에도 적혀 있는 내용인데, 대부분은 뻔한 거예요. 자몽인을 때리면 안 된다, 자몽인에게 음식물을 던지면 안 된다, 뭐 이런 거요. 딱히 자몽인한테 하면 안 된다기보다는 그냥 지나가는 사람한테도 하면 안 되는 것들이죠."

"정말 그런 게 적혀 있어요? 음식물을 던지지 말라고요?"

"정말이에요. 이 돔이 생기기 전에 사람들이 먹을 걸 얼마나 많이 던져댔는지 상상도 못 하실 거예요."

나영은 돔 밖에 있던 사람들을 떠올렸다. 그러자, 그래도 사람들이 던진 것이 다른 게 아니라 음식물이었다는 사실에 안도감이 들었다.

"그리고 이게 중요한데…."

상윤이 설명을 계속했다.

"자몽인에게 영상을 보여주거나 음악을 들려주는 것도 금지되어 있어요. 만약 연구에 필요하면 연구동에 가서 목록을 제출해야 하고 그중에 승인이 떨어진 것만 저 스크린을 통해 보여줄 수 있어요."

상윤이 가리킨 곳에는 작은 버스만 한 스크린이 설치되어 있었다.

"저기서 수학이나 과학 자료 말고는 다른 영상이 나오는 걸 본 적이 없어요. 영화나 음악 같은 예술 작품은 승인이 떨어진 적이 한 번도 없어요. 자몽인의 반응을 예측할 수 없다는 게 공식적인 이유래요."

"그렇군요."

"이상하지 않아요?"

"뭐가요?"

"반응을 예측할 수 없다는 말이요. 영화를 보여주면 자몽인이 갑자기 폭력적으로 변하거나 인간을 싫어하게 될 거라고 생각하는 걸까요?"

"글쎄요. 다른 건 몰라도, 지구에 도착해 처음 본 게 유튜브라면 저라도 바로 무전을 날렸을 거예요. 당장 현재 좌표를 폭격하라고요."

"그렇다면 그런 건 지구인한테도 보여주면 안 되는 거 아닐까요?"

"와. 저희 의견이 드디어 일치했네요."

"그래요. 유튜브는 그렇다고 칩시다. 〈E.T.〉는 왜 안 될까요? 베토벤은요? 저런 우주선을 만들 정도의 지성체라면 설령 자기들 취향에 안 맞는다고 해도 보고 듣는 것 정도는 비판적으로 수용하겠죠. 영화나 게임의 영향을 받아서 생각이 변한다는 건 구시대적인 주장이잖아요."

"그런가요? 제가 아는 사람 중엔 2천 년 전에 나온 소설책을 읽고 직업을 바꾼 사람도 있는데요."

"혹시 제 얘기예요?"

나영은 대답 대신 어깨를 과장되게 으쓱하고는 시선을 돌려 자몽인을 바라봤다. 어떤 면에서는 외계인보다 상윤이 이곳이 있다는 사실이 더 놀라웠다. 물론 자기 자신도. 당장 몇 시간 전만 해도 안락하고 익숙한 카페를 떠나 외계인 앞에 불려 올 거라고는 상상도 못 했다. 일이 이렇게 된 건 어디서부터일까. 문득 옆에 있는 상윤은 어떤 궤적을 따라 이곳에 오게 된 건지 궁금해졌다.

"기적을 경험했다고 하셨죠? 어떤 거였어요?"

"기적 비슷한 거라고 했죠. 얘기가 좀 길어요. 그래도 괜찮으시다면, 마침 다음 코스가 휴게실 겸 식당이에요."

상윤은 나영을 휴게실로 데려갔다. 두 줄로 나란히 설치된 테이블이 텅 비어 있었다. 상윤이 녹차 티백이 담긴 종이컵을 내밀며 나영의 맞은편에 앉았다.

"12시부터 1시 사이에 여기 오시면 도시락을 나눠줄 거예요. 개인적으로는 꽤 먹을 만하다고 생각해요."

상윤이 종이컵에 담긴 녹차를 호호 불어 마신 뒤 몸의 힘을 빼고 말을 이었다.

"박사 논문 심사를 막 통과했을 때예요. 전부터 가고 싶었던 연구소에 들어가기로 예정도 되어 있겠다, 오랜만에 시간이 좀 생겼죠. 여행이나 갈까 생각하던 차에 칠레에 있는 한 천문대에 방문하는 프로그램을 발견했어요. 별 기대 없이 지원했는데 운 좋게 합격을 시켜주더군요. 마침 잘됐다 싶어서 방문 일정보다 일찍 남미로 떠났어요. 남미로 배낭여행을 떠나는 게 로망이었거든요. 직접 가보니 제가 기대했던 게 그대로 있더군요. 대자연과 고대문명, 무의식중에 기대했던 저개발의 모습까지도요. 그러다 칠레의 산티아고로 들어왔어요. 장시간 버스를 타고 오느라 너무 지쳐 있어서 일단 보이는 식당에 들어가 허겁지겁 저녁을 먹었죠. 배를 채운 다음 정신을 좀 차리고 보니 그제야 지갑을 잃어버렸다는 걸 깨달았어요. 가방을 샅샅이 뒤져도 돈 한 푼 안 나오지, 가게 주인은 나를 미심쩍게 쳐다보지, 이러다 경찰서에 끌려가는 건 아닌지 걱정하며 식은땀을 뻘뻘 흘리고 있는데 한 남자가 다가오더라고요."

"예수님이었나요?"

"파블로라는 동네 청년이었어요."

상윤이 나영의 딴지를 무시하며 이야기를 계속했다.

"제 사정을 듣고는 음식값을 대신 내줬어요. 그리고 근처 게스트하우스로 데려가 저에게 침대 한 칸을 내주도록 주인

을 설득했죠. 저는 그냥 떠나려는 파블로를 붙잡고 내일 꼭
사례할 테니 다시 만나자는 약속을 받아냈어요. 그렇게 친구
가 됐죠. 다음 날 만나 얘기를 나눠보니 우린 공통점이 많았
어요. 그 친구도 대학에서 물리학을 전공했고 특히 우주의 기
원에 대한 호기심으로 가득했어요. 모르는 사람에게 어떻게
그런 친절을 베풀 수 있었는지 물었더니 그 친구가 답하더군
요. 우리는 모르는 사이가 아니라고. 그러면서 제 목에 걸린
십자가를 가리켰어요."

상윤이 십자가 목걸이를 감싸 쥐었다.

"우리는 형제라는 거죠. 물론 다른 점도 많았어요. 파블로
는 물리학에 대한 열정이 넘쳤고 그 열정만큼이나 지적이고
박식한 친구였지만 학교를 계속 다닐 수는 없었어요. 그거 아
세요? 칠레의 평균 월급은 100만 원에 훨씬 못 미치지만 대
학 등록금은 한국보다 비싸요. 부자들은 등록금이 비싼 사립
대를 졸업하고 높은 연봉을 받지만, 가난한 사람들은 공립대
를 겨우 졸업해도 일자리 구하기가 하늘의 별 따기고요. 파블
로는 자기가 학자금 대출을 다 갚으면 쉰 살쯤 되어 있을 거
라더군요. 만약 돌아갈 수 있다면 절대로 대학에 가지 않을
거래요. 블랙홀에 관해 얘기할 때 그렇게 눈을 반짝거렸으면
서요! 저는 그런 눈으로 밤하늘을 바라본 적이 없어요. 대학
원은 제가 아니라 그 친구가 가야 했는데."

상윤이 잠시 뜸을 들이다 말을 이었다.

"대신 그 친구는 구리광산에서 일하면서 신부가 될 준비를

하고 있다고 했어요. 장학금을 받으면서 신학 공부를 할 기회가 생겼다면서요. 매일 아침 그 친구는 대출금 갚을 돈을 벌기 위해 광산으로 출근했고, 저는 공원과 성당과 와이너리를 보러 다녔어요. 그건 더 이상 여행이 아니었어요. 남의 무덤을 밟고 다니는 기분이었죠."

"음. 그건 너무 간 것 같네요. 그 사람의 가난이 신부님 때문은 아니죠."

"맞아요. 죄책감을 느낄 필요는 없지만 그렇다고 신경 쓰지 않아도 되는 건 아니죠."

"사는 게 참 피곤하시겠어요."

"피곤해질 필요가 있어요."

상윤이 단호하게 말했다.

"산티아고를 떠나는 날, 작별인사를 하는데 파블로가 이제 어디로 가느냐고 묻더군요. 대답을 못 했어요. 천문대에 별을 보러 간다는 말은 차마 할 수가 없더라고요. 이해 가시나요?"

나영은 고개를 끄덕였다.

"헤어지기 전에 파블로가 작은 구리 광석을 선물로 줬어요. 구리 광석 본 적 있으세요?"

"아니요."

상윤이 주머니에서 작은 돌멩이 하나를 꺼내 보여줬다.

"반동석이라는 거예요. 각도에 따라 파란색, 빨간색, 보라색, 청록색이 섞여 있는 것처럼 보이는데, 잘 보면 우주에 있는 성운이랑 놀랄 만큼 비슷하게 생겼죠."

상윤의 말이 맞았다. 시시때때로 변하는 이름 없는 색의 우주가 돌 위에 펼쳐져 있었다.

"그렇게 파블로랑 헤어지고 파라날 천문대라는 곳으로 갔어요. 칠레에 있지만 유럽 소유의 천문대예요. 천문대에 있는 이틀간은 주최 측에서 제공한 근처 호텔에서 머물렀어요. 말도 못 하게 아름다운 곳이에요. 호텔 로비 천장은 거대한 유리로 되어 있는데 그 아래에 커다란 접이식 우산 같은 게 서 있어요. 그 우산은 낮에는 접혀 있고 밤에만 펼쳐져요. 용도가 뭔지 아시겠어요?"

나영이 고개를 저었다.

"호텔의 불빛이 바깥으로 나가는 걸 가리는 거예요. 근처에 천문대가 있으니까요."

그 거대한 사치와 순수 과학의 연결에 나영은 살짝 어지러워졌다.

"그곳에서 밤마다 하늘을 봤어요. 천체망원경으로 촬영된 이미지들도 봤지만 아무래도 그건 직접 보는 게 아니라서 그런지 실감이 안 나더라고요. 대신 고개만 들면 보이는 밤하늘이 얼마나 환상적이던지. 제가 그전까지 본 모든 별을 다 합친다고 해도 그날 밤하늘에 떠 있던 별의 반도 안 될 거예요."

상윤은 그 밤하늘을 떠올리며 고개를 들었다.

"파블로 생각이 나더라고요. 다음 날 바로 산티아고로 돌아갔어요. 파블로에게 제가 할 수 있는 건 뭐든지 해줄 생각

이었어요. 학자금을 대신 갚아주겠다는 약속이라도 할 작정
이었죠."

상윤의 눈썹 끝이 쳐졌다.

"게스트하우스 주인이 얘기해줬어요. 광산에서 사고가 났
대요. 칠레에선 매년 수십 명의 광부가 사고로 목숨을 잃어
요. 그 가운데 한 명이 제 친구였던 거죠. 그리고 돌아와서
연구소 입사를 취소하고 목회자의 길을 밟기 시작했어요. 자
연법칙보다 더 궁금한 게 생겼거든요. 하고 싶은 일도 생겼
고요."

상윤이 다시 고개를 숙여 나영을 바라봤다. 얼굴에 가느다
란 미소가 돌아와 있었다.

"많은 사람이 주님의 부르심을 받고 이 길로 접어든다고
하지만 저는 부르심을 받은 적이 없어요. 사람들이 가끔 물어
봐요. 주님의 음성을 들어본 적이 있느냐고. 그럴 때면 두루
뭉술한 말로 대답을 피하는데, 솔직히 아직 주님의 음성을
들어본 적이 없어요."

상윤이 긴 이야기를 마치며 나영에게 속삭였다.

"마지막 말은 비밀이에요."

나영은 마주 웃을 수 없었다. 상윤을 이해할 수 없었다. 그
런 슬픔을 겪은 뒤에도 어떻게 계속 신을 믿을 수 있을까? 네
원수를 사랑하라. 그 가르침을 따르는 것일까?

"저는 잘 모르겠네요."

나영이 말했다.

"모든 게 신의 뜻이라면, 신은 왜 파블로를 죽게 한 걸까요? 더군다나 평생 신의 뜻을 따르려던 사람을 말이에요. 파블로를 왜 가난 속에 버려뒀을까요? 무너진 광산 속에서, 왜 파블로를 구해주지 않았을까요?"

"주님은 속세의 삶을 구원해주시지 않아요. 주님께서 구원해주시는 건 우리 영혼이죠. 가난이나 질병, 죽음과 같은 고통의 책임을 주님께 돌릴 수는 없어요."

"맨날 그렇게 얘기하죠. 고난과 고통에도 다 뜻이 있다니. 그런 말을 퍼뜨리고 다니는 한 세상은 더 나아지지 않을 거예요. 저 높으신 분이 정한 규칙을 잘 따라라. 우리는 그분의 뜻을 이해할 수 없다. 의문을 품지 마라. 그럼 구원받을 것이다. 그런 말들이 누구한테 도움이 될지는 너무 뻔하잖아요."

상윤은 나영의 말을 반박하려 입을 여는 대신 조용히 고개를 숙이고 반동석을 매만졌다. 그 모습을 가만히 바라보던 나영이 말했다.

"죄송해요. 제가 주제넘은 소리를 했네요. 신부님 얘기를 듣고 그냥, 조금, 너무 화가 났어요. 신부님이 저보다 더했으면 더했지 덜하진 않았을 텐데. 죄송해요."

"아니에요."

상윤이 고개를 들었다.

"얘기 들어주고 화내주셔서 고마워요."

나영은 상윤의 손 안에서 잠깐씩 모습을 드러내는 반동석을 가만히 바라보다가 테이블 위로 손을 내밀었다.

"저도 한번 만져봐도 돼요?"

"그럼요."

반동석이 상윤의 손에서 나영의 손으로 건너갔다. 상윤의 온기가 함께 건너왔다. 나영은 작은 우주의 까칠한 표면을 손가락으로 가만히 쓰다듬었다. 다른 때, 다른 곳에서 봤다면 황홀하게 보였을 그 빛깔이 조금 원망스럽게 느껴졌다.

12

볼일이 있다며 떠난 상윤을 보내고 나영은 혼자만 덩그러니 남겨진 것 같은 느낌에 한참을 멍하니 서 있었다. 그러다 가만히 생각해보니 느낌이 아니라 정말 혼자만 덩그러니 남겨진 게 맞았다. 지금부터 어디서 무엇을 해야 할지 아무것도 떠오르지 않았다.

화장실을 가르쳐줄 게 아니라 진짜 필요한 걸 가르쳐줬어야지. 나영은 상윤이 원망스러웠다. 상윤에게 안내를 맡긴 진화도 원망스러웠다. 물론 화장실도 진짜 필요하긴 했다. 나영은 화장실에 다녀오는 동안 앞으로 어떻게 해야 할지 생각해봤다. 일단 연구동에 가보기로 했다. 거기 가면 또 다른 사람이 다음 할 일을 안내해줄지도 몰랐다. 상사라거나 동료라거나. 아무튼 누군가가 자신을 기다리고 있을 거라고 생각했다.

나영이 연구동에 들어서자 연구원들이 일제히 나영을 한 번 흘깃 쳐다보고는 다시 하던 일로 돌아갔다. 연구원들은 삼삼오오 모여 심각한 얼굴로 대화를 나누거나 모니터에 떠오른 글자들을 노려보고 있었다. 소외감이 밀려왔다. 다급하게 눈동자를 굴리며 진화를 찾았지만 연구동에는 없는 듯했다. 쭈뼛대며 서 있기를 견디다 못한 나영은 가까운 연구원에게 다가갔다.

"저⋯."

반응이 없었다. 나영은 자세를 낮추며 다시 한 번 말했다.

"저기⋯."

연구원이 모니터에서 눈을 떼고 나영을 바라봤다.

"네?"

"안녕하세요. 저, 제가 오늘 처음 왔는데요."

연구원은 안경 너머로 눈을 깜빡이며 나영을 멀뚱멀뚱 쳐다봤다. 나영과 연구원이 서로 상대방의 이어질 말을 기다리며 대치하는 상황이 벌어졌다. 기다리다 못한 나영이 먼저 "저⋯." 하며 입을 떼는 것과 동시에 연구원이 반대쪽으로 고개를 돌리며 외쳤다.

"팀장님! 여기 오늘 새로 온 분이라고 하시는데요."

팀장이라고 불린 사람이 모니터 위로 고개를 빼 들고는 눈을 깜빡거렸다.

"박사님이 우리 팀으로 온다는 얘기는 들은 적이 없는데? 누가 여기로 가라고 했어요?"

"아뇨. 그런 건 아니고."

나영은 한층 더 움츠러들었다.

"저는 잘 모르겠네요. 다른 팀에 가서 한번 여쭤보세요."

연구원이 옆으로 고개를 까딱하고는 다시 모니터로 시선을 옮겼다. 연구원이 고갯짓으로 가리킨 방향에는 비슷한 사람들이 비슷한 자리에서 비슷한 자세로 앉아 있었다. 나영의 눈에는 전부 같은 팀으로 보였다.

"네. 감사합니다."

나영은 일단 물러나기로 했다. 연구동 안의 사람들을 보면서 한 가지 깨달은 게 있었다. 연구원들이라면 모두 하나씩 가지고 있지만 나영에게는 없는 게 있었다. 컴퓨터. 나영에게는 컴퓨터가 없었다.

나영은 연구동을 나와 행정실로 향했다. 컴퓨터 문제를 해결하려면 행정실에 따져야 할 것 같았다. 기껏 데려와놓고는 컴퓨터 하나 없이 자신을 방치한 동욱과 진화가 생각할수록 괘씸했다. 안내하랬더니 자기 얘기만 늘어놓고 사라진 상윤에게도 책임이 있었다. 나영은 천칭의 양 끝에 동욱과 진화, 상윤을 돌아가며 올려놓고 누구 죄가 더 무거운지 가늠하며 행정실로 성큼성큼 걸어갔다.

행정실에서는 누구에게 말을 걸어야 할지 분명했다. 지우가 목을 길게 빼고 나영에게 환영의 눈빛을 보내고 있었다. 나영은 안도감을 느끼며 지우에게 다가갔다.

"안녕하세요. 컴퓨터가 필요해서 왔는데요."

"컴퓨터요?"

예상치 못한 질문이라는 듯 지우가 동그란 눈을 크게 뜨고 물었다.

"제가 오늘 처음 오긴 했는데…."

"음. 이상하네요. 자리에 컴퓨터가 없나요?"

지우가 얼굴에 물음표를 띄우고 나영을 올려다봤다.

"자리요?"

"네."

"제 자리요?"

"네."

지우가 동그란 눈을 깜빡거렸다.

"제 자리가 있어요?"

컴퓨터만 없는 줄 알았는데 이제 자리도 없는 사람이란 걸 알았다. 뭐가 또 없는지 궁금했다. 4대 보험? 월급?

"네. 당연하죠. 소속이…."

지우가 키보드를 두드리는 동안 나영은 목에 걸린 출입증을 만지작거리며 기다렸다. 곧 지우가 고개를 들며 말했다.

"안 적혀 있네요."

소속도 없었다. 지우도 당황한 눈치였다.

"어라. 이건 단장님 확인이 필요할 것 같아요. 좀 확인해보고 연락드릴게요."

일이 돌아가는 모양을 보니 아무래도 금방 해결될 것 같지는 않았다. 깊고 어두운 곳에서부터 일이 꼬인 느낌이었다.

"자리는 됐고, 혹시 그냥 노트북 같은 걸 받을 수는 없을까요?"

"아!"

지우가 오른손으로 느낌표를 그리고는 종이를 내밀었다.

"이 신청서 좀 작성해주시겠어요?"

"감사합니다."

나영은 재빨리 양식을 채우고 종이를 돌려줬다. 지우는 양식을 보며 키보드를 두들기더니 뒤에 쌓여 있던 노트북 가방을 가져와 내밀었다.

"여기 있어요. 퇴근할 때 반납해주시면 돼요."

"감사합니다."

나영이 노트북 가방을 들고 돌아서려는데 지우가 나영을 불렀다.

"컴퓨터 계정이랑 비밀번호 아세요?"

"아뇨."

지우는 나영을 향해 회심의 미소를 날리더니 모니터를 보며 뭔가를 옮겨 적었다. 굉장히 수다쟁이인 얼굴 근육을 가지고 있는 사람이라고 나영은 생각했다. 옮겨 적기를 마친 지우가 쪽지를 내밀었다.

"감사합니다."

나영이 쪽지를 받아 들고 말했다.

"위가 아이디고 아래가 비번이에요. 비번은 로그인한 다음에 다른 거로 바꾸세요."

"정말 감사합니다. 갔다가 다시 올 뻔했어요."

"다행이네요."

지우의 올라간 입꼬리가 '오늘도 보람찬 하루!'를 외치고 있었다.

나영은 다시 연구동으로 향하던 중 소속이 없다는 말이 떠올라 걸음을 멈췄다. 빈자리가 보이면 적당히 앉으려고 했지만 분명 조직마다 구역이 나뉘어 있을 터였고 빈자리라도 소속이 있을 것 같았다. 자신에게도 없는 소속이, 빈자리에게. 빈자리만도 못한 처지라는 생각을 머리를 흔들어 떨쳐냈다. 아무 데나 앉고 싶지는 않았다. 그랬다간 따가운 눈총을 받거나 비켜달라는 말을 들을 가능성도 있었다. 첫날 조회가 열렸던 천막으로 들어갔다. 아무도 없었다. 나영은 안도의 한숨을 내쉬고는 입구에서 제일 먼 자리에 앉았다.

끝이 아니었다. 행정실 직원이 알려준 아이디와 비밀번호로 로그인하고 공유 폴더를 여는 데까지는 성공했지만 정작 폴더의 내용물을 볼 수가 없었다. 생명과학부, 화학부, 물리학부 등의 이름이 달린 폴더를 누를 때마다 "접근 권한이 없습니다."라는 메시지가 떠올랐다. 모든 폴더에서 같은 메시지가 출력되는 걸 확인한 나영은 노트북을 들고 일어섰다.

연구동에 들어가자 조금 전에 질문했던 연구원과 눈이 마주쳤다. 나영은 잠깐 망설인 뒤 그 연구원에게 다가갔다.

"안녕하세요. 바쁘신데 죄송해요. 또 여쭤보고 싶은 게 하나 있는데."

나영은 연구원 앞에 노트북을 펼쳤다.

"공유 폴더에 들어가려고 하면 접근 권한이 없다고 뜨는데, 뭘 잘못한 건가요?"

연구원은 나영이 들고 있는 노트북의 터치패드를 조작해 "접근 권한이 없습니다."라는 메시지가 뜨는 걸 확인한 뒤 나영을 향해 물었다.

"소속이 어디세요?"

"네?"

"이거 자기 부서만 들어갈 수 있어요. 다른 부서 폴더 보려고 하면 이렇게 떠요. 다른 부서 걸 보려면 열람 권한 2급인가 이상이어야 할 걸요?"

"아, 그렇군요. 감사합니다."

나영은 연구동을 나와 행정실을 향해 걸었다. 조금 전 지우에게 '다시 올 뻔했다'고 말하며 안도했던 경솔한 과거의 자신을 원망했다. 민망함의 무게를 진 것처럼 힘겹게 행정실 입구를 통과하는데 지우의 반짝이는 눈과 마주쳤다. 어릴 적 시골길에서 자신을 따라오던 강아지가 떠오르는 눈빛이었다. 나영은 마음을 내려놓고 지우에게 다가갔다.

"또 필요하신 거 있으세요?"

지우가 반갑게 물었다.

"열람 권한 2급이라는 게 필요해서요."

"어, 연구원은 3급이에요."

"아시다시피 제가 소속이 없잖아요? 혹시 다른 부서 공유 폴더에 접속할 방법 없나요?"

"아. 그거라면 제가 어떻게 도와드릴 방법이 없어요. 단장님이랑 얘기를 해보셔야 할 거예요."

지우의 눈썹 끝이 극적으로 쳐졌다.

"그렇군요. 혹시 단장님 어디 계시는지 아세요?"

"글쎄요. 보통은 연구동에 계실 텐데."

"안 계세요. 제가 거기서 오는 길이에요."

"글쎄요. 혹시 본부장실에 가보셨어요? 거기서 회의를 많이 하시거든요."

"본부장이라면 그….”

"네. 준장님이요."

"가볼게요. 감사합니다."

"다른 게 필요하시면 언제든지 다시 오세요!"

나영은 본부장실로 가던 중 혹시나 하는 마음에 연구동에 들렀다. 역시나 진화는 없었다. 본부장실 입구 양쪽에는 총을 든 군인이 서 있었다. 나영이 연구동을 나와 본부장실 입구에 도착할 때까지 그 두 사람을 줄곧 쳐다봤지만 군인들은 미동 하나 없었다. 나영은 현실에서나 영화 속에서나 문을 지키는 경비원들이 왜 좌우를 살피지 않고 앞만 보는지 궁금했다. 나영이 다가오자 오른쪽에 있던 사람이 총구를 입구 쪽으로 기울였다. 나영은 반사적으로 한 발짝 뒤로 물러섰다.

"무슨 용무십니까?"

굳은 목소리로 군인이 물었다. 살아서는 이 문을 통과할
수 없다는 듯한 말투였다. 물론 그런 의도는 아니었겠지만 나
영에게는 그렇게 들렸다.

"강진화 박사님 여기 계신가요?"

"안 계십니다."

"여기 오셨었나요?"

"조금 전에 가셨습니다."

"아, 감사합니다."

나영은 진화가 언제 떠났는지, 어느 쪽으로 갔는지 묻고 싶
었지만 대화를 계속 이어갈 의지를 잃었다. 무엇보다도 쇠 비
린내가 떠도는 듯한 그곳에서 최대한 빨리 멀어지고 싶었다.

나영이 잰걸음으로 향한 곳은 자몽인 옆이었다. 달리 갈
곳이 없었다. 아니, 그건 핑계였다. 사실 갈 곳은 많았다. 나
영은 핑계를 만들어 자몽인 곁에 가보고 싶었다.

나영의 걱정과는 달리 자몽인 곁에 다가갈 때까지 나영을
제지하는 사람이 아무도 없었다. 자몽인의 옆을 지키는 사람
도 없었다. 나영은 자몽인이 연구단지의 슈퍼스타일 것으로
생각했었다. 얼굴 한 번 보기 위해 끝이 보이지 않는 줄이 늘
어서 있고 극성팬들로 몸살을 앓고 있을 줄 알았다. 막상 와
보니 슈퍼스타는커녕 어디 아파트 단지 입구에 서 있는 공공
미술품 취급을 받고 있었다. 주변의 사람들과 뭔가를 주고받
지도 않는다는 점마저 미술품을 닮아 있었다. 약간 측은할 정
도였다.

나영은 피카드로부터 자기 키만큼 떨어진 곳에 멈춰 섰다. 피카드는 나영보다 두 뼘 정도 컸다. 나영은 고개를 살짝 들어 피카드를 올려다봤다.

왜 여기 오고 싶었을까. 난 너희들이 싫은데. 너희 잘못은 아니야. 개인적인 사정이 좀 있어. 자몽인 앞에 서서, 나영은 처음으로 옛 기억을 피해 납작 엎드리지 않고 꼿꼿이 선 채 버텨내고 있다는 느낌을 받았다. 마치 자몽인들이 의인화된 트라우마라도 되는 것처럼. 자몽인을 마주 보고 서는 게 자기의 아픈 기억과 똑바로 마주하기라도 하는 것처럼. 아, 마주 보는 게 아닌가. 나영은 지금 바라보고 있는 게 피카드의 얼굴인지 뒤통수인지 알 수 없었다. 아무렴 어때. 나영은 자몽인을 가까이서 바라보고 있는 지금의 기분이 나쁘지 않았다.

나영은 이쪽을 보고 있는 사람이 있는지 주위를 살폈다. 멀리서 경계를 서고 있는 군인 몇 명이 있을 뿐 주위에 다른 사람은 없었다. 손 모양까지 알아보기에는 군인들과의 거리가 충분히 멀어 보였다.

나영이 자몽인을 향해 벌칸식 손인사를 했다.

"안녕. 피카드 선장. 그리고… 승무원 여러분."

나영이 쏜살같이 말하고 재빨리 손을 내렸다. 인사를 끝내는 데에 3초밖에 걸리지 않았다. 다시 주위를 살폈지만 인사 장면을 들킨 것 같지는 않았다. 심지어 자몽인에게도. 자몽인은 인사를 하기 전이나 후나 아무런 반응을 보이지 않았다. 그럴 줄은 알았지만 조금 실망스러운 건 어쩔 수 없었다.

나영은 바닥에 털썩 주저앉아 고개를 뒤로 젖혔다. 하얀 돔이 조명을 반사하며 나영의 시야 대부분을 차지하고 있었다. 몇 시쯤 됐을까. 돔 안에서는 시간을 느끼기 어려웠다.

갑자기 커피가 몹시 마시고 싶었다. 여기에 커피가 있을까. 아까 휴게실에서 커피 머신을 본 것 같기도 한데 한번 가 볼까.

나영은 눈을 감았다. 캄캄한 가운데서도 하얗게 번지는 빛 덩어리가 보이는 듯했다. 각종 기계들의 웅웅거리는 소리가 유난히 크게 들려왔다. 하얀 벽과 벽 사이에서 부딪히고 부딪히며 부서진 소리들이 안개처럼 끼어 있었다. 그 사이를 목소리 하나가 뚫고 나왔다.

"뭐 하세요?"

나영은 눈을 떴다. 동욱이 자신을 내려다보고 있었다.

"아. 뭐 생각 좀 하느라요."

나영은 일어나 엉덩이를 털고 주위를 두리번거렸다. 꼬마는 같이 안 왔나? 나영의 시선을 따라가던 동욱이 눈치를 채고 말했다.

"수빈이는 없어요. 방금 단장님이 데리고 가셨어요."

"가셨어요? 어디로요?"

"어…. 퇴근…하셨는데요."

갑자기 커진 나영의 목소리에 놀란 동욱이 방어적으로 대답했다. 거기에 자기도 모르게 변명까지 덧붙였다.

"수빈이랑 크리스마스트리를 만들기로 약속하셨거든요.

자기랑 한 약속 안 지키면 수빈이가 어떤 식으로 보복하는지 상상도 못 하실 거예요. 한번은 어린이날에 아이스크림 케이크를 사달라는 걸 안 사줬더니 다음 날 용돈을 전부 털어 아이스크림을 사 먹고는 배탈이 나더라고요. 작은 박스 하나는 먹었을 거예요."

동욱이 자기 몸통만 한 상자를 손으로 그려 보였다.

"아이스크림만 먹고 배불러본 적 있으세요?"

"아니요."

나영이 대답했다. 생각만으로 머리가 쩡했다.

"수빈이는 해봤어요. 보호자들이 제일 무서워하는 게 뭔지 아는 녀석이에요."

고개를 내저으며 말하면서도 동욱은 그런 수빈을 어딘가 자랑스러워하는 눈치였다.

"아무튼 그런 고로 단장님은 내일이나 되어야 뵐 수 있을 텐데, 급한 일인가요?"

급한 일인가? 급하기는 하지만 일터를 떠난 사람을 일 때문에 괴롭힐 수는 없었다. 나영은 고개를 가로저었다.

"아니에요. 내일 얘기할게요."

"알겠습니다. 그건 그렇고, 왜 이런 데 앉아 계세요."

그 말을 들은 나영의 머릿속에 불이 켜졌다. 그러고 보니 책임을 져야 할 사람이 눈앞에 있었다. 나영이 눈에 힘을 주며 말했다.

"자리가 없어요."

"네?"

"제 자리가 없어요. 소속도 없고요. 또 뭐가 없는지 아세요?"

동욱의 당황한 표정을 보며 나영은 대답을 기다리지 않고 말했다.

"열람 권한이요. 다른 팀의 연구자료를 보려면 열람 권한 2급이란 게 필요하대요."

"네. 맞아요. 원래 자기 팀 자료만 볼 수 있게 되어 있어요. 아. 그래서 공용 폴더에 못 들어가시는구나. 잠시만요."

동욱은 바지 주머니를 뒤적이며 당혹스러워하더니 재킷 안 주머니에서 휴대전화기를 발견하고 크게 안심하는 미소를 지었다. 그러고는 나영과 몇 걸음 떨어진 곳으로 걸어가서는 어디론가 전화를 걸었다.

"안녕하세요. 이동욱입니다. 김나영 연구원에게 열람 권한 2급 발급 부탁드립니다. 네. 아니요, 지금요. 감사합니다."

통화를 마친 동욱이 나영을 향해 웃으며 휴대전화를 흔들었다.

"이제 될 거예요."

"이렇게 간단하게 해결되는 거였어요? 행정실에 계신 분은 안 될 것처럼 말씀하시던데."

"아. 맞아요. 원래는 안 되는 건데 나영 씨는 특별한 분이시니까요. 히든 닥터시잖아요. 히든 닥터를 위해 몇 가지 절차를 좀 생략했죠."

나영이 한숨을 쉬었다.

"혹시 뭐 더 필요하신 거 있으세요?"

동욱이 명랑하게 물었다.

"네. 있죠."

"뭐예요? 말씀만 하세요."

"그 히든 어쩌고 좀 하지 말아주실래요?"

13

돔으로 출근한 지 이틀째가 되자 나영은 생각하기를 포기했다. 무엇을 해야 할지에 대한 고민과 새로운 환경에 대한 불안, 거기에 지난밤의 불면이 겹친 결과였다.

어제는 오후 내내 머리를 감싸 쥐고 앉아서 앞으로의 연구 주제에 대해 고민했다. 나영이 먼저 덤벼든 주제는 자몽인이 하고 싶었던 말을 인간이 제대로 듣기는 한 건지에 대한 의문이었다. 피카드가 정말 한국어를 말하긴 했나? 우리가 제대로 들은 게 맞을까? 원래는 완전 다른 소리인데 환경의 차이로 인해 그렇게 들렸던 게 아닐까?

결론부터 말하자면 완전히 헛발질이었다. 나영은 먼저 자몽인의 말소리가 녹음된 모든 자료를 찾아봤다. 연구팀에서 확보한 자료는 전부 휴대전화 카메라로 촬영된 영상이었다.

캠코더나 녹음기 등 다른 매체로 기록된 자료는 아직 발견되지 않은 모양이었다. 나영은 외계인을 촬영하거나 녹음한 자료를 제보하면 보상금을 준다는 정부의 TV 광고를 본 적이 있었다. 한동안은 외계인을 다룬 뉴스의 말미마다 아나운서가 자료를 보내달라는 말을 덧붙이기도 했다. 그렇게 두 달이 넘도록 수집한 자료가 이게 전부라면 아무래도 획기적인 자료가 나타날 가능성은 작아 보였다.

자료를 확인한 나영은 광대한 네트의 세계를 항해했다. 나영이 모든 영상의 샘플링 레이트를 확인한 결과 가장 높은 샘플링 레이트는 9만6천 헤르츠였다. 일반적으로 샘플링 레이트는 완전히 복원할 수 있는 최고 원본 주파수의 두 배 값을 가진다. 즉 그 영상에는 4만8천 헤르츠보다 높은 주파수의 소리는 담기지 않았다는 뜻이었다. 만약 피카드가 마침 근처를 지나가던 박쥐나 돌고래에게 말을 걸었다고 해도 인류는 그 사실을 영영 알 수 없을 것이다. 영영 알 수 없는 건 빨리 포기하는 편이 나았다. 그러니 지금 상황에선 들리는 소리에만 집중하는 게 타당해 보였다.

그렇다면 다음 질문은 '환경이 말소리를 왜곡하지는 않았는가'였다. 자몽인들의 고향과 지구는 대기 구성이 다를 가능성이 컸다. 그 차이가 피카드의 말소리를 이상하게 비틀지는 않았을까? 만약 그렇다면 소리가 얼마나 왜곡됐을까?

소리의 3요소가 크기, 높낮이, 음색이라는 건 중학교 때 배웠다. 이 가운데 음색은 대기, 즉 매질과는 관련이 없다. 크기는 매질의 밀도가 높을수록 커진다. 하지만 소리의 크기가 달라진다고 해서 자몽인의 말소리가 다르게 들릴 것 같지는 않았다. 나영은 크기에 관한 부분은 무시하기로 했다.

문제는 소리의 높낮이, 즉 진동수였다. 진동수는 음속이 빠를수록 높아지는데 여기에는 변인이 너무 많았다. 게다가 도무지 이해가 가지 않는 성질이 하나 있었다. 음속은 밀도가 높을수록 느려지는데 기압이 높을수록 빨라진다는 점이었다. 나영에게 이 설명은 모순처럼 들렸다. 밀도가 높아지면 기압도 높아지는 거 아닌가? 기체의 부피가 작아지면 압력이 높아진다. 이것도 중학교에서 배웠다. 샤를의 법칙이다. 부피가 작아지면 반드시 밀도가 증가하고 그렇다면 밀도와 압력은 이인삼각처럼 동반 상승해야 한다. 나영은 몇 번을 다시 생각해봐도 같은 결론에 도달했다.

혹시 기압이 높을수록 빨라진다는 설명이 틀렸던 게 아닐까? 아니면 기압은 어쨌거나 '힘'이니까 밀도와 다르게 작용하기 때문일 수도 있고, 또 아니면 밀도와 기압으로 인한 효과가 서로 상쇄되기 때문일지도 모른다. 나영은 질문에 대한 답을 알려줄 것처럼 보이는 공식을 몇 가지 발견했지만 여기에 덤벼들었다가는 한 달이 지나도 승부가 나지 않을 것 같았다. 10년 넘게 논문들을 파고들 수 있었던 지난번과는 달리 이번엔 시간이 나영의 편이 아니었다.

음속 같은 거 알 게 뭐냐! 막다른 길에 부딪힌 나영이 속으로 외치며 노트북을 덮었다. 어라. 잠깐. 음속 같은 거 알아서 뭐하지? 어질러진 머릿속을 비우자 처음의 질문이 떠올랐다. 음속이 빠르든 느리든 무슨 상관이지? 음속이 달라져 봤자 주파수가 변할 뿐이고 그래 봤자 소프라노거나 베이스거나 정도의 차이잖아. 그 순간, 하나의 기억이 나영의 뒤통수를 세게 때렸고 나영은 머리를 감싸 쥐었다. 나영은 다른 대기에서 울리는 목소리를 이미 들어본 적이 있었다. 아니, 다른 대기 속에서 말해본 적이 있었다.

기억은 멱살을 잡고 나영을 20년 전으로 데려갔다. 지금은 이름도 기억나지 않는 어느 TV 프로그램에서 나영은 프룻 멤버들과 함께 게임을 한 적이 있었다. 제한 시간 내에 낱말을 설명하고 맞추는 스피드 퀴즈였다. 일반적인 스피드 퀴즈는 너무 심심하다고 생각한 제작진은 거기에 약간의 변화를 줬다. 설명하는 사람이 헬륨가스를 마시고 시작한다는 규칙이었다. 설명을 맡기에 치카는 한국어가 서툴렀고, 민아에게 헬륨가스를 마시게 하는 건 치카가 한국어를 마스터하는 것보다 어려운 일이었으므로 결국 설명은 나영의 몫이었다. 헬륨가스를 마시고 목소리가 높아진 나영은 얼굴이 빨개진 채 새된 목소리로 열심히 낱말을 설명해야 했다.

나영은 불에 덴 듯이 그 기억에서 빠져나왔다. 헬륨을 마시고 높아진 그 목소리. 헬륨은 지구의 공기보다 밀도가 낮기 때문에 음속이 빨라졌고 그로 인해 주파수가 높아진 결과가 바로 그것이었다.

이걸 먼저 떠올렸더라면! 허무와 분노가 타오르며 한 줌

남아 있던 의욕을 잿가루로 만들어버렸다. 미로를 헤매고 헤 맨 끝에 시작점으로 돌아온 셈이었다. 방향을 잘못 잡았다.

"과학자인 척을 했네. 내가."

다음 날 자몽인 앞에 선 나영이 혼자 중얼거렸다. 현대 과 학의 최전선이라고 할 수 있는 곳에 불려와 과학자들에 둘러 싸여 있다 보니 자신이 대단한 과학자라도 된 줄 알았나. 수 학 공식을 끄적여 가며 그럴듯한 연구를 해야 하고 할 수 있 다고 착각했었나. 만약 무의식중에 잠깐이라도 그런 생각을 했다면, 나영은 그런 자신이 한심하고 부끄러워 견딜 수 없 을 것 같았다.

나영은 자신을 과학자라고 생각해본 적이 없었다. 과학적 연구를 했다는 자각도 없었다. 나영이 보기에 자신의 논문들 은 어쩌다 알게 된 사실들을 풀어놓은 것에 불과했고 그마저 도 10년이 넘게 걸린 일이었다. 강산이 변할 정도의 시간이면 나영이 논문을 쓰는 것같이 터무니없는 일도 일어날 수 있다 고 생각했다.

자아비판에서 시작해 자기 객관화로 빠진 생각의 갈래는 곧 죄책감으로 변했다. 스스로를 과학자라고 소개한 적도, 연구에 끼워달라고 주장한 적도 없지만 결과적으로는 거짓말 을 한 것과 마찬가지인 것 같았다. 여기 있는 수많은 박사들 은 나영을 동업자라고 착각하고 있을 게 분명했다. 나영이 박 사가 아니라는 걸 알고 있는 세 명도 어쨌거나 나영을 과학자라고 생각하고 있는 것 같았고 심지어 진화는 "기대할게요."
라고 말하기까지 했다. 거짓을 입에 담아야만 거짓말인 건 아니다. 침묵으로도 거짓말을 할 수 있다.

거절했어야만 했다.

의도와는 상관없이 삶이 휩쓸려가는 느낌이었다. 방향키가 남의 손에 쥐어진 것도 모르고 자신이 선택의 주인이라고 착각한 채 무작정 가속하는 어리석은 엔진 같은 삶에서 막 빠져나왔다고 생각했는데. 기시감이 들었다. 무대 위에서 느꼈던 무력감이 되살아나는 것 같았다. 아무라도 나타나서 말을 걸어주기를, 주의를 돌려주기를 바랐다. 주위를 둘러봤지만 자몽인뿐이었다.

"난 그게 영어인 줄 알았어."

나영의 말을 자몽인은 언제나처럼 들은 척도 하지 않았다. 그러거나 말거나 나영은 혼자 말하기 시작했다.

"걱정하지 마. 너희가 외계인이라서 못 알아듣는 게 아니니까. 아무튼 난 모르는 게 많아. 그레이프프루트 전문가라면서 불려왔지만, 그레이프프루트 전문가로서 내가 확신할 수 있는 거라곤 너희가 그레이프프루트가 아니라는 것뿐이지. 다시 말해 너희에 대해 아무것도 모른다는 뜻이야. 너희가 외계인이 아니라 지구상의 다른 생물이라고 해도 나한테는 다를 바가 없지. 너희에 대해 모르는 것만큼이나 곰벌레에 대해서도 모르거든. 곰벌레는 좀 그런가. 그럼 오리너구리는 어때. 난 오리너구리에 대해 모르는 것만큼이나 너희에 대해 몰라. 오리너구리가 뭘 먹고 사는지 아니? 나도 몰라."

이어지는 생각들을 내뱉느라 무력감과 죄책감은 구석으로 밀려났다. 게다가 사방으로 뻗어 나가는 것 같았던 생각의 줄기가 의외로 한 방향으로 흘러가는 것처럼 보였다. 나영은 그 줄기를 따라 걸었다.

"좋아. 거기서부터 시작해보자. 내가 너희에 대해 아무것도 모르는 것에서부터 시작해보자고. 내가 오리너구리 연구소에 취직했다고 치면 가장 먼저 뭘 해야 할까?"

질문과 동시에 답이 떠올랐다. 나영이 자몽에 관한 네 편의 논문을 쓰기 위해 가장 먼저 했던 일은 자몽에 관한 글을 닥치는 대로 찾아 읽는 것이었다. 정확히 말하자면 논문을 쓰기 위해 했던 일은 아니었지만 어쨌거나 그게 시작이었다. 따라서 나영이 지금 해야 할 일은 뻔했다. 자몽인에 대한 정보를 최대한 수집하는 것. 나영은 자리에서 일어나 엉덩이를 털었다.

"고마워. 도움이 됐네."

나영이 행정실에 고개를 들이밀자 지우가 나영을 알아보고 활짝 미소를 지으며 손을 흔들었다. 나영은 지우가 자리를 지키고 있다는 사실에 안도하며 행정실 안으로 들어갔다.

"출근하자마자 여기저기 찾아다니면서 다 해결했어요."

지우가 공을 물어온 강아지 같은 눈으로 나영을 올려다봤다. 나영은 지우의 머리를 쓰다듬고 싶은 걸 간신히 참았다.

"아이고, 감사합니다. 그렇게까지 해주실 필요는 없는데."

"헤헤. 금방 끝났어요. 이제 박사님은 소속도 있고 자리도 있어요."

"아이고. 감사합니다."

"단장 직속이에요. 새로 생긴 소속이에요. 멋지죠?"

"아, 네."

"자리도 아무 데나 고르시래요. 원하는 자리 말씀하시면 거기에 컴퓨터 설치해드릴 거예요."

"아. 자리는 괜찮아요. 그냥 노트북 빌리러 왔어요."

"노트북!"

지우는 뒤로 손을 뻗어 노트북 가방을 들어 올렸다.

"여기 어제 쓰셨던 거 빼놨어요."

"감사합니다."

"열람 등급은 따로 말씀하셨다면서요? 잘 해결됐어요?"

"네. 잘 됐어요. 감사합니다."

나영은 행정실을 떠나며 두 번 뒤돌아봤고 그때마다 웃는 표정으로 자신을 바라보고 있는 지우와 눈인사를 나눴다.

광장에는 동욱과 수빈이 나영을 기다리고 있었다. 동욱이 나영을 발견하고 오른손을 세차게 흔들다 손에 든 휴대전화를 날려버렸다. 나영은 수빈을 바라봤다. 멀리서 볼 때부터 수빈이 신경 쓰이던 참이었다. 수빈은 자몽인 앞에 놓인 의자에 앉아 스케치북을 들고 뭔가를 열심히 설명하고 있었다.

"뭐 하는 거예요?"

나영이 수빈에게 물었다.

"스피드 퀴즈예요."

"설명 듣고 단어 맞추는 그거요?"

"네."

"그럼 답을 보여주면 안 되는 거 아니에요?"

"쉬운 것부터 차근차근히 해야죠."

그럼 스피드 퀴즈가 아닌 거 아닌가. 나영의 눈에 이상하게 보이긴 했지만 어쨌거나 의도는 알 수 있었다. 수빈 나름의 언어교환이었다.

"저기, 이거."

동욱이 주황색 캠핑 의자를 가리키며 말했다.

"바닥에 앉아 있지 마시라고요. 차에 싣고 다니던 캠핑용 의잔데, 보세요. 여기 팔걸이에 컵홀더도 달려 있어요."

수빈이 앉아 있는 것과 같은 의자였다. 컵홀더 안의 커피에서 하얀 김이 올라왔다.

"커피는 뇌물이에요."

"감사합니다."

나영이 의자에 앉으려다가 이상한 점을 느끼고는 되물었다.

"뇌물이요?"

"부탁드릴 게 하나 있어요."

"부탁이요?"

"제가 오늘 좀 여기저기 돌아다녀야 하거든요. 일단 베를린 필의 셀리스트가 아직도 안 정해졌어요. 그걸 정하는 자리가 있는데, 지지부진한 회의가 될 거예요. 저는 주로 싸움을 말리는 역할을 하게 되겠지만요. 그러고는 100명이 묵을 수 있는 숙소를 구해야 해요. 지금 서울에 있는 모든 숙박시설이 만원인 거 아세요? 호텔은 물론이고 모텔이나 게스트하우스까지 전 세계에서 몰려든 사람들로 꽉꽉 차 있어요. 100명이 잘 곳을 어디서 찾아야 할지 모르겠어요. 그래서 말인데요….”

동욱이 뜸을 들였다. 뜸 들이는 시간으로 볼 때 꽤 곤란한 부탁인 것 같았다.

“수빈이 좀 봐주실 수 있어요?”

“네?”

동욱이 수빈으로부터 두세 걸음 멀어지며 나영을 향해 손짓했다. 나영이 다가가자 동욱이 속삭이며 말했다.

“그냥 어디 안 가는지만 봐주시면 돼요. 놀아주실 필요는 없고….”

“잠깐만요. 갑자기 아이를 맡기겠다고요? 저한테요?”

“온종일 차 안에 가둬두긴 불쌍하잖아요.”

“그래서 지금 저한테 아이를 맡기고 자기는 다른 일 보러 가겠다고요?”

“사실 제가 지금 하는 일도 아이 돌보기랑 비슷해요. 오렌지 주스 말고 다른 건 없냐, 수영장이 없는 호텔은 싫다, 싸우면 말리고 달래고.”

“다른 사람 없어요? 부모님은요?”

"두 분 다 변호사이신데, 일 때문에 외국에 나가 계세요. 봐줄 사람이라곤 저랑 강 박사님이 전부인데, 아시다시피 강 박사님은 그럴 상황이 아니고요."

"그렇다고 아무한테나 아이를 맡기면 안 되죠."

"그게…."

동욱이 갑자기 목소리를 낮췄다.

"수빈이가 나영 씨를 좋아하는 것 같아요."

"저를요? 왜요?"

"글쎄요. 처음 만났을 때 마음에 들었나 봐요."

"왜요?"

동욱이 어깨를 으쓱했다.

"아무리 그래도…."

나영이 곤란한 표정을 지으며 수빈을 돌아봤다.

"제발 부탁드릴게요. 오늘만요. 아니, 반나절만요. 오후에 데리러 올게요. 그리고 참고로 말씀드리자면, 오늘이 수빈이 생일이에요."

"네?"

"쉿."

나영이 큰 소리로 놀라자 동욱이 손가락을 입술에 가져가며 목소리를 낮췄다.

"수빈이가 말하지 말라고 했어요."

"오늘 생일인 애를 여기 이렇게 놔두면 어떻게 해요. 키즈 카페라도 데려가요."

"저녁에 놀러 가기로 했어요. 낮에는 제가 시간이 안 되고, 그렇다고 오늘 생일인 애를 혼자 둘 수는 없잖아요. 오후까지만 좀 부탁드려요."

"수빈도 동의했어요? 저랑 같이 있어도 괜찮대요?"

"물론이죠. 근데 이것도 말하지 말라고 했어요."

나영은 한숨을 쉬었다. 갑자기 과학자 흉내를 내는 것도 모자라 어린이집 선생님 흉내까지 내야 하는 건가. 갑작스러운 부탁에 황당하다가도 이 사람이 얼마나 곤란하면 자기 같은 사람에게 부탁을 하나 싶어서 안돼 보이기도 했다. 무엇보다, 무슨 생각으로 동의한 건지 이해는 안 가도 생일을 맞은 아이를 차 속에 혼자 앉혀둘 수도 없는 노릇이었다. 나영은 이게 절대로 최선은 아닐 거라고 생각하면서도 동욱의 부탁을 받아들였다.

"그냥 같이 있기만 하면 되는 거죠?"

"네. 신경 전혀 안 쓰셔도 돼요. 혼자서 잘 놀거든요. 사실 수빈이보다는 자몽인이 걱정이죠."

두 사람은 동시에 수빈 쪽을 바라봤다. 수빈은 여전히 자몽인 앞에서 혼자만의 스피드 퀴즈를 열심히 진행하고 있었다.

동욱은 수빈에게 얌전히 있으라는 당부를 남기고 도망치듯 광장을 빠져나갔다. 수빈은 그 말에 아무런 대답도 하지 않았고 나영은 동욱의 당부가 괜히 수빈의 반항심을 부축인 게 아니기를 바랐다. 수빈은 여전히 스피드 퀴즈라고 부르는 놀이에 전념하고 있었다. 지금은 '의자'를 설명하려 애쓰는 중이었다.

가방이라고 생각하면 돼. 나영은 수빈을 내려다보며 생각했다. 도서관에서 옆에 가방을 놔둔 거야. 설마 누가 훔쳐가기야 하겠어? 그렇게 생각하니 별로 어려울 것도 없어 보였다.

"무슨 생각하는지 알아요."

수빈의 말에 나영은 깜짝 놀랐다. 수빈은 그런 나영 쪽은 쳐다보지도 않고 스케치북을 넘기며 말을 이었다.

"횡재했다고 생각하겠죠. 행운의 마스코트가 제 발로 걸어왔다면서요. 어른들은 생각하지 못할 기발한 아이디어를 떠올린다거나 순수한 마음으로 외계인을 감동시켜 친구로 만들테니까요. 윌 로빈슨이나 웨슬리처럼요."

나영은 다시 한 번 놀랐다. 윌 로빈슨이야 〈로스트 인 스페이스〉의 리메이크가 나왔으니 그렇다 치고, 웨슬리를 알고 있다니. 넷플릭스의 그 많은 프로그램 중에 〈스타트렉〉을 봤단 말인가. 자기가 태어나기도 전에 끝난 드라마를?

수빈은 나영의 놀란 표정을 바라보며 상상 속의 배역에 점점 깊이 빠져들었다.

"그렇게 문제는 해결되고 영광은 어른들이 다 가져가죠. 저한테 떨어지는 건 칭찬 정도고요."

수빈이 고개를 가로저었다.

"걔들은 멍청해요. 저는 걔들처럼 칭찬 한마디에 감격하지 않을 거예요. 챙길 건 다 챙길 거니까 그렇게 아세요."

나영은 뛰어난 현실감각을 가진 이 깜찍한 몽상가가 마음에 들었다.

"생일 축하해요."

나영의 말에 수빈의 얼굴이 순식간에 붉게 달아올랐다.

"삼촌이죠? 말하지 말라니까!"

수빈이 소리쳤다.

"저녁에 놀러 간다면서요? 재미있게 보내요."

"몰라요. 어디 같이 가자는데, 비밀이래요. 안 알려줘요."

"엄마 아빠라도 깜짝 등장하시는 거 아니에요?"

"아니에요. 엄마 아빠는 외국에 계세요. 이번만 그런 게 아니라 항상 그래요."

"아."

나영은 괜한 얘기를 했다 싶었다. 부모님 얘기는 괜한 참견이었다는 걸 뒤늦게 깨달았다. 어떻게 사과를 해야 할까 고민하는 중에 수빈이 먼저 말을 꺼냈다.

"괜찮아요. 엄마 아빠 없어도 아무렇지도 않아요. 좋은 일 하느라 바쁜 거니까요. 대신 제 생일날에 딱 12시가 되면 생일 축하한다는 문자를 보내줘요. 자는 줄 알고 전화는 안 하는 것 같은데, 저는 항상 그 문자를 기다렸다 잠들어요. 저는 그게 좋아요."

"그렇군요."

수빈은 말을 잇지 못하는 나영을 한번 쳐다보고는 다시 스케치북을 펼쳐 들었다. 나영은 가만히 수빈을 바라보다 문득 생일 선물을 줘야겠다는 생각이 들었다. 쓸 만한 게 있나 주머니와 가방을 뒤지다가 적당한 물건을 발견했다. 광화문에 오던 첫날, 벗어서 가방에 넣어뒀던 앞치마에서 스타플릿 배지를 분리했다.

"수빈."

나영은 수빈에게 다가가 배지를 내밀었다.

"생일 축하해요."

두 손으로 선물을 받은 수빈이 스타플릿 배지를 알아보고 활짝 웃으며 말했다.

"감사합니다!"

14

　나영은 앞으로 며칠이 걸리더라도 지금까지 진행된 연구를 섭렵할 각오로 노트북을 펼쳤지만, 공유 폴더의 문서를 전부 읽고 기지개를 켜고 시계를 봤을 땐 노트북을 펼친 시점으로부터 겨우 6시간이 지나 있었다. 점심시간을 빼면 5시간 남짓이었다. 기지개를 켜도 영 개운하지 않았다. 두 달이 넘는 기간 동안 연구단에서 거둔 성과라고는 다 합쳐도 책 한 권이 안 되는 문서가 전부였다. 놀랍지는 않았다. 연구단지 내에서 성직자를 마주쳤을 때부터 어렴풋이 예상했던 일이었다. 실망할 여유도 없었다. 나영도 이 텅텅 빈 공유 폴더에 빈약함을 더할 예정이었다. 저절로 긴 한숨이 나왔다.

　나영은 자료들을 다시 하나하나 열어보며 그날 오후를 보냈다. 연구 결과는 두 문장으로 쉽게 요약할 수 있었다. 연구

재료 부족. 새로운 발견 없음.

연구원들의 첫 번째 목표는 자몽인과의 의사소통이었다. 하지만 자몽인어 사전을 만들기에는 샘플이 턱없이 부족했다. 자몽인과 대화가 가능해지는 순간을 기다리며 가장 먼저 어떤 질문을 던질지 고민하던 학자들은 자신들이 지나치게 낙관적이었다는 사실을 금세 깨달았다.

벽에 부딪힌 건 구술언어뿐만이 아니었다. 수학이야말로 우주의 공통 언어라며 의기양양하게 나섰던 수학자들은 점과 선들이 펼쳐진 스크린 앞에서 멀뚱멀뚱하게 서 있는 자몽인을 보며 고개를 내저었다. 대칭성의 우아함이 자몽인과 지구인을 연결해줄 거라고 믿었던 물리학자들도 같은 결과를 받아들여야 했다. 빛의 속도나 수소 원자의 성질을 표현한 개념도에 자몽인이 보인 반응은 미술관에서 현대미술을 보는 사람들의 반응과 크게 다르지 않았다.

연구의 가장 큰 걸림돌은 자몽인의 비협조적인 태도였다. 자몽인은 지나치게 과묵했다. 그러면서도 거부 의사만은 명확하게 표현했다. 자몽인은 만지거나 기계를 부착하려고 할 때면 도망을 갔고 우주선에 접근하려고 하면 그 앞을 가로막았다. 문서들의 맺음말은 이런 자몽인의 태도에 대한 푸념으로 가득했다. 논문에 이골이 난 학자들의 건조한 문체에서조차 짜증이 묻어나올 지경이었다. 나영이 영양가 없는 자료들을 가지고 무엇을 해야 할지 고민하는 사이 어느샌가 스케치북을 내팽개친 수빈이 다가와 말을 걸었다.

"잘 돼가요?"

나영은 고개를 저었다.

"아뇨. 답답하다는 내용만 계속 읽었더니 저까지 답답하네요. 쟤들은 왜 이렇게 말을 안 해서 사람을 답답하게 하는지."

"그럼 제 생각 한번 들어볼래요?"

괜찮은 타이밍에 들어온 제안이었다. 나영은 보고서들을 속독하느라 눈이고 머릿속이고 전부 지쳐 있었고, 몸과 마음의 환기를 위해 연구와는 상관없는 엉뚱한 이야기가 필요했다.

"뭔데요?"

"언니,《거울 나라의 앨리스》읽어 봤어요?"

"옛날에요."

"험프티 덤프티 아세요?"

"그럼요. 내가 만난 사람 중에 가장 불만족스러운….."

"잘 아시네요. 그럼 험프티 덤프티가 말을 이상하게 하는 것도 알죠?"

"음. 정확히 기억나지는 않지만 그랬던 것 같아요."

"험프티 덤프티가 어떻게 생겼는지 기억해요?"

"그건 기억해요. 달걀이잖아요."

"맞아요. 동그랗게 생겼어요."

수빈이 나영의 눈치를 살피며 물었다.

"뭔가 떠오르는 거 없어요, 언니?"

"떠오르는 거요?"

수빈의 말에 나영은 험프티 덤프티에 대해 생각해봤지만

딱히 떠오르는 건 없었다. 그것보다는 이 퀴즈게임의 목적이 더 궁금했다.

"모르겠어요. 근데 갑자기 앨리스는 왜요? 이거 퀴즈예요?"

"퀴즈 아니에요. 앨리스 말고 험프티 덤프티요. 잘 생각해보세요."

수빈의 재촉에 나영은 책에 대한 기억을 되살려봤지만 험프티 덤프티가 담벼락 위에 앉아 있는 존 테니얼의 삽화만 흐릿하게 기억나는 정도였다. 수빈은 그런 나영이 답답했는지 힌트를 던져줬다.

"생각해봐요. 동그랗고, 말 이상하게 하고."

"동그랗고, 말 이상하게 하고…."

"동그란데 팔다리가 달렸고…."

"동그란데 팔다리가…."

나영은 그제야 수빈의 의도를 알아차렸다. 수빈은 눈을 반짝이며 답을 기다리고 있었다.

"외계인이군요!"

"정답!"

퀴즈 아니라면서! 나영은 수빈이 분명히 퀴즈가 아니라고 말했던 걸 떠올리면서도 자기도 모르게 주먹 쥔 손을 들어 올렸다.

수빈이 팔짱을 끼며 말했다.

"다른 사람한테 얘기해도 좋아요. 물론 제가 생각한 거라는 걸 빼먹으면 안 되고요."

"네? 이걸요?"

"제가 밝혀낸 거니까요. 자몽인의 정체."

"그러니까, 수빈 말은 저 외계인이 험프티 덤프티라는 거예요?"

"당연히 아니죠!"

수빈이 고개를 절레절레 흔들었다.

"험프티 덤프티는 자몽인의 조상님이죠. 앨리스는 옛날 소설이잖아요."

난센스 퀴즈가 아니었군. 나영이 수빈의 눈을 피하며 동의하는 척 고개를 끄덕였다.

수빈은 험프티 덤프티와 자몽인이 같은 종족이라고 생각하는 듯했다. 19세기 후반의 어느 날, 자몽인의 선조가 영국의 옥스퍼드 근교를 방문했고 우연히 그 자몽인을 만난 루이스 캐럴이 자신의 소설에 자몽인을 등장시켰다고 말이다. 나영은 수빈의 상상력에 감탄하는 한편 어떻게 이 아이를 상처 주지 않고 진실을 말해줄 수 있을지 고민했다. 아니, 잠깐. 험프티 덤프티가 꼭 외계인이 아니라고는 할 수 없잖아? 아니, 할 수 있다. 그건 말이 안 된다. 나영은 다시 수빈을 상처 주지 않을 방법을 고심했다. 그러다가 그렇게까지 고민할 필요가 있나 싶었다. 이게 산타클로스도 아니고. 험프티 덤프티가 외계인이 아니라고 해도 동심이 파괴된다거나 하는 일은 없을 것이다. 비록 그렇더라도 나영은 그걸 자신이 하고 싶지는 않았다. 나영은 수빈에게 진지한 표정으로 이야기했다.

"흥미로운 생각이에요. 근데 그 이론에 대해 좀 더 조사해보는 게 어때요? 아직은 근거가 좀 부족한 것 같아요. 험프티 덤프티는 팔다리가 한 쌍인데 쟤네는 네 쌍이고."

수빈은 나영의 말을 곰곰이 생각해보더니 그럴듯하다고 판단했는지 고개를 깊이 끄덕였다.

"알겠어요. 오늘 집에 가서 좀 더 알아볼게요."

"그래요."

자기 자리로 돌아가던 수빈이 나영을 돌아보며 말했다.

"자몽인이 말을 안 한 건 아니죠."

"네?"

"말은 했잖아요. 우리가 못 알아들은 거지. 그게 자몽인 잘못은 아니잖아요. 답답하다고 뭐라고 그러지 마요."

"그건 그렇지만…."

맞는 말이었다. 맞는 말이긴 하지만…. 맞는 말이었다. 다르게 생각할 수가 없었다. 나영은 말을 끝맺지 못했고 수빈은 그런 나영을 기다리지 않고 자리로 돌아갔다. 때마침 동욱이 슬며시 돌아왔다.

"수빈이가 귀찮게 하지 않았나요?"

"난 아무것도 안 했어!"

수빈이 강력히 항의했다.

"아무것도 안 했어요."

나영이 수빈의 주장을 확인시켜줬다.

"믿을 수가 없네요. 비결이 뭐죠? 뽀로로라면 이미 시도해봤는데."

"뽀로로는 유치해서 안 보거든!"

수빈의 항의가 거세졌다.

내일은 스피드 퀴즈 말고 다른 놀잇거리를 찾아줘야 할지도 모른다고 나영은 생각했다.

"아무튼 감사해요. 덕분에 살았어요."

동욱이 한 손을 가슴에 얹고 허리를 숙여 인사했다.

"선곡은 끝났어요?"

"베를린 필에서 후보곡을 보내줬는데 리스트가 스무 곡이에요. 후보를 좁혀달라고 서울시향이랑 KBS 교향악단에 자문을 구했더니 리스트가 마흔 곡으로 늘었어요. 강 박사님이 저한테 네가 들어보고 정하라는데, 한 곡당 1시간에 가까운 거 아세요?"

"그런 거 하느라 돌아다니실 게 아니라 동욱 씨도 연구하셔야 하는 거 아니에요?"

"아, 저는 이제 안 해요. 연구."

"안 해요?"

"네. 장래희망이 바뀌었거든요."

"저번에 주신 명함에 천체물리학 박사라고 적혀 있지 않았어요?"

"이제 다른 거 전공해요. 과학사요. 연구는 나영 씨 같은 훌륭한 과학자들에게 맡겨놓고 저는 한 걸음 떨어져서 이 현장을 주시하고 있죠."

"훌륭한 과학자라니 말도 안 돼요. 저보다 동욱 씨 같은 천체물리학 박사 한 사람이 훨씬 도움이 되겠죠. 어쩌다 일이 이렇게 꼬인 건지 모르겠어요. 전공은 왜 바꾸신 거예요?"

"무슨 말씀이세요. 저랑 나영 씨는 비교가 안 되죠. 나영 씨는 한국의 아인슈타인이잖아요."

"뭐라고요?"

"한국의 아인슈타인이요. 기적의 해를 다시 재현한 천재 과학자."

나영은 말문이 막혔다.

"과학자들 사이에서 나영 씨가 왜 그렇게 화제가 됐는지 아세요? 물론 나영 씨의 논문들이 훌륭했기 때문이기도 해요. 전방위적이고 독창적이었죠. 하지만 그것뿐이었다면 나영 씨는 그냥 존경받는 학자였을 거예요. 과학자들이 나영 씨의 팬이 된 이유는 다른 데에 있어요. 과학을 하는 모든 사람들은 이렇게 생각했었어요. 특허청 구석에서 과학혁명을 이루는 시절은 끝났다고요. 정말 한 명도 빼놓지 않고 그렇게 생각했어요. 그런데 나영 씨가 그 시절을 되돌려놓은 거예요."

미간을 찌푸린 나영을 보며 동욱이 말을 이었다.

"지금의 과학 연구는 결국 돈이에요. 규모가 있는 실험, 관측, 조사, 분석에는 반드시 큰돈이 필요하죠. 그 돈을 어디서 대느냐. 대학, 정부, 기업이에요. 그 말인즉슨 대학, 정부, 기업에서 돈을 주는 분야만 연구할 수 있다는 뜻이에요. 과학 발전의 방향을 통제하고 있다고 해도 과언이 아니죠. 거기에 나영 씨가 균열을 낸 거예요."

"과장하지 마세요."

"겸손함이야말로 위대한 과학자들이 가진 미덕이죠."

"됐어요. 그보다, 질문이 그게 아니었잖아요. 왜 전공을 바꾸신 거예요?"

"믿으실지 모르겠지만 저는 제가 과학자가 되기로 결심했던 순간을 기억하고 있어요. 고등학생 때 책 한 권을 읽었는데 거기에 맥스웰이 강연에서 한 말이 적혀 있었어요. 대충 이런 내용이에요.

우리는 과학의 진리를 시험해서 단순히 '이것이 그렇다.'라고 말하는 정도가 아니라 '이것이 그래야 하며, 그렇지 않으면 진리의 제1원리와 모순된다.'라고도 말할 수 있다. 이런 말을 하는 것이 얼마나 위대한지 알아야 한다. 측정하고, 계산하고, 마침내 '나는 내가 발견한 것을 이해했다. 이것은 옳으며 진리이다.'라고 말한다는 것은 얼마나 놀라운 일인가?

정말 멋지지 않아요?"

나영은 선뜻 동의할 수 없어 고개를 갸웃했다. 동욱은 나영의 반응에 아랑곳하지 않고 말을 이었다.

"'나는 내가 발견한 것을 이해했다. 이것은 옳으며 진리이다.' 이 말에 넘어갔죠. 저도 그렇게 말하고 싶어졌어요. 그때는 공부가 그렇게 재미있을 수가 없었어요. 돈은 책 사는 데에 다 쓰고 책상 하나 없는 단칸방에서 살았어요. 겨울에는 난방도 제대로 안 되는 곳이었는데, 진짜 추운 날은 아침에 보면 스킨로션이 얼어 있을 정도였어요. 그때 방에서 유일하게 따뜻한 물건이 졸업한 선배가 버리고 간 토스터였는데 겨울에는 그 토스터를 껴안고 이불을 뒤집어쓰고 잤어요. 약간 코타츠 같은 느낌도 나고 그럭저럭 괜찮았어요. 근데 토스터는 계속 켜져 있는 게 아니라 타이머가 있잖아요. 잠들 만하면 땡 하고 타이머가 울리고 또 잠들 만하면 땡 소리 나고. 그런 다음 날에도 학교에 가면 신이 났어요. 그런데 박사까지 끝내고 나서야 깨달았어요. 아무도 모르는 걸 나만 알게 되는 그런 순간은 특별한 소수에게만 찾아온다는 걸요. 그리고 저는 그 특별한 소수가 아니라는 것도요."

"그건 모르는 일 아닌가요."

"그럴까요? 전 확신이 있는데요."

동욱이 씁쓸한 미소를 지으며 말을 계속했다.

"꼭 과학이라는 분야에서만 그런 게 아닐 거예요. 소설을 쓴다거나, 야구공을 던진다거나, 사무실에 앉아 일한다고 해도 마찬가지 아닐까요? 어느 순간 대충 한계가 그려지기 시작할 거예요. 문제는 그걸 어떻게 받아들이느냐 하는 거죠. 돌파하는 사람이 있을 테고 안주하려는 사람도 있겠죠. 애초에 한계에는 관심이 없는 사람도 있을 거고요. 저 같은 경우는 약삭빠르게 출구를 찾아 빠져나간 쪽이에요. 연구를 계속했다면 진리를 향한 탑에 벽돌 몇 장은 보탤 수 있겠죠. 물론 그것만으로도 가치 있는 일이지만, 제가 하고 싶은 일은 아니었어요. 짝사랑은 체질에 안 맞아요. 저로서는 과학의 성취들을 기록하고 해석하는 일이 제가 동경하는 위대한 발견의 순간들에 더 가까이 다가가는 길이었던 거예요. 물론 막상 시작하려니까 훨씬 어려운 학문이긴 한데, 아니 꼭 제 전공이라서 그런 게 아니라. 아무튼 저로서는 지금이 제 인생에서 가장 흥미로운 시기예요. 외계인과의 첫 접촉이라는 역사적인 현장에 있잖아요. 어쩌면 나영 씨에게도 지금이 비글호에 탄 다윈이나 완두콩을 가지고 실험하던 멘델 같은 순간일 수도 있고요. 아니면 라임 리지스에서 화석을 캐던 메리 애닝, 나선팔을 바라보던 베라 루빈, 얼어붙은 망원경 수신기에 입김을 불던 조셀린 벨 버넬. 언젠간 제가 나영 씨의 전기를 쓰게 될지도 몰라요."

동욱이 흥분한 채로 긴 이야기를 마쳤다. 마치 좋아하는 사람에 대해 이야기하듯 얼굴이 살짝 붉어진 것처럼 보이기도 했다.

"줄을 잘못 서셨어요. 저는 아니에요."

"요점은 말이죠."

동욱은 벅찬 가슴에 다시 공기를 빨아들이고는 주먹을 꽉 쥐고 말했다.

"지금이 우리한테 중요한 순간일 수도 있다는 말이에요. 우리가 세상을 놀라게 할 발견을 앞두고 있을 수도 있다는 뜻이죠. 만약 그렇다면, 정말 그렇다면 우리는 우리가 할 수 있는 일을, 우리가 해야만 하는 일을 해야 하지 않을까요?"

15

　다음 날도 동욱은 반쯤 쏟은 커피와 함께 수빈을 나영에게 맡기고 사라졌고 수빈은 조용히 다가와 자몽인 험프티 덤프티 이론을 포기한다고 말했다. 누군가 이미 유튜브에 그 내용을 올렸다는 이유였다. 그 아이디어가 틀렸다고 생각하지는 않는 눈치였다. 어제에 이어 스케치북을 펼치며 스피드 퀴즈를 시작하려는 수빈에게 나영은 새로운 수업방식을 제안했다. 글자와 말 대신 신체언어를 가르쳐보라는 것이었다. 수빈은 나영의 제안을 받아들이며 언젠가 TV에서 본 게임의 이름을 따 '몸으로 말해요'라는 이름을 붙였다.

　나영은 '몸으로 말해요'에 큰 기대를 걸지는 않았다. 스피드 퀴즈에 질린 듯한 수빈에게 새로운 놀이를 던져주는 게 기본적인 목적이었고 자몽인과의 의사소통 시도는 부수적인 효과였다. 언어를 교환하려는 모든 시도가 실패로 끝났지만 그럼에도 여전히 소통을 원한다면 그나마 진입 장벽이 가장 낮은 신체언어로 접근해보자는 계산이 깔려 있었다. 이 아이디어를 떠올린 게 나영이 처음일 리는 없었다. 그럼에도 불구하고 아무도 시도하지 않은 건 그만한 가치가 없기 때문일 것이었다. 나영도 그 점을 확실히 인식하고 있었다.

자몽인과 신체언어로 의사소통을 하기엔 몇 가지 문제가 있었다. 신체언어는 기본적으로 공통의 신체구조 인식을 기반으로 한다. 침팬지에게 수어를 가르칠 수 있는 건 침팬지의 지능이 높기 때문이기도 하지만 기본적으로 침팬지와 인간이 닮아 있기 때문이다. 두 발로 걷고 두 손으로 도구를 사용하며 눈으로 보고 입으로 먹고 말한다는 점이 침팬지와 인간을 엮어주는 것이다. 예를 들어 '먹다'라는 단어를 신체언어로 주고받기 위해서는 음식을 '입'에 집어넣는다는 인식이 먼저 공유되어야 한다. 날갯짓으로 '날다'라는 단어를 전하려면 상대방이 새라는 동물을 알고 있어야 한다. 인간과 자몽인이 닮은 데라고는 팔다리밖에 없었고, 따라서 공유할 수 있는 신체언어는 기껏해야 '여기, 저기, 가다' 정도가 전부였다. 잘하면 '작다, 크다, 짧다, 길다' 같은 단어까지도 주고받을 수 있겠지만 자몽인에게 거기까지 바랄 수는 없을 것 같았다.

또 하나의 문제는 신체언어로 소통이 가능해진다고 해도 외계인과는 나눌 수 있는 대화가 매우 제한적이라는 점이었다. 연구단에 있는 언어학자들이 신체언어 쪽으로 연구를 계속하지 않은 데에는 이 이유가 결정적이었다. 자몽인과 신체언어로 대화할 수 있게 되었다고 치더라도 "지구에 온 목적이 무엇입니까?"를 무슨 수로 물어보겠는가?

나영은 자몽인이 지구에 온 목적을 알아내는 건 고사하고 그저 인사라도 나눌 수 있다면 다행이라고 생각했다. 나영이 신체언어에 거는 기대는 딱 그 정도였다.

자몽인 옆에 캠핑 의자를 펼치고 앉아 있는 나영과 작은 몸을 최대한 펼치며 팔짝거리는 수빈은 곧 사람들의 관심을 끌었다. 사람 이외의 존재, 예를 들어 자몽인은 여전히 관심이 없는 것처럼 보였지만 광장을 지나는 사람들은 그쪽을 쳐다보며 두 사람이 뭘 하는 건지 궁금해했다. 관심을 가지고 찾아온 상윤에게 나영은 자기 생각을 간단하게 설명했다.

"그러니까, 지금 신체언어를 통한 의사소통 연구 중이시라는 거죠?"

상윤이 물었다.

"그래요."

"그것보다 음악 같은 거로 시도해보는 건 어떤가요? 〈미지와의 조우〉 보셨어요? 외계인과 음악으로 대화하잖아요. 혹시 알아요? 정말 음악으로 소통할 수 있을지."

"〈화성침공〉 보셨어요? 거기선 음악이 외계인의 머리통을 터뜨려버리는데."

상윤은 자몽인이 폭발하는 상상에 몸을 떨고는 머릿속의 영상을 지우기 위해 급히 말을 돌렸다.

"음성언어의 음절이 비슷한 건 신경 쓰이지 않으세요?"

"신기하기는 해요. 근데 그건 전문가들이 많이 연구하고 있는 것 같더라고요."

"언어를 연구하는 사람이라면 호기심이 생길 만하죠. 그 주제를 연구하도록 정부에서 요청했다는 이유도 있고요."

"정부에서요? 정부에서 특별히 그쪽에 관심을 가질 이유가 있나요?"

"정확히는 군에서 요구했던 거예요. 자몽인의 말이 한국어 사용자를 세뇌하기 위한 것일지도 모른다는 주장이 있었어요. 혹은 정신을 파괴하는 암호라거나, 말에 어떤 에너지가 담겨있을 가능성에 대해서요."

"그러니까, 자몽인의 말이 마법 주문일 가능성에 관한 연구를 대한민국 국방부에서 요청했다는 말씀이세요?"

"비슷해요. 저는 신경 언어 프로그래밍을 떠올렸지만, 큰 차이는 없을 것 같네요."

"군대에서 그렇게 악을 써대는 데에는 다 이유가 있었군요. 일종의 방어훈련이었던 거예요."

"아뇨. 악쓰는 건 그냥 못되게 구느라 그런 거예요. 부대에 노래방을 보급한 게 방어훈련이고요."

나영은 과장되게 고개를 끄덕였다.

"신부님은 어떻게 생각하세요? 왜 피카드… 아니 외계인은 한국어 음절을 사용하는 걸까요?"

"제 가설은 자몽인들이 외국어 공부를 하고 있다는 거예요."

"외국어 공부라⋯."

나영은 중학교 영어 수업시간을 떠올렸다. 1993년 대통령에 당선된 김영삼은 취임과 동시에 국제화 원년을 선언하더니 이듬해에는 세계화를 부르짖었다. 영어를 향한 사람들의 열정은 거의 종교가 되기 직전까지 치솟았고 교육은 그 광풍의 첫 번째 먹잇감이었다. 마침 영어교육의 주류를 이루던 문법 번역식 교수법에 대한 대안으로 벌리츠와 같은 직접 교수법이 각광을 받던 때였다. 외국어를 공부할 때 모국어를 전혀 사용하지 않고 오직 학습 대상 언어만을 사용한다는 수업방식은 꽤 그럴싸하게 들렸다. 정부는 1994년에 원어민 보조교사 제도를 시행하며 각 학교에 원어민 교사를 투입했고 1997년부터는 초등학교 3학년부터 단계적으로 영어교육을 실시했다. 한국은 세계로 뻗어 나가야 하는데 그러려면 전국민 누구나 영어를 잘해야 한다! 그 시절의 나영은 국제화와 세계화를 이렇게 이해했다.

이 정책은 1997년 어느 날 한 중학교의 영어 수업 시간에 백인 남성 원어민 교사의 형태로 나영 앞에 처음 나타났다. 대부분의 학생들은 원어민 교사와 눈을 마주치지 않기 위해 눈알을 데굴데굴 굴렸다. 그중에는 영어를 어려워하는 학생도 있었고 영어를 말하는 것 자체를 부끄러워하는 학생도 있었다. 반면 원어민 교사가 자신에게 말을 걸어주기를, 그래서 자신의 영어 회화 능력을 시험해볼 수 있기를 기대하며 수업시간 내내 교사와 눈을 마주치려 애쓰는 학생들도 있었다.

나영은 눈알을 굴리는 쪽이었다. 겨우 한두 마디의 영어 문장을 말해본다고 해서 별로 도움이 될 것 같지도 않았고, 그런 것에 수업시간을 할애한다는 것 자체가 거대한 시간 낭비처럼 느껴졌다. 나영은 그 시간에 단어 하나를 더 외우고 싶었다.

한마디로 나영과 직접식 교수법은 사이가 좋지 않았다. 나영은 '윤선생'과 공교육의 딸이었고 문법 번역식 교수법이 맺은 결실이었다. 외계인이 한국어를 발음한다는 사실과 그것이 외국어 공부라는 발상을 바로 연결하지 못한 데에는 그런 이유도 있었다. 오히려 나영은 거기에 사람들이 지나치게 많은 의미를 두고 있으며 언어에 관한 연구에 진전이 없는 것도 어느 정도는 거기에 잘못이 있다고 생각하는 쪽이었다.

"나영 씨 생각은 어때요?"

"순전히 우연이었다고 생각해요. 개복치 학명이 '몰라몰라'인 것처럼요."

"'폴스 프렌드' 말씀이시군요."

"언어학 박사 학위도 있어요?"

"그럴 리가요. 학사예요. 부전공이었거든요."

나영은 농담으로 건넨 말이 진담으로 돌아오자 허를 찔렸다. 살짝 소름이 끼치기까지 했다. 여기 있는 사람들의 가방끈을 모두 연결하면 달까지 닿지 않을까.

"맞아요. 이를테면 폴스 프렌드 같은 거예요. 그렇게 드문 일도 아니잖아요."

"나영 씨는 그걸 어디서 배우셨어요?"

"그냥, 옛날에, 좀, 어쩌다가, 찾아볼 일이, 좀, 있었어요."

"폴스 프렌드를요?"

"사물들에 이름을 붙이는 것에 대해서요. 특히 엉뚱한 이름, 이상한 이름들에 대해서."

"예를 들어…"

"기니피그요. 기니 출신도 아니고 피그도 아닌데 기니피그라는 이름이 붙었죠."

"산소도 그래요! 라부아지에가 산소에 이름을 붙이면서 신맛이 난다는 뜻의 그리스어를 따서 산소라고 했대요. 물론 프랑스어로 지었겠지만 아무튼, 산소에서 신맛이 난다고 생각했던 거죠. 그런데 사실 신맛이 나는 건 수소 이온 때문이에요. 그러니까 만약 라부아지에가 제대로 알고 이름을 지었다면 우리는 지금쯤 수소로 호흡을 하고 있었을 거예요."

역시 말을 돌릴 땐 상대방이 알 것 같은 소재를 던져주는 게 제일이라고 나영은 생각했다.

"아하. 그렇군요."

그리고 적당히 맞장구를 쳐주면 된다. 성공적으로 말을 돌린 나영이 이야기를 계속했다.

"어쨌든 요점은 관계가 없는 것처럼 보였던 게 알고 보니 관계가 있었다는 얘기는 종종 하지만 그 반대의 경우도 있을 수 있다는 얘기예요."

"사실이에요. 언어학 수업에서 들은 얘기 중에 이런 게 있어요. 로버트 딕슨이라는 교수가 음바바람어라는 호주 원주

민의 언어를 연구할 때 얘기예요. 음바바람어를 할 수 있는 유일한 사람인 아서 베넷이라는 사람을 찾아가 연구에 참여해달라고 부탁했지만 쉽게 허락하지 않았대요. 그렇게 몇 년이 지나고 나서야 겨우 연구를 허락했는데, 그때 그 사람이 한 첫마디가 이랬대요. 자네 '개'를 가리키는 우리 단어가 무엇인지 아나?"

상윤은 웃을 준비를 하라며 뜸을 들였다.

"'도그'일세."

"수업에서 한 번 들은 얘기를 이름까지 기억하세요?"

"흥미 있는 얘기는요."

"지금이라도 다시 과학자로 돌아가실 생각 없으세요?"

"기억력은 주님을 섬기는 데에도 유용합니다."

상윤이 나영을 보며 재빠르게 말을 덧붙였다.

"자세히 물어보지는 마세요."

"지금은 비무장 상태예요."

나영은 양 손바닥을 들어 무기가 없음을 보여줬다.

"나영 씨가 맞을 수도 있어요. 정말 순전히 우연일 수도 있죠."

"그냥 그럴 가능성도 생각해보자는 거예요. 신부님 말씀처럼 쟤들이 우리한테 말을 걸고 있는 건지도 몰라요. 다만 우리가 못 알아들을 뿐이고요. 사실 그게 더 말이 된다는 건 저도 알아요. 사람이 고양이한테 말을 건다고 야옹야옹 하지만 고양이는 하나도 못 알아듣는 것처럼 쟤들 나름대로 인간의 말소리를 흉내 낸 걸 수도 있죠. 또 아니면 자동차 시동을 걸면 부릉부릉 소리가 나는 것처럼 우리가 말소리라고 생각했던 게 사실은 쟤들이 어떤 행동을 했을 때 발생하는 부산물에 불과할 수도 있고요. 모르겠어요. 어쨌건 쟤들이 우리에게 뭔가를 말하려고 시도했다고 믿고 싶어요."

"하지만 자몽인들에게 우리와 대화하려는 의사가 있다면, 대체 왜 저러는 걸까요? 프라임 디렉티브라도 수행 중인 걸까요?"

나영은 눈을 휘둥그레 뜨고 상윤을 쳐다봤다. 그런 나영을 보며 상윤이 말했다.

"아까 자몽인을 피카드라고 부른 거 들었어요. 저도 〈스타트렉〉 좋아하거든요."

나영은 자기도 모르게 〈스타트렉〉 붐이 일어나고 있는 건 아닌지 궁금해졌다.

"그럴 수도 있겠지만 제 가설은 좀 달라요. 프라임 디렉티브는 기술적으로 우위에 있는 문명이 미개한 문명에 영향을 주면 안 된다는 거잖아요. 따지자면 제 가설은 그거랑은 정반대예요."

"들어봅시다."

"말이 안 통하는 건 당연하죠. 언어가 다를 테니까요. 그래서 과학자들이 떠올린 게 수학이나 과학으로 대화할 수 있다는 아이디어였죠. 수소의 원소기호나 소수 같은 거요. 제 생각은 이래요. 쟤들이 과학에 젬병이라는 거예요. 저도 처음엔 저 우주선이 엔터프라이즈호고 저 주황색 외계인이 피카드 선장이라고 생각했어요. 물론 쟤네 문명의 기술 수준이 지구보다 훨씬 앞선 건 사실일 거예요. 하지만 그렇다고 해서 쟤네 개개인의 과학지식이 반드시 뛰어나다고 할 수 있을까요? 사실은 태양계에 놀러 온 관광객이거나 정찰을 나온 군인이거나 뭐 그런 애들일 수도 있잖아요. 따지자면 피카드 선장보다는 박연에 가깝달까."

"뭐, 그것도 말이 안 되는 건 아니네요. 사실 자몽인이 한국어를 하는 게 순전히 우연이라는 것보다는 말이 돼요."

"그렇죠?"

"하지만 만약 그렇다고 해도 우리 쪽에서 보여준 건 정말 기초 과학이잖아요. 그 정도는 이해할 수 있지 않을까요? 무려 성간이동을 할 수 있는 우주선을 타고 온 사람들이니까요. 우리보다는 훨씬 발달한 지성을 가지고 있을 텐데 아무리 외계어라지만 몇 달째 한마디도 못 하는 건 좀 이상하지 않아요?"

"일단 그 질문이 성립하려면 '과학기술의 수준이 반드시 지성과 비례하는가?'라는 질문에 그렇다고 답할 수 있어야 하는데, 글쎄요, 저는 동의하기가 어렵네요. 최근엔 특히나 더요."

"최근에 특히라는 건 왜요?"

"지금 인류는 역사상 가장 많은 것을 알고 있는 시대에 살고 있잖아요. 무려 '우주에 인간 이외에 다른 생명체가 존재하는가?'라는 그 오래된 질문에 대한 답까지 알게 됐으니까요. 그런데도 요즘 TV에 제일 많이 나오는 사람들이 누군지 알아요? 과학자일까요? 아니에요. 과거에 UFO를 본 적이 있다고 주장하는 사람들, 외계인에게 납치당한 적이 있다고 주장하는 사람들이에요. 당장 저 바깥에 있는 사람들만 봐도 그래요. 오늘 올 때 보니까 외계인을 한국에서 추방해야 한다고 주장하는 사람들의 세가 불어났더라고요. 외계인이 무슨 핵폐기물이라도 된다는 듯이요. 정말 그렇게 생각한다면 그렇게 위험한 존재를 다른 나라로 보내는 건 상관없다는 건가요? '외계인을 반대한다'라는 구호는 대체 무슨 뜻일까요? 뭘 반대한다는 거죠? 존재를 반대한다는 건가? 그래서 어쩌겠다는 거죠? 반대하면 있던 외계인이 없어지나?"

"당장은 그럴 수도 있어요. 미지의 존재에 대한 호기심만큼이나 두려움도 큰 법이니까요. 하지만 좀 더 길게 생각해봅시다. 일식이 일어나면 더 이상 두려움에 떨지 않고 오히려 고개를 들어 해를 관찰하죠. 프레온 가스 생산을 중단하고, 원자력 발전을 대신할 신재생에너지를 찾아 나서고 있잖아요. 시간이 지날수록 과학의 수준이 더 높아지고 보편적이 된 건 사실이에요."

"저는 뉴턴보다 우주에 대해 훨씬 많이 알아요. 뉴턴은 구경도 못 한 비행기도 타봤고요. 그렇다고 제가 뉴턴보다 뛰어난 지성을 가졌나요? 게다가 수학에 있어선 여전히 뉴턴이 저보다 훨씬 낫죠. 제 얘기는, 지성과 지식은 동일하지 않고 우리를 우주로 쏘아 올리는 능력은 지성보다는 지식에 가깝다는 거예요. 지식은 세월이 흐를수록 쌓이고 또 공유되는 거라서 제 것이 아니라도 그 결과물을 누릴 수 있죠. 또 지식은 상대적이라서 훌륭한 선원이 꼭 훌륭한 과학자라는 법도 없고요. 인류도 지금이야 우주에 보낼 사람을 뽑을 때 과학도 잘하고 운동도 잘하고 뭐 이것저것 다 잘하는 사람을 뽑는 걸 당연하게 여기지만 언젠간 아무나 우주로 나갈 수 있는 시대가 오지 않겠어요? 그때가 됐을 때 가장 먼저 우주로 나가는 게 똑똑하고 돈 없는 과학자일까요, 멍청하고 돈 많은 사업가일까요?"

"일단 뉴턴과 나영 씨 사이의 간격을 겨우 달에 몇 번 착륙해본 문명과 성간이동을 할 수 있는 문명 사이의 간격에 비교할 수는 없을 것 같아요. 굳이 따지자면 뉴턴과 나영 씨보다는 호모 에렉투스와 나영 씨에 가깝겠죠. 자몽인 정도로 발달한 문명에서 기초적인 과학과 수학이 보편적인 지식이 아니라는 건 사실 상상하기 어려워요."

"저도 태양계 바깥으로 탐사선을 보내는 문명에서 진화론이 보편적인 지식이 아니라는 걸 상상하기 어려워요. 그런데 그런 사람들이 있잖아요."

"아까 무기가 없다고 하지 않았어요?"

"무기가 있으라."

나영이 손가락을 접어 권총 모양을 만들며 말했다.

"언젠간 진화론도 보편적인 지식이 되겠죠. 진화론을 받아들이지 못했던 건 종교뿐만이 아닙니다. 진화론이 지금과 같은 형태를 가지고 과학계에서 정설로 받아들여지기까지도 긴 시간이 필요했잖아요. 외연을 확장하는 건 과학의 특권이 아니에요. 종교도 얼마든지 스스로를 수정하고 확장해 나갈 수 있고 또 그래야 합니다. 교황께서 이미 50년도 더 전에 진화론을 가리켜 타당한 접근이라고 말씀하셨어요."

"타당한 접근이요?"

"그 정도는 봐줍시다."

"저로서는 그 믿음이 어디서 솟아나는 건지 모르겠어요. 오래된 책 한 권이 전부잖아요. 거기에 기대서 보이지도 만질 수도 없는 신의 존재를 믿기엔 그 기반이 너무 허약한 거 아닌가요?"

"전자를 맨눈으로 볼 수 없다고 해서 전자가 존재하지 않는다고 주장할 수 없듯이 신을 볼 수 없다는 게 그 존재를 부정하는 증거가 될 수는 없어요."

"신을 봤다는 게 거짓이라는 걸 증명할 수는 없지만 전자를 봤다는 게 거짓이라는 건 증명할 수 있죠."

"반증주의로군요. 꽤 효과적인 방법론이지만 어디에나 들어맞는 건 아니죠."

"그것 봐요. 신부님은 종교를 과학에 견주어 얘기하시지만 제가 보기에 그 둘은 너무 달라요. 종교는 탐구에 관심이 없어요. 다른 주장을 이단으로 규정하고 배척할 뿐이죠. 누구 말이 맞는지 따져보지도 않아요. 진리가 우리를 자유롭게 한다느니, 예수님 말씀이 진리라느니 하지만 정작 진리에는 관심이 없잖아요. 그냥 서로 자기 말이 맞다며 각자 갈 길을 갈 뿐이에요. 과학은 무지의 영역에 불을 밝혀요. 그 너머에서 또 다른 미지의 세계를 발견하면, '와! 어디 한번 알아볼까?' 하고 달려들고요. 종교는 무지의 영역에 불을 밝히는 대신 불을 지르죠. 그리고 선언해요. 저긴 불지옥이다."

"종교를 과학이라고 얘기하려던 건 아니었어요. 그 둘은 같을 수 없고 같아서도 안 되죠. 다만 저희가 과학으로부터 배울 점이 있다는 걸 얘기하고 싶었어요. 그리고 만약 과학이 잘못된 길을 가려 한다면 저희가 경고를 해줄 수도 있겠죠. 물론 지금까지 썩 잘해왔다고 할 수는 없지만요. 예수님께서 몸소 겸손을 보여주셨지만 그 가르침을 오랫동안 따르지 못했던 게 사실입니다. 주님의 뜻을 모두 알고 있다고 생각하는 오만을 저지르고 있죠. 반면 무지를 인정하고 진리의 영토를 넓히기 위해 노력하는 사람들도 교회 안에 존재하는 게 사실입니다. 부족하지만 저 또한 그런 사람이 되려고 노력 중이고요. 시간은 중요한 변수입니다. 우리에겐 시간이 필요해요."

"다음에. 나중에. 그 소리는 지겨워요. 더 이상 '태양아 너는 기드온 위에 머무르라'라는 구절로 억지를 부리지 않잖아요. 왜 지금은 그렇게 할 수 없는 거죠? 종교 때문에 고통 받는 사람들이 얼마나 더 기다려야 할까요? 그 사람들이 교단의 해체를 요구한 적도 없고 종교 행사를 훼방 놓은 적 없잖아요. 심지어 이해해달라고 부탁한 적도 없고 그냥 신경 좀 끄라는 게 전부잖아요. 물론 종교가 변한다고 사람들의 생각이 변하지는 않을 거예요. 종교는 일종의 핑계에 불과한 거죠. 동성애와 임신중단을 혐오하는 사람들이 종교가 사라진다고 해서 혐오를 멈추겠어요? 혐오에 대한 근거를 떠올릴 머리도 없고 애초에 근거라는 게 존재하지도 않으니까 그냥 다 신에게 떠넘기는 거죠. '쟤가 그랬어요.'라면서."

나영이 손가락으로 하늘을 가리켰다.

"억울하지도 않으세요?"

나영은 흥분한 탓인지, 흥분한 자신이 부끄러운 탓인지 얼굴에 열이 올랐다.

"억울해할 자격은 없죠."

상윤이 고개를 숙여 땅을 바라본 채로 담담하게 말했다.

나영은 그 목소리에서 자신의 실수를 깨달았다. 상윤은 이미 오래전에 이 질문들과 싸운 적이 있었다. 그것도 신을 대변하는 입장이 아닌 신을 부정하는 입장에서. 상윤의 말과 표정에는 그 오랜 싸움이 남긴 상처가 남아 있었다. 그리고 상윤의 영혼 속 어딘가에서는 지금도 그 싸움이 계속되고 있는 듯했다. 상윤의 침묵은 항복이 아닌 인내였다. 나영은 뒤늦은 깨달음을 사과하는 의미로, 쏟아 내려 했던 말들을 잠시 밀어두고 가만히 상윤의 침묵을 귀담아듣기로 했다.

16

영하의 날들이 이어졌다. 뉴스에서는 외계인보다 한파 주의보에 대해 이야기하는 시간이 늘어났다. 나영은 겨울을 좋아했지만 눈도 내리지 않는 한파를 반길 정도는 아니었다. 크리스마스가 코앞으로 다가왔음에도 아직 첫눈다운 눈은 내리지 않았다.

올여름에 비가 너무 많이 왔지, 겨울에 올 것까지. 그게 원인이 아니라는 걸 알면서도 나영은 아무런 해석이라도 찾고 싶었다. 나영에게는 답이 필요했다. 연구에서는 답은커녕 제대로 된 질문조차 찾을 수 없을 것처럼 보였다. 데이터가 너무 부족했다. 오늘 광화문에 나가도 상황은 마찬가지일 것이다. 밤사이에 갑자기 새로운 데이터가 솟아났을 리는 없었다. 버스에서 내려 광화문 광장으로 걸어가던 나영은 충동적으로 방향을 틀어 길가의 카페로 들어갔다.

　나영은 계산대에서 멀찌감치 떨어져 메뉴판을 건성으로 훑어봤다. 어디에나 있는 프랜차이즈 카페였다. 어딘지 모르게 크리스마스 느낌이 나는 재즈 피아노 연주곡이 흐르고 입구 양쪽의 진열대에는 크리스마스 시즌을 겨냥한 상품들이 멋없이 줄지어 있었다. 계산대 앞은 모닝커피를 사러 온 근처 직장인들로 제법 줄이 길었다. 아침의 카페는 오후와는 분위기가 확연히 다르다. 수년간 카페에서 일하면서 나영이 깨달은 바였다. 아침의 손님들은 약속도 없고 여유도 없다. 저마다의 권태와 피로로 눈꺼풀이 무겁고 하루의 무게에 쫓겨 피난을 나온 사람들 같다. 나영은 그냥 돌아나갈까 하며 잠시 망설이다 피난민의 무리에 합류했다.

　"안녕하세요."

　바로 뒤에서 들리는 목소리에 돌아보니 지우가 웃고 있었다.

　"아, 안녕하세요."

　"나영 씨 맞죠?"

　"네, 맞아요. 지우 씨 맞죠?"

　"어! 맞아요! 제 이름 어떻게 아세요?"

　"자리 앞에 쓰여 있잖아요."

　"그건 그런데. 기억하실 줄은 몰랐어요."

　나영이 할 말이었다. 나영이야 지금까지 연구단지 안에서 말다운 말을 섞어본 사람을 다 해도 한 손으로 꼽을 수 있을 정도였다. 반면 지우는 잠깐씩 다녀가는 사람을 하루에도 여

러 명 상대해야 할 터였다. 나영은 자기가 기억에 남을 정도로
귀찮게 굴었던 건 아닌지 물어봤다.

"아니에요. 아니에요. 제가 원래 사람 이름을 되게 잘 외워요."

나영의 물음에 지우는 양손을 내저으며 대답했다.

"또 필요한 거 있으시면 언제든지 얘기하세요. 제가 말단이
지만 그래도 여기 돌아가는 건 빠삭하게 알아요."

"감사합니다. 진짜 도움이 됐어요. 저기, 괜찮으시면 제가
커피 한 잔 살게요."

"아니에요. 아니에요. 제 일 한 건데요, 뭐."

틀린 말은 아니었지만, 며칠 전까지만 해도 매일 같이 사람
을 상대하는 일을 해왔던 나영은 지우가 자신을 위해 얼마나
많은 에너지를 썼는지 잘 알고 있었다. 부족하게나마 그에 대
한 보답을 해주고 싶었다.

"정말 고마워서 그래요. 아무것도 몰라서 헤매고 있을 때
도와주셨잖아요. 덕분에 살았어요."

"우하하. 그렇게 말씀해주시니까 제가 더 감사하네요. 그
럼! 감사히 마시겠습니다!"

지우가 가방에서 꺼낸 텀블러를 두 손으로 잡고 눈높이로
공손하게 들어올렸다. 텀블러를 들고 다니는 사람이구나. 나
영은 솟아나는 호감을 진정시키며 물었다.

"어떤 거 드시겠어요?"

"오, 이런 질문을 받는다면, '늘 마시던 걸로.' 이렇게 대답
해보고 싶다고 생각한 적 없으세요?"

지우는 '늘 마시던 걸로' 부분에서 외국 영화를 더빙하는 성우의 목소리를 냈다.

"네. 없는 것 같아요. 없어요."

"단호하시군요."

지우가 토라진 얼굴을 했다가 금세 함박웃음으로 표정을 바꾸며 말했다.

"사실 저는 항상 같은 거 마셔요. 티! 얼그레이! 핫!"

나영은 지갑을 꺼내던 자세 그대로 얼어붙었다. 그 모습을 본 지우가 황급하게 두 손을 내저으며 말했다.

"아, 따뜻한 얼그레이요. 제가 좋아하는 옛날 미드에 나오는 대사예요. 아무도 못 알아듣는 거 막 따라 하고 그러면 안 되는데. 하하."

나영은 알아들었다. 피카드 선장이 틈만 나면 음식합성기에 대고 외치는 저 세 단어를 모를 수가 없었다. 〈스타트렉〉 팬에게 등급이 있고 벌컨식 손인사를 따라 하는 게 하급이라면 "티, 얼그레이, 핫!"을 외치는 건 못해도 중급은 될 것이다. 프랜차이즈 카페의 중심에서 〈스타트렉〉의 대사를 외치다니. 어쩌면 상급일 가능성도 있었다. 나영은 아무것도 모르는 척 웃으며 계산을 마치는 데 성공했다. 아직 취향을 공유하기엔 일렀다.

카페를 나와 연구단지로 향하는 길에 두 사람의 대화에는 자연스럽게 자몽인이 화제에 올랐다. 지우는 자기가 다른 어떤 직장에 다녔더라도 자몽인을 이렇게 가까이서 볼 일은 없었을 거라며, 공무원이 된 덕에 이렇게 자몽인도 본다고 환하게 웃었다. 놀랍게도 그 웃음은 진심인 것처럼 보였다. 그 웃음에 나영은 자기가 행운아이며 막다른 연구에 대한 고민은 배부른 소리라고 거의 생각할 뻔했지만, 시야에 나타난 거대한 돔의 위용이 그 생각을 압도했다. 그 돔은 아무래도 익숙해질 수 없었고 어떻게 봐도 거대한 재해 지역으로 보일 뿐이었다. 제대로 된 직장처럼은 보이지 않았다.

내가 여기서 뭐 하는 거지. 꼭 해야 하는 일도 아닌데. 나영은 자기가 가짜 직장인 같았고 그러고 나니 저 돔도 외계인도 다 가짜 같았다. 가짜 주제에 너무 선명하고 하얗고 거대해서 무시할 수도 없는 가짜. 나는 박사도 아닌데 사람들이 박사로 알고 있는 가짜 박사고 가짜가 가짜에서 뭔가를 발견해봤자 가짜일 텐데. 이런 회의에도 불구하고 나영은 맡은 일에 대해 책임감을 느끼는 사람이었다. 그건 종종 집착과 구분하기 어려웠고 그래서 나영은 꼭 그럴 필요가 없는 일에도 최선을 다했다. 어쨌거나 시작한 일이니 동그라미 하나쯤은 그리고 싶었다.

"지우 씨는 어떻게 생각해요? 지우 씨라면, 뭘 어떻게 해야 할까요?"

"글쎄요."

지우는 진지하게 생각에 잠겼다.

"저라면 일단 자몽인들이 원하는 게 뭔지 알아볼 것 같아요. 자몽인에게 필요한 게 뭔지. 먹을 게 부족하지는 않은지.

춥지는 않은지."

나영은 고개를 끄덕였다.

"지우 씨 생각엔 뭐가 가장 필요할 것 같아요?"

"그거야 당연하죠. 장거리 전화 한 통이요. 다른 건 다 필요 없어요."

지우가 망설임 없이 대답했다.

"119든 집이든 보험회사든 일단 전화만 되면 뭐가 걱정이 겠어요. 〈E.T.〉에서도 그러잖아요. 폰. 홈."

마지막에 지우가 목소리를 가늘게 떨며 이티 흉내를 냈지만 나영은 지우가 말한 장면이 기억나지 않았다. 그런 장면이 있었던가? 아니, 이티가 영어를 할 줄 알았던가? 그것참 부럽네. 아무 나라 말이어도 좋으니까 쟤들도 알아들을 수 있는 아무 말이나 좀 했으면 좋겠는데.

"잘 안 풀리죠?"

나영의 표정을 읽은 지우가 말했다. 나영이 애써 희미한 미소를 지으며 대답했다.

"그렇죠, 뭐."

"요즘 사람들이 힘이 빠진 게 눈에 보여요. 처음엔 안 그랬는데. 제가 여기 처음 왔을 때만 해도 연구진들이 자몽인을 둘러싸고 아주 난리였어요. 자몽인이 언제 다시 말을 할지 모르니까 그 앞에서 제발 한마디라도 더 해주길 바라면서 죽치고 앉아 있었죠. 좀, 〈로미오와 줄리엣〉의 한 장면 같다고 생각했어요."

"〈로미오와 줄리엣〉이요? 왜요? 너무 좋아해서?"

"어…저는 로미오가 줄리엣네 집에 찾아가는 장면을 떠올렸어요. 왜, 로미오가 줄리엣네 집에 몰래 숨어들었는데 줄리엣이 갑자기 발코니에 나와서 말하잖아요. 그랬더니 로미오가 이러죠. 말을 하는군! 오, 한 번 더 말해다오!"

"아하."

"여기 줄리엣은 몇 달 동안 말을 안 하고 있다는 차이가 있긴 하지만요."

"그렇네요."

지우가 갑자기 손가락을 나영 쪽으로 뻗으며 장난스럽게 질문을 던졌다.

"방금 누구 떠올리셨어요?"

나영은 지우가 던진 질문의 의도를 단번에 파악하고 곧바로 대답했다.

"클레어 데인스죠."

"아, 그럴 줄 알았어! 당연히 올리비아 허시죠!"

지우가 분하다는 듯이 주먹을 흔들며 정말 세대 차이가 너무 난다고 중얼거렸다. 나영은 딱 봐도 자신보다 한참 어린 지우를 바라보며 웃었다. 잠시 말없이 걷던 지우가 나영 쪽을 홱 돌아보며 말했다.

"너무 좋아해서 그런 건 아닌 것 같아요."

"네?"

"아까 그러셨잖아요. 사람들이 자몽인한테 들러붙어 있었다고 하니까 너무 좋아해서 그런 거냐고. 생각해봤는데 잘 모르겠어요. 아닌 것 같아요."

나영이 맥락을 되짚는 사이 지우가 진지한 표정으로 밀을 이었다.

"관심을 가지고, 신경이 쓰이고, 알고 싶어 하고 그런 건 맞지만 좋아한다는 건 뭔가가 더 필요한 것 같아요. 음, 뭐랄까. 같은 행동이라도 좋아한다는 건 조금이라도, 아주 조금이라도 상대방을 위하는 마음이 있는 것 같지 않나요? 물론 동시에 하는 것도 가능하죠. 예를 들자면, 얼마 전에 기후 위기에 관한 시위를 벌이다 체포된 과학자들에 대한 기사를 봤어요. 그런 사람들이라든가…."

"제인 구달처럼요?"

"제인 구달처럼요."

이야기를 주고받는 사이 두 사람은 돔의 후문에 도착했다. 사람들이 진을 치고 있는 정문과는 달리, 돔에서 일하는 사람들이 걸어서 드나들 수 있도록 만들어놓은 작은 출입구였다. 돔 안에서 헤어지기 직전에 지우가 또 한 번 질문을 던졌다.

"올리비아 허시가 나온 〈로미오와 줄리엣〉에서 로미오로 나왔던 배우 이름이 뭔지 아세요?"

나영이 고개를 저었다.

"아뇨. 저 그 영화 못 봤어요."

지우가 장난기 가득한 얼굴로 정답을 말했다.

"레너드 화이팅이에요. 오늘 하루도 화이팅!"

지우가 주먹을 높이 치켜든 채로 뒷걸음질 치며 멀어져갔다. 황당한 표정을 짓고 있던 나영은 그 모습을 보며 한발 늦게 웃음을 터뜨렸다.

웃음이 지나가자 조금 전 스쳐 갔던 생각을 다시 붙잡았다. 나영에게 〈로미오와 줄리엣〉이라고 하면 가장 먼저 떠오르는 대사는 따로 있었다.

이름이란 뭐죠? 장미를 다른 이름으로 불러도 그 향기는 여전히 달콤할 텐데.

그레이프프루트란 뭐죠? 그레이프프루트를 자몽이라고 불러도 그 향기는 여전히 상큼할 텐데.

자몽인이 했던 말들도 그랬다. 한국어처럼 들렸지만 한국어가 아니었던 그 말들도 여전히 어떤 의미가 있을 터였다. 말과 실제의 불일치. 그럼에도 여전히 존재하는 말들. 이게 한때 나영을 괴롭혔고 지금 다시 나영을 붙잡고 있는 의문이었다. 답을 찾을 수 있긴 한 걸까? 의문은 또 다른 의문을 낳았다.

별수 있나. 파이팅 할 수밖에. 돔 안에서 헤어지며 지우가 남긴 그 말을 주문 삼아, 나영은 기운을 차리고 돔의 중앙으로 향했다. 캠핑 의자 옆에서 양손에 커피를 들고 서 있던 동욱이 나라를 잃은 표정으로 나영이 사 온 커피를 바라봤다.

나영과 동욱은 커피 석 잔을 두고 오전의 티타임을 시작했다. 커피를 한 모금 마신 동욱이 나영에게 물었다.

"인간이 원래 팔다리가 네 개씩이었다는 얘기 들어봤어요?"

오늘은 퀴즈의 날인가? 그렇게 생각하며 나영이 대답했다.

"플라톤이죠?"

"그래요? 저는 존 카메론 미첼인 줄 알았는데."

동욱이 머쓱해하며 웃었다. 나란히 서서 자몽인을 바라보던 두 사람은 동시에 커피를 입으로 가져갔다. 동욱은 양손에 든 커피를 한 번씩 번갈아 가며 마셨다.

"설마 쟤들이 그거라고 얘기하려는 건 아니죠?"

"물론 아니죠."

"그런 얘기라면 신부님한테 하세요."

동욱이 나영을 곁눈질로 바라봤다.

"어제 신부님이랑 한바탕 하셨다면서요?"

"수빈이가 그래요?"

나영이 수빈을 돌아봤다. 수빈은 스케치북에 얼굴을 파묻고 있었다. 이야기를 듣고 있는 게 분명했다. 동욱이 대답 대신 질문을 던졌다.

"신부님이 전에는 과학자였다는 거 아세요?"

"네, 박사님이더라고요. 오 마이 갓이죠."

"저도 종교에 그렇게 우호적인 편은 아니지만 신부님은 믿을 만한 편인 것 같아요."

"박사라서요?"

나영이 동욱을 삐딱하게 쳐다봤다.

"아뇨. 그냥 얘기해보면 그래요. 다른 과학자들보다 더 과학자 같을 때도 있어요."

"신부님한테 약점이라도 잡히셨어요?"

"아니에요. 그런 거."

"뭐예요, 그 약점. 저도 알려주세요."

"진짜로요. 적어도 쟤들을 신이랑 연결짓지는 않잖아요."

"그래 봤자 신부님이죠."

"종교인도 훌륭한 과학자가 될 수 있어요. 코페르니쿠스도 성직자였고, 빅뱅을 처음 주장한 르메르트도 성직자였잖아요. 르메르트의 더 멋진 점은 성직자이면서도 종교가 과학의 성과를 자기 것으로 끌어들이려 할 때 명확히 선을 그었다는 거예요. 교황이 빅뱅을 성서의 창세기랑 연결하려고 하니까 모르면 좀 가만히 있으라고 설득했잖아요."

동욱이 마치 좋아하는 아이돌을 영업하는 것처럼 눈을 반짝였다. 나영은 흥분한 동욱을 향해 퉁명스럽게 말했다.

"역사상 두 명이로군요? 제 일반화가 더 그럴듯하지 않나요?"

"더 있어요. 멘델이랑, 또…. 아무튼 다 말할 수 없을 정도로 많아요. 사실 과거의 위대한 과학자들은 대부분 독실한 신앙인이었어요."

"과거의 유럽 사람들이 대부분 독실한 신앙인이었죠."

"맞아요. 과학에 관한 탐구를 신의 뜻을 이해하기 위한 것으로 생각했죠. 목적은 틀렸지만 어쨌거나 꽤 성공적이었고요."

"그 대단한 사람들이 순수하게 과학에 대한 열정으로 가득차 있었다면 어땠을까요? 그리고 그 사람들이 신앙이라는 이름으로 박해받지 않았다면 어땠을까요? 인류는 벌써 한참 전에 태양계 바깥 어딘가에서 외계인을 만났을지도 모르죠. 여기 광화문이 아니라요."

"그럴지도 모르지만 그 반대일지도 모르고, 모르는 일이죠."

"정말요? 반대일 수도 있다고요? 종교가 아니었으면 과학이 퇴보했을 수도 있다고요?"

"모르는 일이라고요. 얘기가 샜는데, 아무튼 제 말의 요점은 종교인이라고 해서 꼭 비과학적이라는 건 아니라는 얘기예요. 신부님을 신부님으로 보는 건 편견이라는…."

동욱이 말을 멈추고 토라진 표정으로 한숨을 쉬었다.

"제가 무슨 말을 하고 있는지 저도 모르겠네요."

나영은 그런 동욱을 보는 게 점점 재미있어지는 중이었다. 악취미라고 생각하면서도 나영은 제동을 걸지 않았다. 오히려 요즘 이런 종류의 말다툼에서 묘한 향수를 느끼며 은근한 즐거움을 느끼고 있었다. 동욱의 한숨에 나영은 만족감을 느끼며 커피를 한 모금 마셨다. 커피의 온기에 섞인 승리의 희열이 온몸으로 퍼져 나갔다.

"신부님은 언니 편이에요."

승리의 고요함을 뚫고 수빈이 말했다. 나영과 동욱은 옆에서 두유에 꽂힌 빨대를 물고 있는 수빈을 향해 고개를 돌렸다.

"네?"

"사람들이 언니 흉봤는데 신부님이 혼내줬어요."

"어, 수빈아. 그건…."

동욱이 어쩔 줄을 몰라 하며 수빈을 말려보려 했지만 나영이 말을 가로챘다.

"뭐라고 흉봤는데요?"

"저 여자는 맨날 저 한가운데서 뭐 하는 거야. 왜 저렇게 나대는지 모르겠어. 누가 전직 아이돌 아니랄까 봐 관심 받고 싶어서 안달이 났네. 저 사람이 어딜 봐서 논문을 썼겠어? 다른 사람이 쓴 거겠지. 그랬으니까 지금까지 숨어 지낸 거 아냐?"

말을 마친 수빈이 자신의 완벽한 기억력을 뿌듯해하며 가슴을 폈다.

"아이들의 솔직함이 미덕이라고 생각하시는 쪽이세요? 아니면…."

동욱이 상황을 수습해보려 했지만 나영의 표정을 보고 말을 잇지 못했다. 나영의 눈빛이 차갑게 식어 있었다.

"신경 쓰지 마세요. 그런 사람들은 어딜 가나 있잖아요. 나영 씨한테만 그런 게 아니라 아무한테나 험담하고 다닐 그런 사람들이에요."

"그럴까요?"

그 사람들뿐만이 아니라고, 모두가 같은 생각일 거라고 나영은 확신했다. 어렴풋이 알고 있었다. 세 번의 점심 식사 시간 동안, 나영은 자신으로부터 등을 돌린 사람들의 곁눈질을 애써 무시하고 있었다. 동욱은 나영이 과학자들의 우상이라도 되는 듯이 이야기했지만, 식당 안에 있는 사람들의 시선은 그런 종류의 것이 아니었다. 동경은 확실히 아니었고 친밀

함도 어색함도 아니었다. 그렇다고 호기심도 아니었다. 이제 확실히 알았다. 그건 적대와 멸시였다. 감히 네가 있을 자리가 아니라는 눈빛. 내가 아이돌이 아니었다면 그 사람들의 눈빛이 달랐을까? 나영은 입술을 깨물었다.

"무시하세요. 무시. 전형적인 마녀사냥이잖아요. 무시하는 게 상책이에요."

동욱이 말했지만 나영의 귀에 닿지 않았다.

"왜 마녀를 사냥해요?"

수빈이 물었다.

"언니는 마녀가 아니잖아요."

아무도 대답이 없자 수빈이 국어사전을 꺼내 들었다. 그리고 마녀 항목을 찾아 읽었다.

"마녀. 유럽 등지의 민간 전설에 나오는 요녀. 주문과 마술을 써서 사람에게 불행이나 해악을 가져다준다고 한다. 악마처럼 성질이 악한 여자."

뭐? 나영은 정신이 바짝 들었다. 귀를 의심했다.

"정말 그렇게 적혀 있어요?"

"네."

수빈이 나영에게 사전을 건넸다. 악마처럼 성질이 악한 여자. 정말 그렇게 적혀 있었다. 나영은 사전에서 '마남'을 찾아봤다. 역시나 그런 항목은 없었다. 나영은 손에 잡힌 페이지를 찢어 버리고 싶은 충동을 억누르며 사전의 주인을 쳐다봤다. 수빈이 호기심에 찬 눈으로 자신을 올려다보고 있었다. 나영은 긴 한숨으로 분노를 뿜어 낸 뒤 수빈 앞에 한쪽 무릎을 꿇고 앉았다.

"수빈은 만약 마법을 쓰는 사람을 만나면 어떻게 할 거예요?"

수빈은 뾰족한 모자와 보라색 망토를 걸치고 두 손바닥 위에 불타는 구슬을 들고 있는 사람을 만나는 자신을 상상했다.

"마법을 배울 거예요."

수빈의 대답에 나영이 웃었다.

"그래요. 그게 과학이에요. 모르는 건 알아보려는 자세요."

나영이 표정을 바꾸며 말을 이었다.

"마녀라고 부르는 건 그 반대예요. 자기 이해에서 조금이라도 벗어나면 공격해서 없애버리려고 하는 거예요. 내가 아는 것, 내가 인정한 것, 내가 허락한 것만 해야 해. 내가 이해하지 못하고 내 방식을 따르지 않는 사람은 마녀야. 여기서 나는 남성이고 자본이고 국가고 교회예요. 내 마음에 안 들면 산채로 불에 태워버릴 거니까 알아서 해. 이게 마녀사냥이고요."

"자기 기준에 안 맞는 여자를 마녀라고 부르면서 괴롭히는 거네요."

"맞아요. 마녀의 정확한 뜻은 이거예요. 사람들이 이해하지 못하는 여자. 또는 남자들이 할 수 없는 일을 해내는 여자."

"그럼 언니는 마녀예요?"

나영이 고개를 끄덕였다.

"그래요. 저는 마녀예요."

"사전이 엉터리예요."

"사전을 쓴 사람도 엉터리였네요."

"언니 흉본 사람들도 엉터리예요! 혼내줘야 해요!"

"그렇긴 한데, 혹시 '똥이 무서워서 피하나, 더러워서 피하지.'라는 말 들어봤어요?"

"들어봤어요. 그러니까 그 사람들은 개똥 같은 사람들이네요. 개똥도 약에 쓰려면 없다잖아요."

"어…."

나영은 수빈이 인용한 속담의 적절한지를 두고 고민에 빠졌다. 그런 나영을 위해 수빈이 해설을 덧붙였다.

"그러니까 개똥은 평소에는 아무런 쓸모도 없다는 뜻이잖아요. 어쩌다 한번 약으로 쓰려고 하면 찾아도 없고요. 그럴 거면 차라리 없는 게 낫죠. 개똥 같은 사람들은 없느니만 못해요."

"듣고 보니 그렇네요."

수빈의 다소 과격한 말이 나영에게 위로가 됐다.

"근데 언니가 아이돌이었던 거 몰랐어요."

수빈이 갑자기 화제를 바꿨다.

"아. 맞아요. 저도 몰라봤어요. 찾아봤더니 기억나더라고요."

한동안 잠자코 있던 동욱도 거들었다.

"아…. 그건 너무 옛날이라…. 수빈은 태어나기도 전이고…. 아니, 그나저나 신부님이 혼내줬다면서요. 혼내줬다는 게 무슨 뜻이에요? 정확히 뭘 한 거예요?"

나영도 화제 바꾸기로 응수했다.

"직접 물어보실 수 있겠어요."

동욱이 연구동 쪽을 가리키며 말했다.

"저기 오시네요."

사람들이 자기 쪽을 바라보고 있다는 걸 눈치챈 상윤이 걸어오며 손을 흔들어 보였다. 상윤이 다가오는 동안 동욱이 나영에게 몸을 기울여 속삭이듯 말했다.

"정확히 말씀드리자면, 저도 화내려고 했는데 신부님이 한발 빨랐어요."

17

일행들 곁에 다가온 상윤은 한 명 한 명에게 인사를 건넸다. 그런 상윤을 나영이 가만히 노려봤다. 따가운 눈빛을 못 견딘 상윤이 날씨 얘기라도 꺼내려는 순간 나영이 입을 열었다.

"제가 그 자리에 있었다면 저 대신 괜히 나설 필요 없다고 했을 거예요. 하지만 제가 거기 없었으니까. 감사합니다."

어리둥절한 상윤은 동욱에게 맥락을 전해 듣고는 멋쩍게 웃었다.

"안 그래도 괜한 참견을 한 게 아닌가 걱정했는데. 그렇게 말씀해주시니 다행입니다. 감사 인사는 안 하셔도 돼요."

"감사합니다."

나영이 말했다.

"하지 말라면 하는 성격이라서요."

상윤이 웃었고 나영은 분하다는 표정을 지어 보였다. 어딘가 지는 듯한 기분이 드는 건 사실이었지만 자기가 없는 곳에서 누군가가 자기편을 들어줘서 기쁘다는 게 솔직한 심정이었다.

"근데 뭘 어떻게 하셨길래 혼내주셨다는 얘기가 나오는 거예요? 저주의 기도라도 외신 거예요?"

"일단, 제 신앙에 대해 굉장한 오해를 하고 계신 것 같네요. 그런 거 아니에요. 그냥 큰소리 몇 마디 했을 뿐이에요. 제 딴에는요."

"흠. 아무튼 고맙습니다."

"뭘요. 동료로서 당연히 해야 할 일이었어요."

동료. 나영은 그 말이 유난히 달콤하게 들렸다. 사랑이나 우정처럼, 입에 담는 순간 별안간 부끄러워질 정도로 지나치게 달아서 뱉고 싶을 정도의 달콤함. 무슨 저 사람은 저 말을 저렇게 아무렇지도 않게 한담. 그냥 같은 곳에서 일하는 사람이라는 뜻일 뿐인데. 이상하네. 이게 이럴 일인가. 동료라는 말에 뭘 탔나.

"옳으신 말씀이에요. 특히나 우리끼리는 더 연대할 필요가 있어요."

나영이 입술 끝을 씰룩이는 사이 동욱이 끼어들었다.

"우리는, 그러니까, 여기서 좀 겉도는 사람들이잖아요. 신부에, 비서에, 박사 학위가 없는 사람. 초등학생도 있고요."

동욱이 상윤과 수빈의 어깨에 손을 올렸다.

"들고 보니 정말 이상한 조합이긴 하네요. 끼워줘서 고마워요. 사실 저 좀 외로웠거든요. 신부라서 왕따 당하는 거 같았어요."

"그죠? 그러니까 우리끼리라도 더 친하게 지내봅시다."

"좋지요. 지금부터라도 서로에 대해 조금씩 알아가볼까요? 좋아하는 음식이라든가, 색깔, 취미, 특기….'"

나영은 상윤의 말이 진담인지 비꼬는 건지 헷갈렸다. 반면 동욱은 그 말을 진담으로 받아들이는 데에 조금의 망설임도 없었다.

"늦었지만 돌아가면서 자기소개라도 하는 게 어때요? 아, 그러고 보니 신부님은 나영 씨가 가수였던 거 아셨어요?"

동욱이 물었다.

"당연히 알았죠. 모르셨어요?"

상윤이 짐짓 놀란 척을 하며 상체를 뒤로 젖혔다.

"아니, 여기서 제일 모를 것 같은 사람이! 속세를 떠나신 거 아니었어요?"

"떠났죠. 2004년에요. 그전까지는 프룻 팬이었어요. 데뷔했을 때부터 세 명의 조합이 약간 불협화음 같은 데가 있었는데 그게 또 묘하게 유쾌한 매력이 있었거든요. 노래들도 시대를 좀 앞서갔던 것 같아요. 지금 들어도 별로 촌스럽지 않을걸요? 특히 2집 수록곡인 〈신 포도지만 괜찮아〉는 정말 명곡이라고 생각해요."

이 순간 나영이 뛰쳐나가지 않은 이유는 상윤의 말이 진심인지 자신을 놀리는 건지 파악하는 데에 시간이 걸렸기 때문이었다. 진심이라면 도망치고 싶었지만 만약 놀리는 거라면 당하고 있을 수만은 없었다. 이 사람들은 말을 너무 헷갈리게 해. 아니, 어쩌면 저 말들이 정말 정말이고 단지 내가 사람들의 진심을 받아들이는 데에 서툰 걸까? 나영이 아직 답을 결정하지 못한 상태에서 동욱의 한숨이 끼어들었다.

"제가 나영 씨에 대해서 아무것도 모르고 있다는 걸 인정할 수밖에 없네요."

동욱이 바람 빠진 풍선 같은 소리로 말했다.

"나영 씨에 대해서 아는 게 딱히 저 자몽인들에 대한 것보다 많지 않을 것 같아요. 나영 씨가 좀 차가운 면이 있는 것처럼 보여도 퇴근 후 독서모임에 성실하게 참석해 다정하게 이야기를 나눈다거나, 여기서 이렇게 힘없어 보이는 게 사실은 매일 클럽에서 밤을 새우기 때문일 수도 있는 거잖아요."

"안 그래요. 요즘 만나는 사람이라고는 여기 계신 분들이 전부예요."

나영의 한마디에 동욱이 생기를 되찾았다. 상윤은 시든 이파리 같았던 한 인간이 단비를 맞은 것처럼 생명력을 되찾는 모습을 옆에서 놀란 눈으로 지켜봤다. 마치 식물의 꽃봉오리가 활짝 만개하는 순간을 저속 촬영한 필름을 보는 것 같았다.

동욱이 그러거나 말거나, 나영의 정신은 이미 다른 곳에 가 있었다. 수경 언니와 만나는 것도 독서모임인가? 아니다. 독서모임이라고 부르려면 좀 더 여럿이 필요했다. 그래도 언니랑은 친구라고 할 수 있지 않을까? 나는 언니 전화번호도 모르고 언니도 내 전화번호를 모르는데, 왜냐하면 나는 언니와 전화하고 싶으면 도서관 전화번호를 찾아보면 되고 언니는 도서관 회원을 검색하면 내 전화번호가 있을 테지만 아직까지 전화를 할 필요가 없었던 건 내가 갈 때면 늘 언니가 있었기 때문이지. 친구가 아니더라도 친한 사서와 회원이라는 관계도 나쁘지 않지. 마지막으로 여럿이서 와자지껄 떠들었던 게 언제였더라. 고등학생 때? 20년 전인가? 프롯이란 이름으로 몰려다닐 때? 그건 와자지껄이라기보다는 티격태격에 가까웠지만. 그렇다고 해도 19년 전이었다. 칩거해 있는 동안 학교 친구들과의 연락도 끊겼고 더 이상 친구라고 할 만한 사람은 남아 있지 않았다.

"저는 친구가 없어요."

세 사람의 시선이 나영을 향해 모였다.

"그럼… 친구를 만들어보는 게 어때요? 새로. 여기서."

상윤이 조심스럽게 말했다.

"맞아요. 여기서도 만들 수 있잖아요?"

동욱이 거들었다.

"그래요? 한번 해볼게요."

나영이 가슴 앞에 모은 두 손의 손가락 끝을 맞대고 눈을 감은 뒤 주문을 외웠다.

"도막사라무. 도막사라무."

나영이 눈을 떴을 때 말을 잃은 상윤과 동욱이 한없이 슬

푼 표정으로 나영을 바라보고 있었다. 수빈은 다음에 벌어질 일을 기대하는 듯한 반짝이는 눈빛이었다.

"잘 안 되네요."

나영이 세 사람을 향해 어깨를 으쓱해 보였다.

"다음엔 신부님네 방식으로 해볼게요. 준비물이 흙이랑⋯ 흙만 있으면 되죠?"

동욱이 재빨리 손바닥을 마주치며 말했다.

"좋아요. 방금 수빈이랑 '김나영 친구 만들기 위원회'를 결성했어요. 김나영 프렌드 메이킹 클럽. 줄여서 KFC예요."

나영은 미간을 찌푸리며 동욱을 노려봤다. 동욱은 수빈과 장난기 넘치는 눈빛을 교환하며 하이파이브를 했다.

"저도 가입할 수 있나요?"

상윤이 과장되게 손뼉을 치며 말했다.

"저희 부회장님이랑 회의 좀 해볼게요."

동욱이 잠시 기다리라는 뜻으로 손을 들고는 수빈에게 속삭였다.

"부회장님, 어떻게 할까요?"

"좋아요! 사공이 많으면 배가 산으로도 갈 수 있어요!"

수빈이 외쳤다.

"가입을 축하드립니다."

동욱이 손을 내밀어 상윤과 악수를 했다.

"잠깐만요. 배가 산으로 간다는데요?"

나영이 딴지를 걸었지만, 사람들은 들은 척도 하지 않고 떠들기 시작했다.

감사합니다. 열심히 활동하겠습니다. 회원님의 활동 기대하겠습니다. 난 친구 필요 없어요. 누구나 친구는 필요해요! 저희 성당에 나오실래요? 하하. 지금까지 신부님이 하신 말씀 중에 제일 웃기네요. 농담 아닌데요. 조만간 KFC 1차 총회 자리를 마련해볼게요. 적어도 다국적 패스트푸드 체인 이름은 붙이지 말아주실래요? 어. 그럼 우리 모임 인정해주는 거예요? 저희 성당 청년부에 좋은 친구들 많아요. 당연히 아니죠! 적극적인 자세 좋아요, 신부님. 조만간 우수회원 되시겠어요. 언니 취미가 뭐예요? 한 사람당 딱 다섯 명만 데려옵시다. 그 사람들이 또 다섯 명씩 데려오는 식으로 하면 금방 친구 부자가 될 수 있어요. 그거 다단계잖아요. 저희 클럽에선 복리식 우정이라고 불러요. 저 프룻 시디 있는데 가져오면 혹시 사인 해주실 수 있어요? 언니 좋아하는 색이 뭐예요? 무지개색이요. 어디 가져오기만 해봐요. 카톡방 하나 만들게요. 무지개색도 색으로 치는 겁니까? 그러고 보니 나영 씨 전화번호가 없네요. 언니 방탈출 좋아해요? 전화번호 좀 알려주세요. 해본 적은 없지만 안 좋아해요. 언니 KFC 좋아해요? 언니 BTS 좋아해요? 언니 노키즈존에 대해 어떻게 생각해요? 언니 지구온난화에 대해 어떤 입장을 가지고 있어요?

3부

18

　나영은 방구석에 쌓아뒀던 상자들을 하나하나 방 안에 펼쳐 놓았다. 찾는 물건은 보이지 않았고 다른 물건들만 눈에 밟혔다. 덕분에 옛 물건을 뒤지는 작업은 항상 지체되기 마련이었다. 잡동사니마다 추억이 영혼처럼 깃들어 있었고 눈이 마주칠 때마다 그것들이 말을 걸어왔다. 이건 6학년 때 짝꿍이 줬던, 네잎클로버가 그려진 껌 포장지. 그 친구는 잘 지내고 있을까? 이 공룡 스티커는 어디 붙이지도 않고 여기 모셔두기만 했네. 그렇지만 역시 써버리기엔 아까워. 이건 처음으로 극장에 갔을 때의 티켓이지. 영화는 시시했지만 처음 먹어본 극장 팝콘의 맛은 충격적이었어. 그렇게 수다를 떨다 보면 시간이 금방 갔다. 나영은 1인 동창회에서 애써 빠져나와 다시 탐색으로 돌아갔다. 그리고 곧 상자 바닥에 동그랗고 납작하게 엎드려 있던 목표물을 발견했다. 하얀 시디플레이어. 그 옆에 함께 숨어 있던 프룻의 앨범 두 장도 함께 발굴했다. 나영은 상자를 구석으로 밀어놓은 뒤 시디플레이어를 마주하고 앉아 뚜껑을 열었다.

"으. 이게 뭐야."

시디플레이어에 꽂혀 있던 시디 위에는 곰 두 마리가 한낮의 짝짓기를 벌이고 있었다. 물러났던 얼굴을 다시 가까이 가져가니 곰의 머리 위에 적힌 'JUDY AND MARY'라는 글씨가 보였다. 한발 늦게 기억이 도착했다. 이것들은 선물이었다. 프룻으로 데뷔를 눈앞에 뒀던 2002년의 생일에 받은 선물.

오후 내내 이어졌던 댄스 수업이 끝나고 연습실에 완전히 뻗어 있을 때 민아와 치카가 선물 꾸러미를 내밀었다. 놀란 척은 하지 않았다. 기대는 하지 않았지만 생일날에는 선물이 있다는 것을 주는 사람도 받는 사람도 알고 있었다. 연습실에 유폐된 아이들에게 생일만큼 중대한 이벤트도 없었다.

민아의 선물은 시디플레이어였다. 명색이 가수면 노래 듣는 취미 정도는 있어야지. 분명 이런 말과 함께 건네줬었다. 생일 축하한다는 말은 생략되어 있었다. 치카의 선물은 쥬디 앤 마리의 시디였다. 자기가 가장 좋아하는 일본의 가수라고 했다. 가장 좋아했지만 작년에 해체해서 슬프다고 했다. 해체라는 어려운 단어를 용케 알고 있구나. 해체라는 단어는 어렵지만 치카를 늘 따라 다니는, 그래서 가까운 단어였을 것이다. 나중에 쥬디 앤 마리 같은 가수가 되고 싶다고, 하지만 해체는 싫다는 말도 했었다. 그러고 보니 그 바람의 3분의 1 정도는 나영이 망가뜨린 셈이었다. 날 원망했을까? 의문형은 너무 비겁하다. 원망했겠지. 그날 밤 세 사람은 사이좋게 피자를 나눠 먹었다.

나영은 사죄하는 마음으로 쥬디 앤 마리를 들을까 하다가 처음 하려던 대로 프릇의 두 번째 앨범을 꺼내 들었다. 먼저 쥬디 앤 마리의 시디를 플레이어에서 꺼내고는 둘 곳이 없어 갈팡질팡하다가 프릇의 시디를 아슬아슬하게 꺼내고 그 자리에 쥬디 앤 마리의 시디를 내려놓았다. 프릇의 시디에는 알록달록한 장신구로 멋을 부린 세 사람의 사진이 인쇄되어 있었다. 나영은 다시 으 소리를 내며 시디를 플레이어에 끼웠고 딸깍 소리와 함께 시디가 고정됐다. 혹시나 하는 마음으로 재생 버튼을 눌렀지만 역시나 응답이 없었다.

나영은 코드를 연결해 콘센트에 꽂은 뒤 부엌으로 가 물을 한 잔 마시고 괜히 냉장고 문을 열어보고 선반의 양념통들을 정렬하며 시디플레이어 쪽을 흘깃거리다가 참지 못하고 다시 시디플레이어 앞으로 돌아갔다. 조마조마한 마음으로 재생 버튼을 누르자 액정 화면에 초록색 불이 켜졌다.

크리스마스를 이틀 앞둔 날 아침 출근 버스 안에서 나영은 시디플레이어로 프릇의 노래를 듣고 있었다. 그동안 필사적으로 잊으려 했고 그래서 거의 성공에 이르렀던 조각난 기억들이 민아, 치카 그리고 자신의 목소리와 함께 머릿속에서 넘실거렸다. 지나고 보니 다 추억이더라, 같이 쉬운 일은 일어나지 않았다. 그때의 마음과 행동을 설명하는 건 예나 지금이나 갈피조차 잡을 수 없는 일이었다. 조각난 기억들의 마모되지 않은 모서리가 여전히 따끔거렸다.

하지만 지금은 움츠러들지 않을 수 있었다. 거리의 사람들이 자신에게 달려들어 상처를 쑤셔 댈 것만 같아 집 안에 숨어 지내던 때도 있었다. 나영에게 당시의 세계는 좀비 아포칼립스나 다름없었다. 피해! 숨어! 들켰다간 산 채로 잡혀 먹히고 말걸. 그렇게 집 안에서 황폐한 시간을 보냈다. 영화만이 낙이었다. 만약 영화에 취미가 붙지 않았다면 어땠을지 생각하면 아찔했다. 그 2년을 달리 어떻게 버텼을까.

그리고 수경을 만났다. 다시 만났다. 수경이 빌려주는 책을 보며 이후의 시간을 버텼다. 취향이라는 건 생각하지도 못한 방식으로 나영을 붙들어줬다. 그건 강하지는 않아도 쓰러지거나 휘어지지 않도록 지탱해주는 힘이었다. 지지대. 버팀목. 엑소 슈트. 북엔드. 나영을 지탱해주는 것이라면 뭐든지 될 수 있었다. 나영의 생활은 여전히 위태롭고 불안했지만 그럼에도 좋은 것들이 생겼다. 수경은 단지 자신이 좋아하는 책을 전파하고 싶었던 것일 수도 있지만 어쨌거나 나영은 수경으로부터 멋진 도움을 받았다는 생각이 들었다. 방 안에서 조용히 침전하던 나영에게 뻗어진 가는 팔. 어둠 속에서 출구 방향으로 줄줄이 늘어선 녹색 비상등. 책과 영화들이 그 시간을 함께 견디며 나영의 내면에서부터 나영을 지탱해줬다.

그리고 이제 나영은 광장의 한가운데에 있었다. 일은 모르겠고 사람들은 어려웠다. 아니, 어려운 건 일이고 모르겠는 게 사람들인가.

일은 조금 감이 오는 것 같기도 했다. 역시 자신이 해야 할 일은 자몽인의 말을 이해하는 것이라고 결정했다. 어젯밤 늦게까지 생각한 결과였다. 자몽인이 무엇을 원하는지 알고 싶다. 자몽인이 원하는 걸 해주고 싶다. 그것만이 유일한 입구이자 출구이다.

사람에 관해서는, 글쎄. 명문대를 졸업했다면 '뇌섹남', '뇌섹녀' 소리를 들으며 환영을 받을 수 있었을까. 그것도 나영이 바라는 바는 아니었다. 뇌가 섹시하다니. 그건 그것대로 구역질이 나와서 절대로 듣고 싶지 않은 말이었다.

그 와중에 다행스러운 것 한 가지. 요즘 새삼스럽게 깨달은 사실이 하나 있는데, 어떤 사람은 다른 사람들보다 힘이 세다는 것이었다. 나영의 머릿속에서, 상윤, 동욱, 수빈, 지우는 매우 힘이 세다. 넷이서 팔을 걷어붙이고 발을 땅땅 구르면 나영을 괴롭히던 사람들도 그 앞에선 찍소리 못하고 구석으로 뿔뿔이 흩어진다. 그 사이에서 나영은 안전하다는 느낌을 받는다.

그러니까 해보자. 나영은 생각했다. 해보자. 오늘도 어제와 똑같겠지만, 외계인은 침묵하고 인간들은 적대적이겠지만 그래도 해보자. 가서 수빈에게 인사를 하고 동욱이 준 커피를 마시고 지우에게 노트북을 빌리고 상윤에게 시비를 걸자.

도도도도. 네 사람이 일으킨 잔물결이 서로 보강간섭을 일
으키며 나영을 흔들었다. 몸을 짜릿하게 통과하는 파동이 너
무 생생한 나머지 나영은 잠겨 있던 생각에서 빠져나왔다. 감
각이 일으킨 착각이라고 하기엔 너무 생생한 떨림이었다. 오
바야. 오바. 그러면서도 나영은 슬며시 입꼬리가 올라갔다.
그 미소가 부끄러워 입술을 단정히 단속하며 버스 창밖으로
고개를 돌렸다.

광화문으로 향하는 버스 안에서, 이어폰에서는 성격도 외
모도 마음에 안 드는 너에게 반해버려 곤란하다는 노래가 흘
러나오고 창밖으로는 두 번째 우주선이 나타났을 때 나영은
이런 생각을 하고 있었다.

조회가 열릴 천막 안은 낮은 속삭임으로 가득했다. 연패에
빠진 스포츠팀의 라커룸 같았던 평소의 분위기와는 달랐다.
연구원들은 새로운 우주선의 등장에 잔뜩 들떠 있었고 나영
은 그게 영 마음에 들지 않았다. 천막 뒤편에는 행정실 직원
들이 모여 있었다. 조회에서 행정실 직원들을 보는 건 처음이
었다. 표정을 보아하니 그 사람들도 이 자리가 익숙하지는 않
은 것 같았다. 지우가 허리께에서 손을 들어 아는 척을 했고
나영은 눈을 마주치며 고개를 끄덕였다.

천막 안이 일시에 조용해졌다. 진화의 뒤를 따라 준장이
입구를 통과하고 있었다. 오늘 조회는 새로운 얼굴들이 많군.
나영은 생각했다. 준장은 손짓으로 부관에게 의자를 펼치도

록 지시했다. 진화는 준장이 단상 뒤쪽에 자리를 잡기를 기다렸다가 조회를 시작했다.

조회 내용은 평소와 같았다. 각 부서가 돌아가며 별 소득이 없음을 보고했다. 나영은 조회가 자신의 예상과는 정반대로 흘러가고 있다는 것을 깨달았다. 나영은 자신이 뭔가 놓치고 있는 게 아닌지, 잘못 생각한 게 아닌지 필사적으로 생각했지만 답은 바뀌지 않았고 그럴수록 움켜쥔 주먹에 힘이 들어가 손마디에서 통증이 느껴졌다.

부서별 보고가 끝난 뒤 진화가 연단 위에서 뜸을 들였다. 평소였다면 "이상 마치겠습니다."라는 말로 조회를 마무리 지을 타이밍이었다.

"공지사항이 있습니다."

굳은 표정의 진화가 입을 열었다.

"아시다시피 두 번째 우주선이 나타났죠. 그래서…."

그래서? 나영은 이어질 말을 기다렸다.

"해외 연구팀 참여 일정이 앞당겨졌습니다. 빠르면 다음 주부터 도착하기 시작할 겁니다. 행정실이 바빠지실 거예요. 행정실을 통해서 몇 가지 변경사항이 전달될 거고 연구원분들은 요청에 협조해주길 부탁드립니다."

말하는 내내 시선을 내리깔고 있던 진화가 고개를 들었다.

"질문 있으신 분?"

아무도 손을 들지 않았다. 나영은 이것이 실제로 벌어지고 있는 일이라는 걸 겨우 깨달았다. 광화문 상공에 나타난 우주선을 보고 나영이 가장 먼저 떠올렸던 생각을 이들은 하시 않았다. 혹은 무시했다.

나영이 손을 들었다.

"연구를 언제까지 계속하나요?"

나영은 최대한 에둘러 질문을 던졌다. 진화가 담담한 눈으로 나영을 가만히 바라보다 답했다.

"아직 정해지지 않았습니다."

나영은 에두른 질문으로 뻔한 답을 유예했던 걸 후회했다. 두 번째 질문은 처음보다 소리가 컸다.

"외계인들은 언제 돌려보내나요?"

침묵이 깔렸고 모두가 나영을 쳐다봤다. 단 한 사람, 진화만은 고개를 떨구고 있었다. 적어도 진화는 나영의 질문을 앞서 자신에게 던져봤다는 걸 의미했다. 그리고 그 침묵은 답을 찾지 못했다는 뜻이었다. 진화의 침묵이 길어지자 준장이 앉은 채로 말했다.

"여러분은 그런 것에 신경 쓰실 필요 없습니다. 그냥 하시던 연구를 계속하시면 됩니다."

나영은 준장을 쏘아봤다.

"그건 좀 이상한데요."

아니. 사실 '조금 이상'한 게 아니야. 그건 우리가 할 수 있는 최악이야. 나영은 자기도 모르게 자리에서 벌떡 일어섰다.

"저 우주선이 온 이유는 뻔한 거 아닌가요?"

나영은 분노로 떨리는 주먹을 멈추기 위해 옷자락을 붙잡왔다. 그리고 자신을 바라보는 사람들과 눈을 마주쳤다.

"외계인들을 데려가려고 온 거잖아요. 다른 가능성이 있다고 생각하는 분 계세요?"

나영은 사람들을 하나하나 쳐다봤다. 최악의 선택을 한 사람들. 악의 편에 서기로 결정한 사람들. 어떻게 봐도 이건 잘못된 일이었다. 악은 복잡하지 않다. 복잡한 건 늘 착한 사람들이었다. 악은 언제나 단순했다.

"저들을 당장 돌려보내야 해요."

나영이 말했다.

"이름이 뭡니까?"

준장이 말했다.

나영은 대답할 가치를 못 느끼고 가만히 서 있었다. 준장의 말과 태도가 나영을 난폭하게 공격했지만 나영의 분노는 훨씬 단단했다.

"이름이 뭐요?"

준장이 다시 물었다. 말소리에서 비린 냄새가 나는 것 같았다.

"이름은 왜요?"

나영이 되물었다.

준장의 옆에 서 있던 부관이 허리를 숙여 준장에게 귓속말을 속삭였다. 부관의 말을 듣던 준장은 코웃음을 치고는 나영을 위아래로 훑어봤다. 나영은 이를 악물었다. 부관의 말이 끝나자 준장이 일어나 허리띠에 손을 걸쳤다.

"이런 일을 그렇게 감정적으로 나오면 안 되지. 이럴 때일수록 이성적으로, 과학적으로 생각하세요."

나왔다. 감정 운운 무지개 방어 패턴. 나영의 눈썹이 뒤틀렸다. 꼭 말이 모자랄 때마다 저런 식이지. 여자들은 감정적이네 어쩌고저쩌고. 그걸로 모든 문제가 설명된다는 듯이 들이대는 사람들을 볼 때마다 나영은 넌더리가 났다. 정말 어처구니없는 건 저들은 그런 생떼가 통할 거라고 진심으로 믿고있다는 점이었다. 그리고 백이면 백, 그 상황에서 감정적인건 언제나 그렇게 말하는 쪽이었다. 지금도 마찬가지였다. 나영이 보기에 준장은 공포에 지배당하고 있었다. 자신의 권위, 지위, 믿음이 흔들릴 거라는 공포. 더 큰 권위, 지위에 대한 공포. 미지에 대한 공포.

준장이 나영의 시선을 외면하고 다른 연구원들을 둘러보며 말했다.

"다시 말씀드리지만 외계인의 처리에 대해선 여러분이 신경 쓸 바가 아닙니다. 그건 전문가한테 맡겨두세요. 여러분은 연구를 하러 온 거고 맡은 임무에만 집중하면 됩니다."

준장은 나영을 무시할 작정인 것처럼 보였다.

"안 됩니다."

나영이 외쳤다. 나영은 무시당할 생각이 없었다.

"어제까지는 우리가 외계인들 보호하고 있다고, 도와줄 방법을 찾고 있다고 주장할 수 있었지만 지금은 달라요. 우린 지금 외계인들을 가두고 있는 거예요. 여긴 더 이상 연구단지가 아니에요. 여긴 수용소예요!"

그건 이 장소의 정체에 대한 선언이었고 동시에 그 구성원들의 행위에 대한 폭로였다. 그 말을 들은 누구도 더 이상 자기가 서 있는 곳이 어딘지 몰랐다고 이야기할 수 없었다.

준장은 그 말을 아예 듣지 못했다는 것처럼 고개를 흔들며 말했다.

"조회는 끝났습니다. 해산하세요."

준장의 말에 연구원들은 기다렸다는 듯이 흩어졌다.

19

조회가 끝나고 나영은 화장실로 달려가 세 번 토했다. 한
바탕 세수를 한 뒤 바라본 거울에는 잔뜩 화가 난 사람이 서
있었다. 세수하느라 벗어뒀던 안경을 다시 쓰려던 나영은 생
각을 바꿔 안경을 쓰레기통에 버렸다. 밖으로 걸어 나오는 나
영의 머릿속에서 뉴스에서 봤던 대통령의 발언이 떠올랐다.
그해 천만 명이 넘는 관객이 본 한 영화에 대한 이야기였다.
7, 80년대를 배경으로 한 영화 속 장면에서 주인공 부부는 말
싸움을 벌이던 도중 애국가가 울려 퍼지자 갑자기 싸움을 멈
추고 국기에 대한 경례를 한다. 이 장면을 두고 대통령은 그
렇게 괴로우나 즐거우나 나라를 사랑해야 이 나라라는 소중
한 공동체가 역경 속에서도 발전해 나갈 수 있는 거라고 말했
다. 세계에는 70억 개의 극장이 있고 각자 다른 영화를 상영

하고 있다. 대통령이 영화평론가일 필요는 없지. 그런데 정말 그런가? 대통령이 영화평론가였으면 일이 달라졌을까? 나영은 의문을 떨칠 수 없었다. 광장으로 나오니 나영의 자리에 상윤과 동욱, 수빈이 기다리고 있었다. 동욱이 들고 있는 커피가 이렇게 반가웠던 적이 없었다.

"나영 씨 안경이…."

동욱이 커피를 내밀며 말했다. 나영은 감사 인사도 잊은 채 커피를 받아들고 단숨에 들이켰다.

"자몽인들은 언제 집에 간대요?"

수빈이 말했다.

"한번 안아봐도 돼요?"

나영이 한숨과 함께 말했다.

수빈이 대답 대신 팔을 벌리자 나영이 허리를 숙여 수빈을 껴안았다.

"사람들이 다 수빈 같았으면 좋겠어요."

수빈이 작은 손으로 나영의 등을 토닥였다.

"역시 그렇게 됐군요. 아침에 단장님한테 들었어요. 단장님도 이걸 원하는 건 아닌데…."

동욱이 말했다.

"단장님이랑 계속 얘기해볼게요. 이건… 이건 그러니까, 안 되죠."

수빈과의 포옹을 풀고 일어선 나영이 상윤을 째려봤다.

"신부님은 왜 조회 때 안 오셨어요. 꼭 필요할 때 없고."

"제 나름대로 방법을 좀 찾아다녔어요. 이렇게 될까 봐 걱정했거든요."

"방법은 찾으셨나요?"

"당장은 없어요. 교회에서 성명서라도 발표해주기를 요청했는데, 바티칸의 입장을 기다려야 하는 모양이에요."

나영은 한숨을 쉬고는 자몽인을 바라봤다. 사람들의 시선이 나영을 따라 자몽인을 향했다.

"자기들을 데리러 온 걸 알고 있을까요?"

"알아요."

나영의 물음에 수빈이 자신 있게 대답했다.

"아까부터 우주선 쪽만 바라보고 있어요."

나영은 수빈의 말을 믿었다. 나영은 자몽인이 움직이기 전까지는 자몽인의 앞뒤도 구분할 수 없었지만, 이 중에서 자몽인을 가장 가까이에서 오랫동안 지켜본 사람이 수빈이었다. 수빈이 그렇다면 그럴 것이다.

동욱이 시계를 들여다봤다.

"저는 가봐야겠어요. 내일 공연도 그대로 진행한대요. 베를린 필은 연습 장소가 마음에 안 든다고 바꿔달라 하고."

동욱이 뒷걸음질을 치려다 말고 걸음을 멈췄다.

"저기, 나영 씨. 저녁에 술 한잔 하시겠어요?"

다소 엉뚱한 제안에 나영은 한순간 혼란에 빠졌다. 이 상황에서? 뭐, 안 될 건 없나.

"어, 좀 갑작스럽긴 한데, 수빈은요?"

"저는 저녁에 바빠요. 할 일이 있어요. 어른들끼리 노세요."

수빈이 인심 쓰듯 말했다.

"대신 언니, 내일 저랑 같이 백화점에 크리스마스 선물 사러 가요. 원래는 할머니가 같이 가기로 했었는데 못 간대요."

"음…."

"싫으면 말고."

수빈이 무심한 척 말했다.

"좋아요."

나영이 대답했다. 인류 역사상 '싫으면 말고'라는 말에 싫다고 대답한 경우가 있기는 할까? 아마 없을 거라고 나영은 생각했다.

"술이요, 백화점이요?"

동욱이 반색하며 물었다.

"둘 다요. 그런데, 둘이서 가요? 신부님은요?"

"물론 신부님도 오시면 좋죠. 그런데 신부님 술 드세요?"

"술은 할 줄 모릅니다."

상윤이 손바닥을 내보이며 말했다.

"왠지 그럴 것 같아서 일부러 안 여쭤봤어요. 아쉽네요."

"아. 하지만 술안주는 좋아합니다. 경험상 맛있는 요리는 항상 술안주더군요. 그래도 괜찮으면 저도 끼워주시겠습니까?"

"어…."

상윤의 말에 당황한 듯 잠시 입을 벌리고 있던 동욱이 급히 반색하며 말했다.

"당연하죠. 그럼 이따 끝나고 저녁 7시에 여기서 볼까요?"

"저기, 한 사람 더 데려가도 될까요?"

나영이 손을 들며 말했다.

"당연하죠. 그런데 누구요?"

그날 저녁 돔의 한가운데에 나영과 동욱, 상윤 그리고 지우가 모였다. 네 사람은 걸어서 종로에 있는 빈대떡집을 찾아갔다. 술자리의 시작은 유쾌할 수 없었다. 연구를 계속한다는 정부의 방침은 그대로였고 연구원들은 새로 나타난 우주선을 연구하기 위해 크리스마스 휴일도 반납할 기세였다. 네 사람은 한동안 말없이 술잔을 돌렸다.

"아무래도 국제적인 압력이 있는 것 같아요. 자기들은 구경도 못 했는데 돌려보내줄 수 없다 이거죠. 당장 여기저기에서 우리 정부의 동의도 받기 전에 무작정 연구단을 파견하고 있어요."

동욱이 빈 잔에 술을 따르며 말했다.

"정말 방법이 없을까요?"

지우가 말했지만 모두 대답 없이 한숨을 쉴 뿐이었다.

"국민청원 어때요?"

동욱이 말했다.

"이미 있어요. 반응이 시원찮아요."

지우가 내민 스마트폰 화면의 국민청원 페이지에는 네 자릿수의 참여 인원이 표시되어 있었다.

"게다가 국민청원은 완료되는 데에만 일단 30일이 걸려요. 이걸 기대하는 건 뭐, 30일을 벌어주는 셈이죠."

"오. 역시 공무원이라서 잘 아시네요."

동욱의 감탄에 지우가 웃었다.

"이건 공무원인 거랑 상관없거든요?"

지우의 웃음이 지나가자 그 자리에 있던 침묵이 더 선명하게 드러났다. 나영이 술잔을 탁 하고 내려놓으며 침묵을 깼다.

"왜 사람들은 외계인을 가두고 있다고 생각하지 않는 걸까요? 가둬도 괜찮다고 생각하는 걸까요?"

동욱이 나영의 빈 잔을 채웠다.

"사실 새롭지는 않아요. 당장 사람들이 동물들한테 하는 것만 봐도 그렇잖아요. 아니, 거기까지 갈 것도 없이, 사람들한테 하는 것도 그래요. 뭐랄까, 공감을 못 한다고 해야 할까, 공감의 폭이 너무 좁다고 할까."

나영의 말에 지우가 술잔을 들이키고 대답했다.

"모르겠어요. 눈앞에 어떤 이익이 있는 것도 아닌데 왜 그럴까요? 선거 때 자기 집값, 땅값을 올려준다는 사람한테 투표하는 건 이해할 수 있어요. 꼴 보기 싫지만 그 사고방식을 이해할 수 없는 건 아니에요. 근데 이건 진짜 모르겠어요. 외계인을 붙잡고 있는 게 대체 무슨 이득인 거예요? 아니. 그게 아니지. 이익이 있다 쳐도 그렇지. 땅값 오르는 것도 마찬가지죠. 그것보다 중요한 게 있잖아요."

"가끔 세상을 망치는 원동력이 어떤 배타적인 욕망이 아니라, 그러니까 그런 능동적인 게 아니라, 오히려 정반대로 게으름일지도 모른다는 생각이 들 때가 있어요."

상윤이 말했다.

"저는 그렇게 생각 안 해요."

나영이 말했다. 상윤이 그럴 줄 알았다는 듯이 고개를 끄덕였다.

"그건 나중에 가서 변명이 될 뿐이에요. 나는 몰랐다, 뭐 그런 거요. 사람들한테는 치졸한 욕망이 있어요. 돈, 명예, 섹스, 재미. 그걸 인정해야 해요. 인정하고 다스려야죠."

"한때 반지성주의가 판치던 때가 있었죠. 아니, 지금도 그런가요? 아무튼, 아시모프가 그랬죠. 민주주의가 '나의 무지는 당신의 지식과 다름없다'를 뜻한다는 잘못된 생각이 반지성주의를 자라게 한다고요. 그 결과가 지금이 아닌가 싶어요. 생각의 게으름이, 고민하지 않아도 된다는 믿음이 어느 정도는 세상을 지금처럼 만드는 데에 일조했다고요. 사람들이 조금만 더 치열하게 생각했다면, 그랬다면 옳고 그름도 지금보다는 더 잘 판단할 수 있을 테고, 아까 동욱 씨가 말씀하셨던 공감도 더 널리 퍼지지 않았을까 하는, 희망사항이죠."

상윤이 말했다.

"지금은 좀 다른 것 같기는 해요."

지우가 턱에 손을 괴며 말했다.

"나의 무지는 당신의 지식과 마찬가지라고 생각하기보다는 대부분 나의 지식이 당신보다 낫다고 생각하는 것 같아요.

사실 자라난 건 지식이 아니라 비대해진 자아일 뿐인데 말이죠."

"그렇군요."

상윤이 천천히 고개를 끄덕였다.

"저라고 뭐 더 낫다는 건 아니지만…."

지우가 조심스럽게 말을 이었다.

"저는 비를 무척 좋아해요. 하늘에서 물방울이 떨어지는 게 신기하기도 하고, 비에 젖은 아스팔트 냄새라든지, 아무튼 그런데, 장마가 와도 쏟아지는 비를 보며 마냥 좋아할 수가 없어요. 어디선가 사람이 떠내려가는 건 아닌지, 어디선가 산이 무너지는 건 아닌지, 나는 그것도 모르고 비를 보며 웃고 있는 건 아닌지 걱정이 돼요. 이건 좀 오버인가요?"

"우리에겐 그런 마음이 더 필요해요."

상윤이 말했다.

"그렇죠? 그런 마음이 많아지면 그런 일에 더 단단히 대비하게 될 테고 그럼 더 이상 그런 걱정은 안 해도 되겠죠?"

"아마 내일쯤이면 자몽인들을 보내라는 주장이 여기저기서 나올 거예요. 사람들을 믿어봅시다."

상윤이 애써 긍정적인 전망을 내놓았다.

"저는 사람들 못 믿어요."

나영이 단호하게 말했다.

"좋은 사람들이야 어디든 있겠죠. 지우 씨도 상윤 씨도 동윤 씨도 그리고 수빈도 다 선한 사람들이잖아요."

“나영 씨도요.”

동욱이 끼어들었다.

“고마워요.”

나영이 힘없이 웃은 뒤 말을 이었다.

“하지만 우리가 연구소의 다른 사람들보다 특별히 더 선한 사람일까요? 그 사람들 중에 우리보다 더 착한 사람이 없을까요? 게다가 분명 나쁜 사람들도 있잖아요. 솔직히 아무래도 나쁜 사람이 더 많은 것 같긴 하지만. 아무튼 그럼 어떻게 해야 할까요. 선한 마음이 전염되기를 기다려야 할까요? 아니면 나쁜 사람들이 다 죽어야 할까요?”

“무슨 말인지는 알겠어요.”

동욱이 고개를 끄덕였다.

“그렇다고 선한 마음이 쓸모없거나 무력하다고 할 수는 없어요.”

“물론이죠.”

그사이 잔을 비운 나영이 말했다.

“누군가 그렇게 주장한다면 저도 가만히 있지 않을 거예요. 고슴도치처럼 가시를 세우겠죠. 하지만 뱀처럼은 못 할 거예요. 우리의, 적어도 저의 선함이란 이래요. 이건 정도의 문제가 아니라 종류의 문제예요.”

“정의의 이름으로 널 용서하지 않겠다!”

지우가 두 손을 교차하며 세일러문의 포즈를 흉내 냈다.

“이런 게 필요한 거죠?”

"사실 더 나갔으면 좋겠어요. 정의의 이름으로 널 찢어발기겠다. 뭐 이런 거."

"정의의 이름으로 널 찢어발기겠다!"

지우가 다시 한 번 세일러문의 포즈를 취하며 이번엔 나영의 말을 갖다 붙였다.

"오. 완전 다른 느낌이네요."

동욱이 감탄했다.

"그래요. 정의. 이상적인 얘기를 하자면 저는 정의와 선함이 근본적으로는 차이가 없다고 생각해요. 선하지 못한 정의는 정의가 아니고, 정의롭지 못한 선함은 선하지 않은 거라고 생각해요. 둘 사이엔 그냥 미세한 뉘앙스의 차이만 있을 뿐이에요. 하지만 정의라는 말에는 어딘가 선함에는 없는 행동력이 포함된 것처럼 느껴지지 않나요?"

나영이 동의를 구하는 눈으로 주위를 둘러봤다.

"듣고 보니 그런 것 같기도 해요. 조용함, 차분함, 친절함, 온화함. 이런 말들이 선함과는 쉽게 연결이 되지만 정의랑은 약간 어긋난 느낌이에요."

동욱이 턱을 손에 괴며 말했다.

"이런 말도 있잖아요. 악의 승리에 필요한 유일한 일은 선한 사람들이 아무것도 하지 않는 것이다."

지우가 말했다.

"에드먼드 버크죠."

상윤이 나섰다.

"그래요? 저는 브루스 윌리스 나오는 영화에서 본 건데…."

지우는 그 영화의 제목을 기억해내려 시도했지만, 브루스 윌리스가 출연한 수백만 편의 영화들에서 개별성을 건져내기란 불가능하다는 것을 깨달았다. 그것은 권총이 등장하지 않는 서부영화를 떠올리려는 노력과 비슷했다.

"브루스 윌리스는 하나의 장르예요."

"그 말엔 동의해요."

나영이 대답했다. 그리고 에드먼드 버크는 그런 말을 한 적이 없고요.

"아무튼 똥은 피하는 게 최선이라고 생각했는데 제가 틀렸어요. 똥은 치워야 해요."

"맞아요. 피하기만 하면 언젠가는 사방이 똥으로 가득 찰 거고 더 이상 피할 수도 없게 될 거예요."

지우가 말했다. 상윤이 입으로 가져가던 파전을 가만히 내려놓았다.

"요컨대."

나영은 이제 와서 '요컨대'라는 말로 요약하기엔 너무 멀리 왔다고 생각하면서도 계속 말을 이었다.

"저는 착하면서도 화난 사람들이 좋아요. 착한 사람들이 더 화를 냈으면 좋겠어요. 슬퍼하는 것만으로는 충분하지 않아요. 선함이라는 말에서 친절이나 온화함 같은 속성을 분리해야 한다고 생각해요."

"그러고 보니 그런 강박이 있었던 것 같기도 해요. 사실은 엄청 화가 날 때도 있지만 그럴수록 더 자기최면을 걸죠. 침착하자. 화를 내면 안 돼. 그건 나쁜 거야. 그럴 때면 종종 무력감에 휩싸이곤 하는데, 어쩌면 그게 화를 내지 못했기 때문일 수도 있겠다는 생각이 드네요."

"…라고 친절과 온화함의 화신이 말씀하셨습니다."

동욱이 상윤의 말을 받으며 모두의 빈 잔에 술을, 상윤의 잔에는 물을 채웠다.

"비밀 하나 알려드릴까요?"

상윤이 눈에 힘을 주며 말했다.

"저는 항상 화가 나 있어요."

잔뜩 내리깐 목소리와는 달리 참지 못한 웃음이 입가에 새어 나왔다.

"와…. 그 대사를 신부님이 하니까 왠지 진짜 설득력 있게 들리네요."

지우가 눈을 크게 뜨며 놀랐다.

"신부님이 화나면 어떻게 되는지 궁금하네요."

나영이 말했다.

"절대 보고 싶지 않을 걸요?"

상윤이 웃으며 고개를 저었다.

"그 정도예요? 어떻게 되는데요?"

"막 헐크로 변해요?"

상윤이 뜸을 들이다 말했다.

"기도를 하죠."

일행은 두 손을 다소곳이 모은 상윤에게 야유를 보냈다. 상윤이 재빨리 내민 잔에 모두 잔을 부딪쳤다.

술을 들이켠 나영이 한숨을 섞어 말했다.

"정말 뭔가 방법이 없을까요? 외계인들을 탈출시킬까요?"

"어떻게요?"

동욱이 관심을 보였다.

"생각해봐야죠. 걔네 동욱 씨 차에 안 들어가려나?"

"트럭이라도 있어야 할 걸요?"

"그럼 차로 들이받아서 벽에 구멍이라도 확 뚫어버릴까요?"

"하하. 그거 좋은 생각이네요."

"주차하는 척하다가 벽으로 확 돌진하면 어때요?"

"그거 플라스틱 같은 거잖아요. 될 것 같은데요?"

지우가 맞장구쳤다.

"그런다고 자몽인들이 그 구멍으로 알아서 나간다는 보장이 없잖아요."

상윤이 팔짱을 끼며 말했다.

"잠깐만요. 이거 계속 얘기하는 거예요?"

동욱이 손을 내밀었지만 지우가 무시하며 좋은 생각이 났다는 듯이 손뼉을 쳤다.

"자몽인은 동그랗게 생겼으니까 이렇게 이렇게 굴려서⋯."

20

    일행은 그 뒤로도 해결책을 찾으려 머리를 모아봤지만 쓸 만한 생각이 나오지는 않았고 테이블 위의 술병들만 점점 늘어갔다. 대책회의 같았던 자리는 결국 평범한 술자리가 되었고 화제는 사적인 이야기로 넘어갔다.

    "아 그러고 보니, 저 너무 궁금한 게 있었어요. 나영 씨도 연구원 맞죠? 나영 씨 처음 왔을 때 소속도 없고 광장 가운데에 캠핑 의자 펴놓고 앉아 있고."

    지우가 나영을 향해 물었다.

    "네. 일단 연구하러 오긴 했죠."

    "이분은 그냥 연구원이 아니에요. 학계의 전설 같은 분이시죠."

    동욱이 끼어들었다.

"와. 몰라뵀습니다."

지우가 나영을 향해 꾸뻑 인사했다.

"무려 한국의 아인슈타인…."

"그런 거 아니에요."

나영이 젓가락을 휘두르며 동욱의 말을 막았다.

"저는 과학자가 아니에요. 그냥 카페 직원이라고요."

"아인슈타인도 그냥 특허국 직원이었잖아요."

동욱이 지지 않고 말했다.

"공대 나온 특허국 직원이었죠."

나영도 질 생각이 없었다.

"아인슈타인 얘기 좀 그만해요. 말끝마다 아인슈타인이래. 한국의 아인슈타인 소리 들어도 하나도 기쁘지 않다고요."

"무슨 말씀이세요! 저라면 엄청 영광스러울 텐데!"

나영의 말에 동욱이 정색하며 대답했다.

"무려 아인슈타인이잖아요! 상대성이론을 생각해낸 사람이요. 상대성이론만큼 대단한 발견이 또 어딨겠어요?"

"그래요? 저는 몇 가지가 바로 떠오르는데요. 차별금지법. 동성혼 법제화. 상대성이론만큼이나 옳고 획기적이죠."

"음. 흥미로운 견해네요."

나영의 대답에 동욱이 턱에 손을 괴고 생각에 잠겼다. 대화가 멈춘 사이로 지우가 살며시 끼어들었다.

"사실 저도 어렸을 때 꿈이 과학자였어요. 한국의 마리 퀴리."

"정말요?"

동욱이 깜짝 놀란 목소리로 물었다. 그러고는 곧 지나치게 놀란 것이 실례인 것 같아 얼굴이 붉어졌지만 지우는 개의치 않고 웃으며 대답했다.

"네. 중학생 때까지요."

"그런데 어쩌다가 공무원 시험을 봤어요?"

상윤이 물었다.

"현실적인 이유 때문이죠. 돈을 벌어야 했거든요. 아직도 장래희망을 접었던 순간이 정확히 기억이 나요. 중학교 때 진학 상담하던 날이요. 제가 반에서 키가 제일 작았는데 그날은 또 웬일인지 뒷번호부터 불려갔어요. 옛날에는 막 키 순서로 번호를 매기고 그랬잖아요."

"맞아요. 그랬죠. 야만의 시대."

동욱이 맞장구를 쳤다.

지우가 끄덕이며 말을 이었다.

"한여름이라서 날은 더운데, 되게 신기한 게, 교실에서 에어컨을 켰다 껐다 할 수 있긴 한데 학교에서 전체 냉방을 안 하면 에어컨에서 바람이 안 나왔어요. 저는 그걸 알면서도 교실에 혼자 남아서 애꿎은 에어컨만 켰다 껐다 하고 있었고요. 제 차례가 오는 게 싫었어요. 불려 가면 대학에 안 갈 거라고 얘기해야 하는데 그게 싫었어요. 전날 밤에 가족이랑 얘기도 다 끝냈고 마음도 먹었는데. 막상 선언이랄까, 남한테 얘기한다고 하니까 그제야 실감이 나더라고요."

지우는 검지로 술잔을 가볍게 두드리며 말을 이었다.

"그래서 더 퀴리한테 이입했는지도 몰라요. 좀 이상한 말이긴 한데. 퀴리도 대학에 가기 전에 가정교사를 하면서 언니 학비를 댔다고 하잖아요. 저도 그럴 수 있다고 막연하게 생각했어요. 동생들 대학 다 보내면 나도 다시 대학 문을 두드려 봐야지."

지우는 술잔을 두드리던 손가락을 멈췄다.

"근데 결과적으로 잘된 것 같아요. 지금 제 직업이 마음에 들거든요. 자기최면인 것 같기도 한데, 어쨌거나 공무원은 사람들에게 도움을 주는 게 직업인 거잖아요. 이론적으로는요. 이윤을 남기는 게 목적인 회사보다는 이쪽이 저한테 맞는 것 같아요. 이젠 어렸을 때 왜 과학자가 되고 싶었는지 기억도 안 나요."

"저도 어렸을 때 꿈이 과학자였어요."

동욱이 손을 들었다.

"저도요."

상윤도 손을 들었다.

"저희 때에는 장래희망이 과학자였던 사람이 많았던 것 같아요. 왜 그랬을까요? 달 착륙을 목격한 세대도 아니고 딱히 다른 사건도 없었던 것 같은데."

동욱과 상윤은 자신이 어떻게 과학자의 꿈을 가지게 됐으며 어떻게 그 꿈에서 떠나게 됐는지 이야기했다. 나영은 이미 알고 있는 이야기였지만 지우는 술잔을 입에 가져가는 것도 잊은 채 이야기에 빠져들었다. 상윤이 칠레에서 있었던 일을 이야기할 때에는 눈물이 맺히기까지 했다. 두 사람의 사연이 끝나자 동욱이 이야기의 화살을 나영에게 돌렸다.

"나영 씨는요? 나영 씨는 어렸을 때 꿈이 뭐였어요?"

나영은 답을 머뭇거렸다. 이상하게도 조금 부끄러웠고 부끄럽지만 역시 그건 이상하니까 용기를 내서 말했다.

"과학자요."

"오오!"

맞은편의 동욱이 손바닥을 곧게 펴서 내밀었다. 뭐지. 뭘 멈추라는 뜻인가. 나영이 고개를 갸우뚱하는 사이 어색해진 동욱이 손바닥을 지우 쪽으로 돌렸고 지우가 "예!" 소리와 함께 힘차게 손바닥을 맞부딪쳤다. 이어서 동욱과 상윤과 지우가 서로 돌아가며 신명 나게 하이파이브를 했다. 그리고 마지막으로 세 사람 모두 나영을 향해 손바닥을 내밀었다.

"나 참."

재촉하는 눈으로 자신을 바라보는 세 사람을 보며 나영이 말했다.

짝. 짝. 짝.

그리고 하이파이브를 했다. 세 사람은 키득대며 손을 거뒀다.

"한 사람만 더 있으면 과학자 스트레이트 플러시네요."

지우가 말했다.

"수빈은 장래희망이 뭐예요?"

나영이 동욱을 향해 물었다.

"물어볼게요."

동욱이 말했다.

"그나저나 그럼 나영 씨는 어쩌다가 가수가 된 거예요? 과학자가 꿈이었으면서."

"잠깐만요. 가수요? 나영 씨 가수였어요? 언제…. 으아아앗!"

지우가 깨달음의 비명을 질렀다.

가게 안에 있는 사람들의 시선이 일제히 지우 쪽으로 쏟아졌다. 세 사람은 민망해하며 사람들과 눈을 마주치지 않으려 애썼지만 지우는 아랑곳하지 않고 크게 뜬 눈으로 나영을 바라봤다. 지우가 떨리는 목소리로 말을 이었다.

"언니, 아니, 나영 씨. 저 손 떨리는 거 봐요. 맙소사. 진짜 말도 안 돼. 내가 언니랑 술을 마시고 있다니. 저 어렸을 때 프롯 진짜 좋아했어요. 특히 2집 수록곡 〈딸기밭은 영원히〉는 진짜 명곡이라고 생각해요. 어린 시절의 풋풋한 사랑을 그런 몽환적인 멜로디와 눈앞에 보이는 듯한 사실적인 가사로 풀어낸 곡은 또 없을 거예요."

"아…. 네…. 감사합니다."

지우가 폭발적으로 쏟아 낸 사랑 고백에 나영은 어찌할 줄을 몰라 하며 시선을 내리깔았다. 마침 눈앞에 보인 술잔을 비우자 답을 기다리고 있는 동욱이 보였다.

"아, 가수는 그냥 어쩌다 된 거예요. 고등학교 때. 길거리 캐스팅이요."

"오오오."

세 사람이 동시에 탄성을 뱉었다.

"언니, 아니, 나영 씨. 저 내일 시디 가져오면 거기에 사인 좀 해주실 수 있어요?"

"네⋯. 뭐. 별거 아닌데."

나영은 방울 같은 눈으로 올려다보며 부탁을 하는 지우를 거절할 수 없었다.

"앗싸아!"

지우가 두 주먹을 불끈 쥐었다.

"어! 저도요! 저도 내일 시디 가져올게요."

상윤이 손을 번쩍 들었다.

"신부님도 가지고 있어요?"

동욱이 상윤 쪽으로 고개를 휙 돌리며 말했다.

"있죠."

상윤이 태연하게 대답했다.

"시디가 있다고요?"

"있죠. 시디가."

상윤은 흔들리는 눈동자로 자신을 뚫어져라 쳐다보는 동욱으로부터 한기를 느끼고 슬쩍 몸을 뒤로 젖혔다. 동욱이 상윤으로부터 시선을 거두고 나영을 향해 고개를 휙 돌리며 말했다.

"저도요! 저도 가져올게요!"

"동욱 씨도 가지고 있어요?"

상윤이 물었다.

"없죠! 지금은!"

동욱이 말했다.

"그래도 가져오겠습니다!"

"지금은 안 팔 건데. 중고로도 구하기 어려울 거예요."

지우가 의심을 담은 목소리로 말했다. 상윤이 고개를 끄덕였다.

"문제없습니다. 꼭 가져올 겁니다! CIA에 있는 제 친구한테 부탁해서라도."

동욱이 적장의 목을 베러 가는 장수와 같은 결연함을 담아 선언하고는 의식처럼 술잔을 비웠다.

나영은 이 상황이 몹시 낯설었다. 사인을 부탁받은 건 19년 만이었다. 그 시절에 사용하던 사인을 머릿속으로 그려 봤지만 이어지던 선들이 매번 중간쯤에서 다른 방향으로 뻗어 나갔다. 도무지 완성할 자신이 없었다. 내가 가수였던 적이 있었지. 나영에게는 가수를 그만둔 뒤만 있을 뿐, 그 앞은 없었다. 그 순간으로부터 도망쳐 나왔다는 생각을 늘 머릿속으로 되뇌면서도 자신이 가수였던 시절은 까맣게 잊은 채 살아왔다. 하나처럼 보일 수도 있는 그 두 가지 사실이 나영에게는 완전히 분리되어 있었다.

어제 오랜만에 프룻의 시디를 꺼내 듣고 나서야 겨우 그 사이를 나누던 단단한 칸막이가 허물어졌다. 나영은 프룻을 좋아했다. 무대 위는 위태로웠지만 그곳에서 보이는 연두색 풍선의 물결과 팬들의 미소를 좋아했다. 실수는 늘 두려웠지만 혼자가 아니라서 좋았다. 그랬었지. 그랬었다.

"사실 더 궁금한 건…."

상윤의 목소리가 나영을 다시 데려왔다.

"어쩌다 과학자가 되셨나 하는 거예요."

"맞아요."

동욱이 맞장구쳤다.

"여기 과학자가 꿈이었던 사람 중에서 진짜로 과학자가 된 건 나영 씨뿐이잖아요. 비결이 뭐예요, 좀 알려주세요."

"일단 현재 제 직업은 카페 직원이고요. 임시로 연구원이긴 하지만 어쨌거나 본업은 카페 직원이에요. 여기에 오게 된 건, 뭐, 어쩌다 보니까."

"그렇게 어물쩍 넘어가기예요? 물론 원한다면 말하지 않아도 좋지만, 사실 여기서 나영 씨 경력이 제일 특이하잖아요."

동욱이 대꾸했다.

"저는 제가 제일 특이한 줄 알았는데요."

상윤이 손가락으로 자기를 가리켰다.

"이 소리 듣고도 가만히 있을 거예요?"

동욱이 발끈하며 말했다.

이럴 때만 손발이 척척 맞는군. 나영은 피식 웃었다.

"들을 준비 되셨나요?"

"말할 준비 되셨나요?"

네 사람은 각자 서로 함께 고개를 끄덕였다.

어디서부터 얘기해야 할까. 나영은 무대 위로 돌아갔다. 얼기설기 쌓여 있던 모래성이 무너졌던 한순간에 관해 설명하기 시작했다. 나영이 가장 하기 싫었던 일이었고 그래서 치음 해보는 일이었다. 목적지를 모르는 이야기였지만 나영은 일단 말을 하나씩 꺼냈다. 무심한 말들이 단순한 마음을 어떻게 꿰뚫었는지. 왜 외계인들을 결코 자몽인이라고 부르지 않는지. 그리고 자몽이라는 말에 웃음이 터진 사람들 속에서 자신이 어떤 표정을 짓고 있었는지에 대해 이야기했다.

무대를 떠난 나영은 자신을 백지로 만들었다. 방법을 알지 못했기에 그저 모든 걸 시간에 흘려보내는 수밖에 없었다. 퀴즈쇼에서의 일은 어쨌거나 나영에게 상처를 남겼고 회복할 시간이 필요했다. 회복은 저절로 진행되지 않았다. 무기력하게 쪼그려 앉아 상처를 핥고 있는 자신의 모습을 나영은 받아들일 수 없었고 그건 나영에게 또 다른 상처를 남겼다. 스스로도 그러할진대 남에게 이해시킨다는 건 엄두도 나지 않았다. 누군가 왜냐고 물었을 때에 대한 대답이 나영에게는 없었다. 그래서 나영은 애초에 질문을 받지 않는 쪽을, 사람들로부터 도망치는 쪽을 택했다. 나영은 그렇게 긴 시간을 잠자는 유령처럼 지냈다.

"정말 죽은 듯이 살았어요. 가만히 누워 있는 것 빼면 시체였죠."

나영이 슬며시 농담을 섞어놓고 사람들을 둘러봤지만 농담이 실패한 건지 분위기 때문인지 웃는 사람은 없었다. 나영은 조금 실망하며 자신에게 집중하고 있는 세 사람을 향해 다시 차분하게 말을 이었다.

"난 내 상처를 과소평가하지 않아요. 다 지난 일이라거나 지나보니 별거 아니었다고 생각하지 않아요. 하지만 이런 생각은 해요. 더 잘 이겨낼 수 있었으면 좋았을 텐데. 이해 안 가죠?"

나영이 먼저 미소를 지었고 다른 셋은 그제야 굳어 있던 표정을 풀었다.

"그건 걱정하지 말아요. 이해는 저희의 몫이죠."

동욱이 말했다.

동욱의 말이 맞았다. 나영은 자신의 고통을 애써 이해시킬 필요가 없었다. 왈칵 눈물이 터질 것 같은 예감이 들자 나영은 재빨리 자리에서 일어섰다.

"담배 한 대 피우고 올게요."

21

나영은 가게를 빠져나와 골목 건너편의 연석에 걸터앉았다. 찬 공기를 한껏 들이켜자 상기됐던 얼굴이 가라앉았다. 나영의 뒤를 따라 밖으로 나온 지우가 두리번거리는 게 보였다. 곧 나영을 발견한 지우가 다가왔다. 가로등을 등진 지우의 실루엣을 따라 겨울밤의 노란 빛이 맴돌았다.

"안 따라 나와도 되는데."

나영이 말했다.

"그냥요. 따라 나오고 싶었어요."

지우가 나영의 옆에 앉으며 말했다.

"담배 피운다는 거 뻥이에요."

"아, 정말요? 하나 얻어 피우려고 했는데!"

"담배 피우세요?"

"아뇨."

"하하. 뭐야."

지우의 엉뚱한 대답에 나영이 작게 웃었다.

"어렸을 때 영화 보면 배우들이 맨날 인상 팍 쓰고 무게 잡으면서 담배 물고 있잖아요. 특히 홍콩영화요. 〈영웅본색〉이나 왕가위 영화 같은 거."

"홍콩영화요?"

나영이 놀란 목소리로 물었다.

"지우 씨 애기 때 나온 영화들 아니에요?"

"제가 취향이 좀 올드하거든요."

듣고 보니 그런 것 같기도 했다. 오래된 〈스타트렉〉 시리즈를 알고 있는 거라든가 〈세일러문〉의 포즈를 따라 하는 것도 그렇고. 브루스 윌리스도 이제 옛날 사람이 됐다.

"아무튼, 남자들 담배 피우는 장면은 줄창 나오는데 여자가 멋있게 담배 피우는 건 아무리 봐도 안 나오는 거예요. 나오기는 하죠. 〈중경삼림〉에도 나오고 〈화양연화〉에도 나오고. 근데 둘 다 별로였어요."

"맞아요."

나영이 맞장구를 쳤다.

"임청하는 줄창 담배 피우는 것치고는 너무 맛없게 피우죠. 거의 처음 피우는 사람 같지 않았어요?"

"그죠! 그죠! 비흡연자한테 흡연 연기 시키면 안 돼!"

지우가 박수를 치며 말을 이었다.

"〈화양연화〉에서 담배 피우는 장면도 진짜 별로이지 않아요?"

"맞아요, 맞아요. 장만옥한테 겨우 옛 남자의 향기 뭐 그런 거로 담배를 피우게 하다니. 용서할 수 없어."

"그래서 생각했죠. 그렇다면 내가 멋들어지게 피워주마!"

지우가 허공을 향해 주먹을 뻗었다.

"그래서 고등학교 졸업하자마자 한 일이 담배 사서 피운 거였어요. 근데 얼마 안 가서 끊었어요. 왜인지 아세요?"

"왜요?"

"안 피워도 멋있어!"

지우가 손가락으로 그린 브이 자를 멋지게 내밀며 외쳤다.

생각지도 못한 이유에 나영은 헛웃음이 나왔고 지우는 만족스러우면서도 부끄러운 듯 배시시 웃었다. 나영이 공기를 한 움큼 머금은 뒤 천천히 내뱉었다. 하얀 입김이 번져 나왔다. 지우도 나영을 따라 입김을 내뿜었다. 입김이 흩어지는 걸 바라보던 지우가 말했다.

"처음엔 나영 씨 무서운 사람인 줄 알았어요."

"제가요?"

"음. 눈빛이 달랐어요. 뭐랄까, 다 죽여버리고 싶다는 눈빛?"

"하하. 무슨 그런 무서운 말씀을."

"아무튼 얼굴에 뭔가 화가 있었어요."

"아, 그땐 진짜 화가 나 있었을 수도 있어요. 지우 씨 덕분에 잘 해결됐지만요. 고백하자면 공무원에 대한 편견이 있었는데, 지우 씨 덕분에 없어졌어요."

"알죠. 그 편견. 저도 있었던 걸요."

"지우 씨 말 듣기 전까진 그렇게 생각해본 적이 없어요. 공무원이 누군가를 돕는 직업이라니. 멋진 생각인 것 같아요."

"그렇죠? 저도 그건 좀 멋지다고 생각해요."

두 사람은 소리 내 웃었다. 나영은 지우에게 더 좋은 말을 해주고 싶었다. 진심으로 지우가 멋지다고 생각했다. 공무원에 대한 편견과 그 편견에 짓눌려 바짝 말라버린 사람들 속에서도 주체성을 유지하는 지우가 존경스러웠다. 하지만 그렇게 말하기엔 부끄러웠다. 대신 같은 말을 겨우 반복했다.

"진짜로요. 멋져요."

"그 말씀 그대로 돌려드리죠."

지우가 손가락으로 만든 쌍권총이 나영을 향했다.

"아침에 조회에서요. 솔직히 전 뭘 해야겠다는 생각은 못 했어요. 어쩔 수 없다고 생각했어요. 걱정은 되지만 뭐 어쩌겠어. 근데 나영 씨가 일어서서 말하는 모습을 보니까 멋지고 부끄럽기도 하고 그렇더라고요."

"어우, 그러지 마세요. 그냥 몇 마디 했을 뿐인 걸요. 지우 씨랑은 달라요. 지우 씨는 진짜 뭔가를 바꾸고 있잖아요. 보고 있으면 막 빛이 나요. 어두운 사무실을 밝히는 촛불 같다고나 할까."

"어머. 저도 아침에 나영 씨 보면서 같은 생각을 했어요. 제가 좋아하는 시에 이런 구절이 나와요. 가장 높은 촛불은 얼마나 높이 어둠을 밝히는지."

지우가 손가락으로 나영을 가리켰다.

"가장 높은 촛불."

나영이 웃음을 터뜨리며 손을 저었다. 아름답지만 과분한 말이었다.

"아니에요, 진짜로. 저는 아무것도 비추지 않았어요. 달라진 건 아무것도 없죠."

"무슨 말씀이세요. 일단 제가 바뀌었잖아요. 나영 씨 덕분에 저도 뭔가를 할 수 있다고 생각하게 됐으니까요. 그리고 촛불 맞아요. 촛불은 빛과 어둠을 가르잖아요. 뭐가 빛이고 뭐가 어둠인지. 아침에 그 자리에 있던 사람들은 적어도 그게 뭔지 깨달았을 거예요. 그건 중요한 거예요."

"그렇게 쉬웠으면 좋겠지만…."

"맞아요. 마지막 부분은 희망사항에 가까워요."

배시시 웃던 지우가 눈에 느낌표를 띄우며 말했다.

"아, 저 방금 KFC에 가입 권유받았어요."

"맙소사. 도망가요. 가방은 제가 나중에 가져다드릴게요."

"늦었어요. 이미 승낙했거든요."

나영이 정색하는 척하던 표정을 지우고 웃으며 말했다.

"당연히 지우 씨도 있어야죠. 지우 씨도 공통점이 있거든요."

"제가요? 뭐예요?"

"비밀이에요."

"뭐예요. 빨리 말해줘요."

"언젠간 알게 될 거예요. 그때까진 저만 알고 있을래요."

"으아! 궁금해!"

지우가 양 볼을 감싸 쥐며 소리쳤다.

"아무튼 끼워줘서 고마워요. 나영 씨나 동욱 씨, 상윤 씨 같은 사람들이 있어서 다행이에요. 그리고 우리가 혼자가 아닌 게 다행이에요."

나영도 그렇게 생각했다. 우연히 만난 사람치고는 공유할 수 있는 게 많았다. 우연이었지만 동욱이나 수빈, 상윤, 지우가 먼저 다가오지 않았다면 영영 몰랐을 일이었다.

"다음에 수빈도 소개해줄게요."

"아. 알아요. 나영 씨랑 항상 같이 있는 그 아이죠?"

"맞아요. 참, 그리고 나중에 제가 일하는 카페에도 한번 놀러 오세요. 저희 사장님이 얼그레이에 진심이시거든요."

"맞다! 카페 직원이라고 하셨죠? 꼭 갈게요!"

나영이 자리에서 일어나려 할 때 길 건너편의 아무도 없는 주차장에 센서등이 켜졌다. 근처에 사람은 물론이고 고양이 한 마리도 보이지 않았다. 내가 느끼지 못한 뭔가를 감지한 걸까? 어딘가 고장 난 걸까?

두 사람은 자기 혼자 켜진 센서등을 가만히 바라봤다. 잠시 후 센서등이 꺼지자 두 사람은 마주 보며 말없이 웃고는 길을 건넜다.

두 사람이 다시 술집으로 들어왔을 때 동욱이 '백번 양보해서' 만약 종교가 사회에 도움이 된다고 해도 성직자는 필요 없다는 주장을 펼치고 있었다. 나영과 지우가 나타나자 상윤이 울상을 지으며 말했다.

"누가 이 사람 좀 말려주세요. 아까는 저한테 차라리 절에 들어가는 게 어떻겠냐고 했어요."

"그러지 말고 한번 생각해보시라니까요. 절밥은 건강에도 좋잖아요."

"신부를 개종시키려는 시도는 조선 시대에 끝난 줄 알았는데요."

"그럼 저를 믿어보시는 건 어때요?"

지우가 자리에 앉으며 말했다.

"제 이름 빨리 발음하면 어떻게 되는지 아세요? 지우지우지우주주주주."

"주님!"

동욱이 과장되게 외치자 상윤이 손바닥으로 얼굴을 감쌌다.

지우가 기세를 늦추지 않고 말을 이었다.

"제가 가끔 아침에 물을 마시면 물에서 와인 맛이 날 때가 있거든요? 신기하죠? 주로 술 마신 다음 날 그런데."

"그 정도까지 술을 마신다는 게 신기하긴 하네요."

상윤이 손바닥에 얼굴을 파묻은 채 말했다.

"또 이상한 게 뭔지 아세요? 술 마시고 집에 오는 길에 지하철역에서 떨이하는 빵을 사는데요, 분명히 한 개를 샀는데 다음 날 아침에 일어나 보면 빵이 막 다섯 개씩 있단 말이죠. 이건 기적이라고밖에 설명할 수 없지 않나요?"

"아뇨. 술로 설명할 수 있어요. 제발요. 지우 씨까지 왜 이러세요. 신성모독은 나영 씨 하나면 충분해요."

상윤이 지우를 향해 진심으로 호소했다.

"우리를 위대하게 만들어주었고 또 앞으로 우리를 지탱해 줄 것은 바로 우리들의 신성모독이었던 것입니다."

지우가 상윤의 호소에도 아랑곳하지 않고 웅변하듯 말했다.

"그런 문장을 외우고 다니시는 거예요? 이럴 때를 위해서?"

상윤이 황당하다는 듯이 턱을 떨어뜨렸다.

"다른 문장도 외우고 있죠. 종교는 인민의 아편이다."

지우가 대꾸했다.

"그럼 그 앞의 문장도 알고 계시겠네요. 종교는 억압된 피조물의 탄식이며 심장 없는 세상의 심장이고 영혼 없는 현실의 영혼이다."

"그리고 아아아아아편이다."

지우가 '아'를 길게 끌며 천연덕스럽게 응수하자 상윤은 손바닥을 이마에 대며 한숨을 내쉬었다.

"자꾸 이러시면 저 집에 갈 거예요. 지우 씨는 술 좀 줄이시고요."

얼굴을 가린 손 사이로 웃음을 참는 상윤과 그런 상윤의 어깨를 토닥이며 위로하는 척하는 동욱, 그 앞에서 배를 잡고 웃는 지우를 보면서 나영은 지우와 두 사람을 만나게 한 자신의 선택에 만족하며 몰래 미소를 지었다.

네 사람은 시시콜콜한 이야기를 나누며 계속 술잔을 기울였다. 눈이 많이 내렸던 겨울의 추억이라든가 SF 영화를 향한 브루스 윌리스의 은근한 애정 같은 것들에 대해서. 지우는 심지어 〈다이 하드〉의 네 번째 시리즈가 SF 영화라는 다소 급진적인 주장을 펼치기까지 했다.

"해커들이 나와서 코딩 대결을 펼치는데도 SF가 아니라고요? 그럼 무림 고수들이 나와서 장풍 대결을 벌여도 무협 영화가 아니겠네요?"

네 사람이 술집을 나왔을 때는 날짜가 바뀌어 있었다. 인적이 드문 거리가 크리스마스이브를 밝히는 불빛들로 노랗게 빛났다. 상윤과 동욱은 어깨동무를 한 채 저만치 앞서가며 〈인터내셔널가〉를 합창하더니 노래가 끝나자 이번에는 같은 노래를 영어로 부르기 시작했다.

누가 먹물들 아니랄까 봐. 나영은 좌우로 흔들리는 두 사람의 뒷모습을 보며 고개를 저었다.

네 사람은 이윽고 자몽인의 우주선이 보이는 거리에 도착했다. 우주선은 마치 보이지 않는 닻을 내린 것처럼 미동도 없이 공기 중에 떠 있었다. 주위를 둘러싼 서치라이트가 우주선을 비추며 허공에 원뿔을 그렸다. 나영은 말없이 그 거대하고 가벼우며 차갑고 부드러운 형체를 바라봤다. 그건 마치….

"크리스마스트리 같지 않아요?"

지우가 나영에게 몸을 기울이며 말했다. 나영은 놀란 눈으로 지우를 바라보다 동의의 뜻으로 미소를 지었다. 나영도 그렇게 생각했다. 그건 여태껏 본 것 중에 가장 큰 크리스마스트리였다.

"옛날에는 크리스마스가 동지였대요. 들어보셨어요?"

지우가 물었다.

"아니요. 처음 들어요."

나영은 호기심에 귀를 기울였다.

"옛날 달력으로 12월 25일이 동지이자 크리스마스였는데
달력이 바뀌었는데도 그냥 12월 25일을 크리스마스로 정한
거래요."

"대충대충이네요."

"대충대충이죠."

지우의 시선이 다시 우주선을 향했다.

"사람들은 크리스마스트리를 밝히며 1년 중 가장 긴 밤을
이겨냈을 거예요. 그리고 이제 춥고 어두운 날들이 물러가고
밝고 따뜻한 날들이 오기를 기대했을 거예요."

나영은 지우의 옆모습을 바라봤다. 하얀 입김의 커튼 사이
로 오렌지 빛 눈동자가 나타났다 사라지기를 반복했다.

"일기예보 보셨어요? 내일 눈이 올 수도 있대요."

지우가 나영을 향해 고개를 돌리며 말했다. 나영은 재빨리
시선을 돌렸다.

"어쩌면 화이트 크리스마스가 될지도 모르겠네요."

나영이 우주선 너머의 하늘을 바라봤다. 아직은 구름 한
점 없이 맑은 하늘에서 가느다란 별빛이 추위에 흔들리고 있
었다.

22

    화창한 크리스마스이브였다. 일기예보에서는 저녁부터 눈
이 내린다고 했지만 쨍한 파란색 하늘을 본 사람이라면 아무
도 그 말을 믿지 않았다. 나영은 백화점 앞에 서 있는 거대한
크리스마스트리를 올려다봤다. 초록색 나무에 노란 전구가
빽빽이 걸려 있고 하얀색 전구의 띠가 그 위를 빙글빙글 감쌌
다. 꼭대기에는 황금색 베들레헴의 별이 여덟 방향으로 날카
롭게 뻗어 있었다. 밤이 곧 어둠이던 시절, 크리스마스트리
의 불빛이 사람들의 마음속에 얼마나 많은 안심과 위로의 말
을 건넸을까.

    나영은 불현듯 세인트폴 대성당에서 봤던 〈세상의 빛〉이,
그 그림 속의 노란 등불이 떠올랐다. 양심의 빛을 상징하는
그 등불은 예수의 왼손에 들려 있다. 거칠게 자란 덩굴이 앞

을 가로막고 손잡이조차 없는 문 앞에서, 예수는 왼손으로 등불을 들고 오른손으로 문을 두드린다. 그림의 아래에는 성경 구절이 적혀 있다.

'보아라. 내가 문 앞에 서서 문을 두드리고 있다. 만약 누구든 내 음성을 듣고 문을 연다면 나는 그 사람에게로 들어가고 그 사람과 더불어 먹고 그 사람은 나와 더불어 먹을 것이다.'

사람들은 문을 열고 세상의 빛을 받아들였을까? 그 예수마저 다른 사람의 마음에 들어가기 위해 노크를 하며 허락을 구하는데, 그 겸손함은 다 어디 갔을까? 혹시 예수가 문 안으로 들어가며 등불을, 양심의 빛을 문밖에 놓고 간 것은 아닐까?

나영이 고개를 들어 별을 바라보며 그런 생각에 빠져 있을 때 누군가가 뒤에서 어깨를 부딪치며 지나갔다. 연인의 손을 잡은 남자가 고개를 돌려 나영을 째려보며 백화점 입구를 향해 걸어갔다. 나영은 기가 막혀서 입을 다물지 못했다. 예수는 문 안으로 들어가지 못하고 굶주린 배를 움켜잡은 채 돌아갔을 거야. 백화점 입구에서 동욱과 수빈이 나영을 향해 빨리 오라며 손을 흔드는 게 보였다. 나영은 나중에 '양심'을 뜻하는 영단어 'conscience' 속에 과학을 뜻하는 단어 'science'가 들어 있는 이유에 대해 알아봐야겠다고 생각하며 두 사람 쪽으로 뛰어갔다.

백화점 안은 온갖 반짝이는 것들과 사람들로 바글바글했다. 맞은편에서 사람이 올 때마다 몸을 비틀어 피해야 했고 어깨가 부딪히는 일 정도는 예사여서 여기저기 부딪치고 부딪히면서도 아무도 뒤를 돌아보지 않았다. 수빈은 사람들 틈새를 파고들며 앞서나갔고 동욱과 나영은 그런 수빈을 따라잡기 위해 안간힘을 써야 했다. 수빈의 선물 목록은 끝이 없어 보였다. 나영이 '이제 끝이겠지.'라고 생각할 때마다 수빈은 다음 장소로 출발을 외쳤다. 양손에 쇼핑백을 든 두 사람을 거느리고 성큼성큼 걷는 수빈을 몇몇 사람들은 신기한 듯이 쳐다봤다.

어느 부잣집의 영애처럼 보이겠지. 나영이 생각했다. 나랑 동욱 씨는 끽해야 시중드는 사람으로 보일 테고.

크리스마스 캐럴 메들리를 배경으로 한참 동안 추격전을 벌이던 세 사람은 한 장식품 매장 앞에 멈춰 섰다.

"이제 마지막이에요."

수빈은 두 사람이 따라잡기를 기다렸다가 허리에 손을 얹고 말했다.

쇼핑백을 들고 있었으면 저런 포즈를 못 했을 텐데. 나영은 동욱과 자신의 손에 나뉘어 들린 쇼핑백 더미를 쳐다봤다.

"자몽인한테 줄 선물을 살 거예요."

수빈이 말했다.

나영은 수빈의 끝없는 선물 리스트에 대한 의문이 풀렸다. 조금 전에 샀던 개와 고양이 간식도 반려인이 아니라 정말 개와 고양이에게 주는 선물이었다는 걸 깨달았다.

"수빈아. 그런데 자몽인이 선물을 받을까?"

동욱이 합리적인 의문을 던졌다.

"그건 줘봐야 알지."

수빈이 경험주의로 맞섰다.

"근데 너 자몽인이랑 별로 친하지도 않잖아?"

"맞아."

"근데 왜 선물을 줘?"

"이건 뇌물이야."

"뇌물?"

"안 친하니까 친해지려고 주는 뇌물이지."

수빈은 자기의 완벽한 논리를 보았느냐는 듯이 의기양양
하게 말했다.

"그리고 이런 말도 있잖아. 눈에는 눈, 이에는 이. 선물을
주면 자몽인들도 우리한테 뭘 줄 수도 있지."

그 말을 남기고 수빈은 등을 돌려 매장 안으로 들어갔다.

크리스마스 선물에 함무라비 시스템이라니. 나영은 수빈
의 등을 기가 차서 바라봤다.

"하. 그래. 뭐. 손해 볼 건 없지."

동욱이 중얼거렸다.

아니. 손해 보는데요. 금전적 손해. 수빈네 집은 그 정도로
부자인 건가. 나영은 궁금해졌다.

"수빈 부모님 일이 잘 되나 봐요?"

"누나랑 매형이요? 아뇨. 그냥 둘 다 성실한 국제인권변호
사예요. 다 수빈이가 번 돈으로 사는 거예요. 나름 잘 나가는

유튜버거든요."

나영의 입이 벌어졌다. 그대로 사고와 행동이 정지한 나영을 보며 동욱이 설명을 덧붙였다.

"책 리뷰 같은 걸 하나 봐요. 구독자가 50만 명쯤 되는 것 같은데, 애들보단 부모님들이 좋아하는 거겠죠?"

"와…. 그렇군요."

나영은 당연히 부모님의 돈이라고 생각한 자신을 반성하는 한편, 그제야 몇몇 아이들과 그 보호자들이 수빈을 신기한 듯 쳐다봤던 게 이해가 갔다. 무엇보다 자신과 절대 겹치지 않는 세계에 있을 거라고 생각했던 종족이 이렇게나 가까운 곳에 있었다는 사실에 충격을 받았다. 등잔 밑이 어둡다. 목마에서 뛰쳐나온 그리스 연합군을 본 트로이아군의 심정이 이랬을까.

"그래도 안 받을 수도 있으니까 싼 거로 사라고 얘기해야겠어요."

동욱이 수빈을 쫓아 매장으로 들어갔다.

놀란 마음을 겨우 진정시킨 나영도 그 뒤를 따랐다.

매장 안은 시즌에 맞춘 크리스마스 장식품들로 가득했다. 초록과 빨강의 적절한 조합과 적재적소에 배치된 장식물들이 장식한 사람의 멋진 취향을 반영하고 있었다. 수빈은 여유롭게 진열대를 돌며 상품을 하나하나 뜯어봤다. 나영은 자포자기한 상태로 구석에 서서 벽에 걸린 명화 모조품들을 둘러봤

276

다. 고흐, 르누아르, 쇠라, 렘브란트. 모두 어디선가 한 번쯤은 봤을 법한 유명한 그림들이었다. 개중에는 나영이 런던의 국립 미술관에서 봤던 그림들도 있었다.

그때 나영의 기억 속에서 떠오른 건 그 명화들에 비해 그다지 유명하지 않은 그림 한 점이었다. 조셉 라이트의 〈공기펌프 속의 새 실험〉. 유리통 속에는 부리를 연 새 한 마리가 한쪽 날개를 펼친 채 바닥에 누워 있다. 새는 고통에 몸부림치며 죽어가고 있다. 그 옆에 선 빨간 가운을 입은 남자가 무표정한 얼굴로 나영과 눈을 마주치며 손을 내밀고 있다. 이 사람이 로버트 보일일까? 나영은 언젠가 책에서 읽었던 이야기를 기억해냈다.

보일은 개량한 공기펌프로 진공 상태를 만드는 데에 성공한다. 보일이 처음은 아니었다. 이미 몇십 년 전부터 진공에 대한 실험이 이루어지고 있었다. 보일의 차별점은 진공을 관찰 가능한 객관적 사실로 보이도록 만들었다는 점이었다. 보일은 유리병 속에 새나 쥐 같은 동물을 집어넣고 그 안을 진공으로 만드는 실험을 설계했다. 그리고 상류층 인사들을 초대해 실험을 재현하고 그 실험을 널리 퍼뜨렸다. 보이지 않는 철학이나 이론을 제거하고 인간의 개입을 최소화한 그 실험에서, 사람들은 서서히 죽어가는 동물들을 보며 아무것도 없는 공간이 존재할 수 있다는 사실, 그곳에서 생명은 죽음을 맞는다는 사실에 흥미를 보였다. 그렇지 않은 사람들도 있었다. 많은 여성들이 이렇게 외쳤다.

"당장 그 새를 풀어줘요!"

결국 보일은 공개 실험을 한밤중에만 진행하는 것으로 방침을 바꾼다. 밤중에 여성들은 밖으로 나올 수 없었기 때문이었다.

나영의 시선은 그림의 중앙에서 고통스러운 표정으로 새를 바라보는 여자아이와 아예 눈을 가리고 고개를 돌린 소녀에게 오래 머물렀다. 당시 공개 실험에 참석했던 여성들의 반응이 그와 같았을 것이다. 흥미로운 이야기다. 그때는 그렇게 생각했다. 지금은 한 가지 질문이 꼬리를 잇는다.

진정 고개를 돌린 사람은 누구인가?

그것은 실험이 아니었다. 쇼였다. 보일을 비롯해 그 실험을 재현한 많은 과학자는 실험의 결과와 원리를 이미 알고 있었다. 진공의 존재를 알고 있었고 진공 속에서 동물은 죽는다는 사실을 알고 있었다. 관찰을 통한 설득, 과학의 대중화, 헤게모니의 장악, 이유야 어쨌건 그것이 스펙터클한 쇼임에는 틀림없었다. 그 쇼를 적극적으로 응시했던 사람들이야말로 정작 보아야 할 것으로부터 고개를 돌렸던 게 아닐까? 질식의 고통 속에서 죽어가는 생명을 외면하고 자신의 호기심과 욕망에 시선을 빼앗겼던 게 아닐까?

나영의 생각은 수빈의 쇼핑이 끝남과 동시에 찾아온 안도감에 일단 뒤로 밀려났다. 수빈은 심사숙고하며 고른 다섯 개의 스노우볼과 빈티지풍의 털모자, 목도리를 계산대 위에 올려놓았다. 스노우볼에는 저마다 다른 모형이 들어 있었다. 작은 마을. 눈사람과 아이들. 북극곰. 펭귄. 산타클로스. 포장은 하지 않았다. 수빈은 포장을 하고 싶어 했지만 선물을 쓰레기 속에 넣어서 주는 건 외계인에게는 너무 어려운 개념일 거라는 동욱의 설득을 받아들였다. 직원이 전문적인 솜씨로 계산을 하는 동안, 2시간이 넘는 쇼핑에 지칠 대로 지친 나영은 빨리 바깥 공기를 쐬고 싶다는 생각이 간절했다. 매장을 빠져나오자 동욱이 일행을 돌아보며 기쁜 듯이 말했다.

"이제 제 차례예요."

나영의 얼굴에서 야차의 표정을 본 동욱은 재빨리 계획을 바꿔 혼자 다녀올 테니 어디선가 기다리고 있으라는 말을 남기고 황급히 자리를 떴다. 남은 두 사람이 앉을 만한 곳을 찾아 떠돌던 중, 막 시작하려는 과자집 만들기 교실을 발견한 수빈이 나영의 손을 잡아끌었다.

억지로 끌려간 과자집 만들기였지만 막상 눈앞에 펼쳐진 온갖 과자와 초콜릿, 젤리들의 향연을 마주하자 나영의 기억 속 어딘가에 남아 있던 헨젤과 그레텔의 향수에 불이 켜졌다. 나영은 머릿속에 펼쳐진 수많은 설계도를 두고 선택을 망설이다 옆자리의 수빈을 바라봤다. 수빈은 벌써 벽면을 완성한 뒤 수술을 집도하는 외과 의사와도 같은 신중함으로 현관문을 설치하려 하고 있었다. 재료는 쿠크다스였다.

방범에 취약하겠군. 나영은 눈을 가늘게 뜨고 수빈을 말릴까 고민하다가 문득 생각나는 게 있어 질문을 던졌다.

"수빈은 장래희망이 뭐예요?"

수빈은 나영의 질문을 무시한 채 쿠크다스를 천천히 옮기다가 문이 설치될 자리에 정확히 내려놓고 나서야 크게 숨을 뱉었다. 지금까지 숨을 참고 있던 모양이었다. 수빈은 숨을 고른 뒤 나영의 질문에 대답했다. 정확히는 질문을 했다.

"장래희망이 뭘까요?"

과학자 스트레이트 플러시는 물 건너갔군. 나영이 생각했다. 수빈이 말을 이었다.

"장래에 희망하는 직업에서 장래도 아니고 희망도 아닌 직업을 빼다니. 뭐랄까…. 좀…. 기만적이지 않아요?"

수빈은 '기만적'이라는 단어를 사용했다는 데에 만족스러워하며 입꼬리를 올렸다.

나영은 수빈의 말에 동의할 수밖에 없었다. 나영 딴에는 꿈이 뭐냐고 묻는 대신 덜 기만적인 장래희망이라는 단어를 고른 것이었지만 그래도 마찬가지였다. 두 단어 모두 본질을 흐리고 있다. 상호확증파괴를 상호확증이라고 줄여 부르는 거나 마찬가지다. 장래희망이라는 단어를 처음 조합한 사람은 누구일까. 장래희망이라는 무한한 가능성이 직업이라는 현실로 변환되는 세속적 과정이 못마땅했던 걸까. 하지만 괜히 희망이라는 말로 끝맺은 탓에 나중에 감당해야 하는 본인 몫의 절망만 더욱 커져버린 건 아닐까. 어린 시절의 장래희망을 직업으로 삼은 사람이 그렇게 많지는 않을 테니까.

만약 지금 나영에게 주제나 자원에 상관없이 무엇이든 연구할 기회가 주어진다면 초등학교 생활기록부에 적힌 장래희망과 20년 후 몸담고 있는 직업이 얼마나 일치하는지에 대한 통계를 내보고 싶다고 생각했다. 그걸 어디에 쓰냐고? 그건 다른 누군가가 알아서 하겠지. 통계를 내놓으면 누군가는 달려들어 분석하기 마련이니까. 어쩌면 그 통계를 바탕으로 아동 및 청소년의 직업관 교육 개선 방안에 관한 근사한 논문이 나올지도 모르는 일이다. 게다가 이런 거라도 안 하면 초등학교 생활기록부에 적힌 장래희망을 달리 어디에 쓰겠는가.

나영이 보기에 희망이라는 단어를 고집하는 것치고 정작 세상은 장래희망에 별로 관심이 없었다. 나영의 생활기록부에 장래희망은 과학자라고 버젓이 적혀 있음에도 불구하고 고등학교에서 문과를 권유받은 게 결정적인 증거였다. 세상에는 밤하늘에 보이는 별보다 많은 숫자의 직업들이 있다는 것, 어른이 되면 깨어 있는 시간의 절반 이상을 일을 하며 보내야 한다는 것, 어쩌면 하루의 대부분을 일에 쏟아야 하고 그렇기 때문에 삶과 일은 결코 분리될 수 없다는 것을 아무도 알려주지 않았다. 그리고 무엇보다 자신이 하는 일이 자신에게 그리고 세상에 어떤 의미가 있는지 역시 아무도 알려주지 않았다. 나영은 누군가가 어린 자신을 붙들고 직업의 중요성에 대해 알려주는 평행세계에서 지금과는 달라졌을 삶의 가능성에 대해 생각해봤다. 어쩌면 진짜 과학자가 되어 있으려나? 수빈은 그런 불일치를 겪지 않았으면 했다. 주제넘지만 기회가 된다면 수빈을 장래희망이 펼쳐져 보이는 고원으로 안내하고 싶다고 생각했다.

수빈은 나영의 대답을 기다리지 않은 채 무섭게 과자집에
집중하고 있었다. 나영은 그런 수빈의 옆모습을 보며 온화한
미소를 짓고는 덩달아 팔을 걷어붙이고 과자집의 벽과 기둥
을 세우는 데에 예술혼을 쏟아부었다.

동욱이 쇼핑을 마치고 도착했을 때 그곳은 더 이상 '과자
집 만들기 교실'이라고 부르기 어려운 상태였다. 클래스에 참
가한 아이들은 모두 실의에 빠진 눈으로 나영을 바라보고 있
었고, 나영은 거대한 타지마할에 마지막 장식을 올리려 손을
뻗고 있었다. 첨탑 위에 초콜릿 장식이 안착한 순간, 쥐죽은
듯한 정적이 흐르는 가운데 나영과 수빈만이 서로 손바닥을
마주치며 호들갑스럽게 완공을 축하했다. 동욱은 강사와 부
모님들의 따가운 눈총으로부터 두 사람을 구하기 위해 그 안
으로 뛰어들었다.

"자, 늦었어요. 빨리 갑시다. 나영 씨는 쇼핑백 챙기고, 수
빈아 넌 네가 만든 과자집 들어."

두 사람이 짐을 챙기는 동안 동욱은 어색한 미소로 주위를
둘러보며 말했다.

"죄송해요. 이 친구가 건축학과를 나왔거든요."

"근데 이건 어떻게 가져가죠?"

나영이 타지마할을 내려보며 말했다. 세 사람 모두 빈손이
없었고 게다가 타지마할은 들고 가기엔 너무 거대했다.

"포기해요."

동욱은 나영과 수빈의 손목을 잡아끌었다.

"잠깐만요."

나영은 동욱의 손을 뿌리치고는 주머니에서 휴대전화를 꺼내 사진을 찍었다. 수빈도 재빨리 합류했다.

"자, 이제 됐어요. 갑시다."

동욱이 다시 재촉했고 그제야 두 사람은 그곳을 빠져나 왔다.

"절대로 뒤돌아보지 말아요."

동욱이 말했다. 수빈이 뒤를 돌아보며 외쳤다.

"안녕! 타지마할!"

"안녕! 타지마할!"

나영도 뒤를 돌아보며 손을 흔들었다.

도망치듯 떠나는 세 사람의 뒤에서 결국 한 아이가 울음을 터뜨렸다.

23

돌아가는 차 안에서 나영과 수빈은 쉴 새 없이 말을 쏟아냈다. 그리고 그 모든 대화의 끝에 웃음을 덧붙였다. 심지어 "속이 안 좋아요."라는 말을 할 때조차 예외는 아니었다. 라디오에서 나오는 모든 노래를 가사도 모르면서 따라 불렀고, 머라이어 캐리의 〈All I Want for Christmas Is You〉의 전주가 나올 때 동욱은 뒷자리에 돌고래 두 마리가 타고 있는 건 아닌지 돌아봐야 했다. 노래가 끝나자마자 동욱이 라디오를 끄며 물었다.

"대체 설탕을 얼마나 먹은 거예요?"

"설탕이요? 우리 설탕 안 먹었는데?"

나영이 수빈을 마주 보며 말했다.

"안 먹었는데?"

수빈 역시 동욱에게 항의하는 목소리로 맞장구쳤다.

"과자집 만들 때 과자랑 초콜릿 막 드신 거 아니에요?"

"안 먹었어요. 과자는 입도 안 댔어요."

"초콜릿도!"

"과자집 만들 때 접착제로 쓰는 게 설탕이죠?"

"맞아요! 아이싱이요! 아이싱을 본드처럼 쭈욱!"

나영이 튜브를 짜는 시늉을 하자 수빈이 바로 따라 했다. 두 사람은 곧 서로의 얼굴에 상상의 설탕을 묻히는 놀이를 하며 꺄르르 웃었다.

동욱은 두 사람의 웃음소리에 묻히지 않기 위해 목소리를 높여 물었다.

"과자집 만들면서 손에 엄청 묻었겠네요?"

"오. 맞아요. 아직도 손이 찐득찐득한 것 같아요."

"찐득찐드윽."

동욱은 빨간불에 차를 세우고 뒷좌석으로 고개를 돌렸다.

"과자집 만들 때 손가락에 묻은 설탕은 어떻게 했어요?"

"어?"

동욱의 질문에 나영이 동작을 멈추고 손가락 끝에 시선을 멈췄다. 입술에 닿은 손가락의 달콤한 향이 어렴풋이 떠올랐다.

"먹었네! 먹었어! 하하!"

동욱은 고개를 절레절레 흔들고는 운전으로 돌아갔다. 갑자기 수빈이 창밖을 가리키며 외쳤다.

"선장님! 우주선이 나타났습니다!"

수빈의 손가락 끝에 자몽인의 우주선이 떠 있었다. 나영은 무너지려는 평정심을 붙잡고 수빈의 놀이에 뛰어들었다.

"데이터, 어디서 온 우주선인가!"

"모르겠습니다!"

"보호막은 올리지 말도록. 적대적으로 보이고 싶지 않다."

나영은 피카드 선장이 했을 법한 대사를 골라 말했다.

"알겠습니다!"

"가청 주파수를 개방하게."

"가청 주파수 개방했습니다!"

나영이 〈스타트렉〉에서 피카드 선장이 반복했던 대사를 날리자 수빈이 장단을 맞췄다.

"여기는 USS 엔터프라이즈의 장뤽 피카드 함장이다. 어…"

나영은 무슨 말을 해야 할지 잠시 망설였다. 몇 가지 문장들이 떠올랐다가 흩어졌다. 모래알 같은 단어들의 바람이 지나간 자리에 결국 한 가지 질문이 남았다.

너희는 어디까지 가봤는가?

나영은 답을 듣고 싶었다. 세계가 계속 이어질 수 있다면, 그리고 그 세계가 무너지지 않고 계속 존재할 수 있다면 거기에 무엇이 있는지, 어떻게 도달할 수 있는지 궁금했다.

차가 급정거하며 나영의 생각이 떨어져 나갔다. 차 앞으로 손을 잡은 두 학생이 단발머리를 찰랑거리며 뛰어갔다. 뒤따르던 학생이 고개를 돌려 차를 향해 목례를 하고는 다시 속력을 내 손잡은 학생과 나란히 달려 나갔다.

"괜찮아요?"

동욱이 뒤를 돌아 두 사람을 살폈다. 수빈은 과자집을 이리저리 살피느라 대답이 없었다. 나영이 고개를 끄덕였다.

"오늘따라 광화문에 사람이 많이 나온 모양이에요."

동욱이 허리를 세워 먼 앞을 내다보며 말했다. 세종대로를 메운 사람들의 행렬이 덕수궁 너머까지 불어난 듯했다. 예상치 못한 인파에 부랴부랴 투입된 교통경찰들이 앞을 막아선 채 차를 돌리려 애쓰고 있었다.

"여긴 안 되겠네요. 다른 길로 가야겠어요."

"잠깐! 엔진을 멈추게, 넘버원!"

나영이 손을 들어 동욱을 제지했다.

"넘버원? 저요?"

"데이터, 이 소리는 뭐지?"

나영의 말에 모두가 조용히 바깥소리에 귀를 기울였다. 도시의 소음들 틈에서 여리게 진동하는 현악기의 파동이 들려왔다.

"저깁니다, 선장님!"

수빈이 광화문 광장 쪽을 가리켰다. 나영이 수빈 쪽으로 몸을 기울이자 앞좌석에 가려져 있던 무대가 보였다. 수만 명의 사람 너머, 세종대로 사거리에 세워진 무대가 조명을 받아 하얗게 빛나고 있었다. 그 속의 사람들은 너무 작아 겨우 형체를 알아볼 수 있을 정도였지만 뒤편의 스크린으로 연주자의 움직임을 볼 수 있었다.

"베를린 필이네요."

나영이 창문을 내렸다. 찬 공기와 함께 현악기의 선율이 차 안으로 흘러들었다. 사이렌 소리 같기도 조율 소리 같기도 했다. 나영은 창밖으로 고개를 내밀었다. 스크린에 비친 연주자들이 자신의 악기에 집중하고 있었다. 준비라고 하기엔 너무 정돈된 모습이었다.

"무슨 곡이에요?"

내밀었던 고개를 차 안으로 되돌린 나영이 동욱을 향해 물었다.

"로리 스피겔의 곡이에요. 케플러의 〈세상의 화음〉이란 제목이고요."

"처음 들어요."

"보이저에 실린 레코드 아시죠? 거기에 실린 음악이에요. 원래는 로리 스피겔이 만든 전자음악인데, 로리 스피겔은 전자음악의 선구자 중 한 명이라고 하더라고요.

아무튼 그걸 관현악으로 편곡한 거예요. 각 음이 태양계 행성의 움직임을 나타낸다고 해요. 가장 높은 음은 수성, 낮은 음은 목성."

"그렇군요."

나영은 고개를 끄덕이며 소리에 귀를 기울였다.

"이상해요. 음악 같지 않아요."

수빈이 말했다. 나영도 동의했다. 나영에게는 여전히 사이

렌 내지는 조율 소리로 들렸다. 어쩌면 그게 의도였을까? 지구에 한정된 음악이라는 경계를 허무는 것. 잠시 후 곡이 끝나고 다음 연주가 시작됐다.

"이건 들어본 것 같기도 한데⋯."

나영이 고개를 기울이며 동욱을 바라봤다.

"베토벤 교향곡 5번이에요."

"5번이면 운명 교향곡 아니에요? 빰빰빰빰 하는."

"그건 1악장이에요. 지금 연주하는 건 2악장인데, 보이저에 실린 레코드에 1악장만 실려 있었거든요. 그다음도 들어봐라. 뭐 그런 거죠."

"아, 인간들 너무 게으른 거 아닙니까. 또 보이저라니. 너무 단순한 레퍼토리 아닙니까."

"그렇죠? 저도 이건 좀 아니라고 했는데."

"그리고 보니 동욱 씨는 저기 있어야 하는 거 아니에요? 준비하느라 그렇게 고생했잖아요."

"아니요. 이제 베를린 필은 지긋지긋해요."

동욱은 그간의 고생을 떠올리며 어깨를 움츠렸지만 표정은 웃고 있었다.

나영은 다시 무대 위의 스크린을 향해 시선을 돌렸다. 연주자들은 각자의 악기 위에서 손가락과 팔을 유연하게 움직였고 스피커에서 증폭된 소리가 수 초의 시차를 두고 나영의 귀에 들어왔다.

자몽인들이 운명 교향곡의 1악장을 들었을 리는 없었다.

적어도 보이저에 실린 레코드를 듣지 않은 건 분명했다. 보이저는 자몽인에게 납치되지 않은 채 지금 이 시간에도 태양계 밖으로 나아가고 있으니까.

나영은 어릴 적 기억 속에서 보이저호와 함께 심우주로 날아간 것들에 관한 이야기를 되살려냈다. 다양한 인종, 성별, 나이의 사람이 담긴 사진들. 인류의 발견과 문명에 대한 증거들. 수십 개의 언어로 녹음된 인사말. 외계인을 향해 잘 봐달라며 보내는 자기소개서인 셈이었으니 인간의 좋은 점들만 모아놓은 그야말로 휴머니즘의 집대성이었다. 잘 부탁해! 인간은 보기보다 괜찮은 종족이야!

그래서인가? 보이저가 좋은 것들은 다 싣고 떠나버려서 지금 이곳이 이 모양 이 꼴인 걸까? 나영은 고개를 저었다. 그건 고약한 농담에 불과했다.

게다가 외계인들에게 잘 봐달라고 아부하는 게 목적이었을 거라는 생각은 들지 않았다. 외계 문명을 향한 메시지라는 목적이 전혀 없다고는 할 수 없겠지만 그것마저 다른 목적을 위한 수단이 아니었을까 생각했다.

레코드를 만든 사람들도 그 레코드가 외계 문명의 손에 들어갈 확률은 희박하다는 걸 알았을 것이다. 하지만 단 하나의 종족, 우주를 향한 관심과 호기심을 가진 인간이라는 종족만은 지극히 높은 확률로 그 레코드를 보고 들을 게 분명했다. 그러니까 그 레코드는 지구라는 행성에 살고 있는 인류라는 종을 향해 지구로부터 멀리 발사된 메시지인 셈이었다. 우리는 이렇게 다양해. 우리는 이렇게 멋진 일들을 해냈어. 우리는 보기보다 괜찮은 종족이고 더 잘해나갈 수 있어. 나영은 보이저호의 레코드가 마치 과거로부터 전해 받은 호소문처럼 느껴졌다.

그것도 아니라면. 그것도 아니라면 어쩌면 그냥 인류가 외계 문명에게 보내는 작은 금빛 선물이거나. 친구에게 인사를 건네고, 친구에게 사진을 보내고, 친구에게 음악을 들려주는 것처럼.

"나영 씨, 저기 보세요."

동욱의 목소리가 나영을 다시 현재로 데려왔다.

나영은 막 잠에서 깬 듯한 눈으로 동욱이 가리키는 쪽을 바라봤다. 점점 불어난 숫자의 사람들이 세종로까지 빽빽하게 들어차 있었다. 나영은 동욱이 정확히 뭘 가리키는지 알 수 없었다.

"어떤 거요?"

"저 사람들이요. 사람들이 들고 있는 피켓이요."

나영은 눈을 가늘게 뜨고 멀리 보이는 작은 글씨들에 초점을 맞췄다.

자몽인에게 자유를!　　세계가 지켜보고 있다!　　우리는 혼자가 아니다!　　자몽해방　　자몽인권 보장하라!

자몽인권 보장하라　　　　자몽인을 집으로!　　　　　　　　연구소냐 수용소냐

실험을 중지하라

역사의 과오를　　자몽해방　　자몽인권 보호하라
자몽인에게 자유를!　반복하지 말자!　우주평화
인간에게 정의를!

자몽인을 해방하라!　　　　　　　　　　　　자몽인을 집으로!

자몽인을 풀어줘라!

자몽인을 친구의 품으로!

세계가 지켜보고 있다　　　　　　　　　자몽인을 해방하라!

자몽인의
무사귀환을　　　　　　　　　　자몽인을 집으로!
기원합니다

자몽인에게 자유를!

우리는 혼자가 아니다!

메리 해방 크리스마스

가는 자몽인이 고와야
목적지까지 편안한 여행　　　　　　오는 자몽인이 곱다
되시기를 바랍니다.　　자몽인권
보장하라!

너희 별로 돌아가♥

세계가 지켜보고 있다　　자몽인을 해방하라!

자몽인을 집으로!

말없이 고이
보내드리오리다

자몽인에게 자유를!

떠나는 자몽인을
붙잡지 말자
자몽인도 성탄절은
가족과 함께

첫 만남이
자몽인권 보장하라!　　마지막 만남이
되지 않도록!

크리스마스에
원하는 건
자유뿐!

우리는 혼자가 아니다!

24

"자, 내리시죠."

동욱이 차를 세웠다. 수빈이 재빨리 차에서 빠져나갔지만 나영은 안전띠도 풀지 않고 멍하니 자리에 앉아 있었다.

"언니, 안 내려요?"

수빈이 물었고 동욱도 궁금한 눈으로 뒷좌석을 돌아봤다.

나영은 차창을 통해 돔 내부를 둘러봤다. 벽을 따라 간격을 두고 서 있는 군인들이 먼저 눈에 들어왔다. 어깨에 총을 둘러멘 채 몇 시간을 부동자세로 서 있는 사람들. 그 시간 동안 무슨 생각을 하는지 궁금했다. 군인들보다는 자몽인들의 생각을 읽는 편이 더 쉬웠다. 두 번째 우주선이 도착한 날부터 자몽인들은 그 방향만 바라보고 있었다. 지난밤에는 우주선에서 시간을 보내던 것도 관두고 하얀 패널로 가려진 하늘만 바라보고 있었다고 했다. 만약 그 시간이 음식을 먹거나 배설을 하거나 잠을 자는 것처럼 살아 있기 위한 필수적인 행위를 하는 데에 필요한 시간이었다면, 하늘을 바라보고 있는 저 행동은 단순히 하늘을 바라보는 게 아니라 목숨을 건 투쟁일 것이었다. 자몽인들의 시선의 반대편, 연구동 앞에는 진화와 상윤이 준장을 비롯한 서너 명의 군인과 대치 중이었다. 목소리는 들리지 않았지만 몸짓을 보아하니 다투고 있는 게 분명했다. 진화와 상윤이 팔을 휘저으며 열변을 토하는 반면 맞은편의 준장은 팔짱을 긴 채 완고한 태도로 서 있을 뿐이었다. 저 사람들의 생각은 어떻게 해야 바뀔 수 있을까? 더 많은 우주선이 나타난다면 바뀔까? 두 대? 열 대? 백 대? 하늘을 뒤덮을 정도로 많은 우주선이 나타나야 자신의 보잘것없음을 깨닫게 될까? 저들을 설득하는 건 불가능하며 단지 굴복시키는 것만이 가능할 뿐일까? 상윤의 고개가 이쪽을 향했다. 눈이 마주친 것 같았다. 상윤의 피로가 전해졌다.

"수빈. 과자집 가지고 저쪽에 먼저 가 있을래요? 저는 좀 이따 갈게요."

"이거 여기 놔뒀다가 집에 가져갈 건데요?"

"그래도 일단 가지고 내려봐요. 가서 진화 박사님이랑 신부님한테 자랑도 하고요."

수빈은 잠깐 머뭇거리더니 그래요, 라고 말하고는 과자집을 두 손으로 받쳐 들고 진화와 상윤이 있는 쪽으로 조심조심 걸어갔다. 동욱이 뒤를 돌아보며 나영의 설명을 기다렸다.

"동욱 씨. 어제 얘기했던 거 기억해요?"

"당연하죠. 그 정도로 취하지는 않았어요."

"자몽인을 위해 우리가 할 수 있는 일에 대해서 얘기했던 것 기억해요?"

"네, 기억해요. 근데 그중에 어떤 거요?"

"자동차로 벽에 구멍을 내는 거요."

"그런 얘기도 했었죠. 그런데 갑자기 그건 왜요?"

"이대로 저 벽을 뚫어버리는 거 어때요?"

동욱은 큰 눈을 껌뻑였다. 나영의 말을 이해하지 못한 게 분명했다.

"잠깐만요. 제가 어제 했던 얘기를 전부 기억하지는 못 하는 것 같아요. 그러니까, 무슨 신호 같은 건가요? 지금 제가 웃어야 하는 타이밍이었던 거죠? 우리끼리 하는 농담 같은 거죠?"

"아뇨. 진담이에요. 말 그대로 이 차로 저 벽에 구멍을 내자는 얘기예요."

"저기, 아직도 잘 이해가 안 가요. 이 농담의 웃음 포인트가 어디예요?"

"진담이라니까요! 이 차로! 저 벽을! 뚫고! 가자고요! 자몽인을 여기서 나가게 해주자고요!"

동욱은 나영이 이상한 농담을 이상한 타이밍에 한 건 그것이 사실은 이상한 농담이 아니었기 때문이라는 것을 겨우 깨달았다.

"진담이군요?"

"아까부터 진담이라고 했잖아요!"

"말도 안 돼요. 어떻게, 그게, 말도 안 돼요."

"어제는 말 된다고 했잖아요. 왜 말이 안 돼요?"

"그건 그냥, 농담이었잖아요! 진지하게 얘기한 게 아니었잖아요!"

동욱은 이제 몸통을 돌려 거의 뒷좌석을 마주 보고 있었다. 나영은 벽의 한 지점을 가리켰다. 앞에 아무것도 쌓여 있지 않아 하얗게 드러난 곳이었다.

"봐요. 그냥 얼기설기 붙여놓은 플라스틱 몇 장이에요. 끽해야 차에 흠집이 나거나 좀 찌그러지거나 하겠죠. 안전띠만 제대로 매고 있으면 별일 없을 거예요."

"그게 문제가 아니에요. 그다음은요? 그 일에 대한 책임은 어떻게 질 건데요? 이 선택에 대한 결과를 감당할 수 있어요?"

"이건 선택이 아니에요. 크리스마스 선물을 고르는 게 선택이죠. 외계인을 가둬두는 게 선택이고요. 이건 선택이 아니에요."

"그럼 뭔데요?"

"크리스마스 정신이죠."

나영의 말에 동욱은 대꾸할 말을 잃고 눈을 껌뻑거렸다. 나영이 이를 악물고 말을 이었다.

"책임을 묻는다면 책임을 질 거예요. 그만한 가치가 있는 일이에요."

"감옥에 갈 수도 있어요."

"말했듯이, 그만한 가치가 있는 일이에요."

"저 군인들은 가만히 있을 것 같아요? 총 맞아 죽을 수도 있어요!"

"이미 다 생각해봤어요. 감당할 수 없는 벌금을 물거나 자유를 빼앗기거나 어쩌면 목숨을 잃을 수도 있다는 것까지요. 그다음에 내린 결론이에요. 사실 '죽기야 하겠어?'라고 생각하긴 하지만, 아무튼, 저 벽을 부숴버릴 거예요."

"나영 씨. 정신 차려요. 단 걸 너무 많이 먹어서 지금 너무 흥분한 것 같은데."

"슈거 하이라는 건 없어요. 그건 미신이에요. 제 정신은 지금 그 어느 때보다 맑고 깨끗한 상태예요."

"이건 아니에요, 나영 씨. 다시 한 번 잘 생각해봐요."

나영은 다시 한 번 잘 생각해봤다. 내 생각이 틀렸나? 모르겠다. 어쨌거나 지금은 내 말이 내 생각보다 똑똑한 것 같다. 나중에 후회하게 될까? 아마 그럴 것이다. 지금껏 해왔던 다른 모든 일들처럼. 이게 진짜 내가 원하는 일일까? 유년기부터 청년기까지 자신을 지배했던 불일치가 떠올랐다. 지금은 그때와 다른가? 아니다. 나영의 마음은 저 벽이 부서질 때까지 맨주먹을 부딪칠 수 있을 만큼 단단했지만, 한편으로는 마음 깊숙한 곳에서 이 계획을 포기해야만 하는 피치 못할 사건이 벌어지기를 은근히 바라고 있었다. 하지만 다르다. 나영은 불일치를 이해하고 다스릴 준비가 되어 있었다. 나영은 눈을 들어 말했다.

"원래는 여기 도착하면 박사님한테 가서 그만둔다는 얘기를 하려고 했어요. 여기서 연구를 계속한다는 건 이 악행에 동참하는 거니까요. 그게 제일 쉽잖아요. 저도 악에 맞서 싸우기를 원했던 건 아니에요. 그런데 생각해보니까 운 좋게도 제가 할 수 있는 일이 있더라고요. 맞아요. 저는 운이 좋아요. 저한테는 옳은 일을 할 기회가 있어요. 그래서 하려고요."

동욱이 할 말을 찾는 사이 나영이 운전석 등받이에 손을 올렸다.

"동욱 씨. 이건 그렇게 복잡한 일이 아니에요. 제가 하는 일이 저들을 가두는 데에 기여하고 있다면 그건 제 일이 나쁜 일인 거예요. 악은 단순해요. 언제나 단순했어요. 악을 거부하고 선을 실행하는 게 모험이고 도전인 세상이잖아요. 거기서 할 수 있는 만큼 최선을 다하는 거예요. 누구는 그게 트윗을 올리는 것일 수도 있고 누구는 피켓을 들고 시위에 나서는 것일 수도 있죠. 그런데 제가 트윗을 하거나 시위에 나가는 건 최선을 다하는 게 아니에요."

"다른 방법은 없어요? 다른 방법이 있을 거예요. 자, 봐요. 이건 사람이 다칠 수도 있고, 성공한다는 보장도 없고, 차도 다치고, 건물도 다치고, 또…."

"동욱 씨 말이 맞아요."

나영이 동욱의 말을 잘랐다.

"안 되는 이유는 많아요. 찾자면 끝이 없을 거예요. 그래도 하는 거예요. 하는 게 옳은 일이니까요. 저는 절대로 구조요청 앞에서 '나중에'라고 하지 않을 거예요."

동욱은 나영의 말을 완벽하게 이해하는 한편, 그 말들을 있던 곳으로 돌려보내기 위한 반론들을 찾았다. 나영은 동욱을 기다리지 않았다.

"동욱 씨. 동욱 씨가 함께 해줬으면 좋겠지만 무리한 부탁인 거 알아요. 싫다면 내리셔도 돼요. 완전히 이해해요. 저 혼자서 할게요. 저 혼자서라도 할 거예요."

내리지 말아요. 나영은 두려웠다. 벽을 들이받은 다음 일어날 일이 두려웠고 동욱이 떠나면 용기가 사라질까 봐 두려웠다. 두려움을 들키지 않으려고 동욱을 노려보는 눈에 힘을 줬다.

"일단 시위부터 나가요. 서명 운동도 하고, 또 뭐 다른 것부터 해봐요. 그다음에 생각해봐요. 나영 씨가 이러는 건 그냥… 그냥 영웅이 되려고 하는 거 아닌가요?"

동욱이 마음에도 없는 말을 뱉었지만 나영은 흔들리지 않았다.

"그건 그만둘 이유가 안 돼요. 이런 거로 영웅이 된다면 영웅이 될게요. 깃발이 있다면 깃발을 주세요."

동욱은 반사적으로 입을 열었다가 남아 있는 말이 없다는 걸 깨닫고 고개를 떨궜다. 고개를 숙인 동욱의 눈에 나영의 손이 보였다. 운전석을 움켜쥔 손끝이 하얗게 변해 있었다. 동욱은 한동안 그 손을 바라보다가 자세를 고쳐 앉고 운전대를 잡았다.

"벨트 맸죠?"

나영이 좌석에 몸을 묻고 안전띠를 잡아당겼다.

"네."

"갑니다."

심호흡을 한 동욱이 문득 뒤를 돌아보며 말했다.

"리허설 먼저 해봐야 하지 않을까요?"

"그냥 좀!"

"넵. 알겠어요."

동욱이 황급히 나영의 눈을 피했다.

"진짜 갑니다."

나영이 고개를 끄덕였다. 시선은 곧 뚫고 지나갈 하얀 벽을 향했다. 안전띠를 잡은 두 주먹에 힘이 들어갔다. 그리고.

빵빠앙.

돔 안에 자동차 경적 소리가 울려 퍼졌다. 사람들의 시선이 일제히 두 사람이 탄 차에 꽂혔다. 연구동과 행정실에 있던 사람들도 소리의 진원지를 찾아 밖으로 몰려나왔다. 한발 늦게 나온 지우가 까치발을 들고 사람들 머리 사이로 광장을 내려다봤다. 벽에 부딪힌 경적 소리의 반향이 그때까지도 남아 있었다.

"지금, 뭐 한 거예요?"

놀란 마음을 겨우 추스른 나영이 물었다.

"앞에 저 군인 조심하라고…."

동욱이 기어들어 가는 목소리로 말했다.

나영이 뒤를 돌아봤다. 상윤과 수빈을 비롯한 모든 사람들, 그리고 준장까지 나영 쪽을 보고 있었다.

"저건 또 뭐야?"

준장이 손짓하자 가까이 있던 군인 한 명이 차로 다가갔다.

"문 잠가요!"

나영이 외침이 끝나기도 전에 동욱이 잠금 버튼을 눌렀다. 그리고 두 사람은 그대로 굳어버렸다. 금세 다가온 군인이 창문에 노크를 했다.

"저기요. 여기서 경적 울리시면 안 됩니다. 시동 끄고 내리세요."

"어떡하죠?"

동욱이 굳어버린 자세 그대로 입술조차 움직이지 않은 채 속삭였다.

"아이 씨. 그러게 왜."

나영이 투덜댔다.

군인의 이어진 노크 소리에 나영은 화들짝 놀라며 말을 끊었다. 군인은 허리를 숙인 채 차 안의 두 사람을 번갈아 보며 말했다.

"저기요. 일단 내리세요."

군인이 손잡이를 잡아당겼다. 덜컥거리는 소리에 나영과 동욱의 심장이 떨어졌지만 잠긴 문은 열리지 않았다. 그러자 군인은 더 세게 창문을 두드렸다. 쿵쿵하는 노크 소리와 덜컥거리는 손잡이 소리를 들으며 나영과 동욱은 차 안에서 꼼짝 못 하고 앉아 숨을 삼켰다. 그 두 사람을 보며 지우와 상윤은 속으로 '설마'라는 두 글자를 수십 번째 되뇌고 있었다. 그리고 또 한 명, 눈치 하나로 그 자리까지 올라온 준장이 같은 생각을 떠올린 듯 크게 소리쳤다.

"조준!"

군인들이 어리둥절하게 준장을 쳐다봤다. 준장은 손가락 끝으로 나영과 동욱이 타고 있는 차를 가리키며 더 큰 소리로 외쳤다.

"조준! 움직이면 쏴버려!"

군인들의 총 끝이 일제히 나영과 동욱을 향했다.

"뭐 하는 겁니까! 당장 명령 취소하세요!"

"총 치워요!"

상윤과 진화가 동시에 준장에게 소리쳤다.

동욱은 눈앞에 겨눠진 검은 총구를 보며 반사적으로 두 손을 들었다. 나영은 총구에서 눈을 떼고 상윤을 바라봤다. 상윤도 나영을 마주 보고 있었다. 창문의 선팅 때문에 밖에서는 안쪽이 보이지 않는다는 것을 나영은 알고 있었다. 그래도 마주 보는 것처럼 보였다. 뒤는 나한테 맡기고 어서 가! 그런 눈빛일까? 나영은 그랬으면 좋겠다고 생각했다. 지우라면 분명 그 대사를 입 밖으로 외쳤을 것이다. 지금인가요? 나영이 마음속으로 질문을 던졌다. 상윤이 천천히 고개를 저었다.

"저 차는 방탄유리야, 멍청아! 총 쏴도 끄떡없어!"

수빈이 발길질하며 악을 써댔고 진화는 그런 수빈을 꽉 붙드느라 애썼다.

"종교계를 대표해서 말하건대 절대로⋯."

준장에게 다가가던 상윤이 말을 끝맺지 못하고 멈춰 섰다. 준장이 허리춤에서 꺼낸 권총으로 상윤을 겨냥하고 있었다. 준장은 명령이나 협박의 말도 없이 상윤을 가만히 노려봤다. 상윤도 사람을 쳐다볼 수 있는 가장 첨예한 방식으로 준장을 마주 봤다.

진화가 멈춰 있던 호흡을 내뱉고는 존재가 불확실한 준장의 이성에 호소했다.

"준장님. 이건 선을 넘었어요. 우리가 그동안 의견이 맞은 적도 없고 많이 싸우기도 했지만 이 정도는 아니었어요. 이건 누가 봐도 정말 잘못된 거예요. 제가 저 사람들 불러올게요. 그럼 되죠? 그러니까 일단 총 내리세요."

준장은 진화의 말은 들은 척도 하지 않고 검은 대포알 같은 눈동자로 상윤을 노려봤다. 상윤은 그 속에서 갈등을 읽을 수 없었다.

멀리서 그 모습을 보며 안절부절못하던 지우는 문득 머릿속에 떠오른 생각을 붙잡고 행정실 안으로 뛰어들었다. 지우는 카메라가 고정된 삼각대를 끌어안고 입구 쪽으로 몸을 돌렸다. 카메라에 연결되어 있던 선이 팽팽히 당겨지며 지우가 휘청거렸다. 지우는 선을 거칠게 뽑아 던지고는 밖으로 달려

나갔다. 구경꾼들 앞에 삼각대를 세운 지우가 소리쳤다.

"총 내려! 너희들 다 비디오로 찍고 있다!"

사람들의 시선이 지우를 향했다. 준장도 이때만큼은 무거운 눈동자를 굴려 지우 쪽을 바라봤다.

"이거 다 찍어서 인터넷에 올릴 거다! 뉴스에 보낼 거라고!"

"뭣들하고 있어! 당장 저거 치워!"

준장이 소리쳤다. 서로 눈치를 보던 군인들 중 지우와 가장 가까이 있던 군인 하나가 천천히 발을 뗐다. 지우는 재빨리 카메라 렌즈를 그쪽으로 돌리며 말했다.

"꼼짝 마! 난 공무원이고 지금 공무수행 중이다! 가까이 오면 공무집행방해로 가만두지 않을 거야!"

다가오던 군인이 지우의 기세에 눌려 걸음을 멈췄다.

"야! 너 죽고 싶어? 빨리 저거 안 뺏어?"

준장이 재차 소리쳤다. 그때, 준장 옆에 있던 군인이 총을 들고 있던 팔을 툭 하고 아래로 늘어뜨렸다. 준장의 고개가 그쪽으로 돌아갔다. 늘 준장을 쫓아다니며 옆을 지키던 젊은 대위였다.

"넌 또 뭐야!"

"준장님. 이건 아닌 것 같습니다."

"뭐야?"

"저 사람들은 민간인이고 무장도 하지 않았습니다. 민간인을 향해 총을 겨눌 수는 없습니다."

"무슨 헛소리야? 얼른 다시 총 들어! 저것들이 차를 벽에 들이받으려고 한다고!"

"그럼 처벌을 받을 겁니다. 감옥에 가든지 할 겁니다. 그것 때문에 사람들에게 총을 쏠 수는 없습니다."

"총 들어! 명령이다!"

"저들은 누군가를 다치게 할 생각도 없습니다. 차 경적까지 울리지 않았습니까? 이보다 더 확실한 의사 표현이 어디 있습니까?"

대위는 가까이 있는 군인들을 돌아보며 말했다.

"저희는 그러려고 군인이 된 게 아닙니다. 군인의 임무는 국민을 지키는 겁니다."

대위의 고개가 준장을 마주 보는 위치에서 멈췄다.

"준장님도 아시지 않습니까?"

얼굴이 빨갛게 변한 준장이 소리를 질렀다.

"생각하지 말고 시키는 대로만 해."

"우린 기계가 아닙니다."

대위의 말과 동시에 옆에 있던 다른 한 명의 총구가 내려 갔다. 그리고 이어 군인들이 하나둘씩 총을 내리기 시작했다. 준장은 분노에 뒤집힌 목소리로 명령 섞인 욕을 해댔다. 마지 막으로 운전석 옆에서 동욱을 겨냥하고 있던 군인이 총구를 떨어뜨렸다. 동욱이 총구를 따라 손을 내렸다.

"가요."

지우가 속삭였다.

"출발!"

수빈이 외쳤다.

상윤이 나영을 향해 고개를 끄덕였다.

나영이 고개를 돌려 앞좌석의 동욱과 눈을 마주쳤다.

동욱이 앞을 보며 운전대를 잡았다.

나영이 어깨높이로 든 오른손을 부드럽게 앞으로 뻗으며 말했다.

"인게이지."

엔터프라이즈가 출발했다.

25

엔터프라이즈가 출발하는 것과 동시에 준장의 권총이 차를 향했다. 그리고 주위 사람들이 제지할 틈도 없이 준장이 방아쇠를 당겼다. 세 번의 총성이 울렸고 이어 차에 부딪힌 벽이 박살나는 소리가 폭발했다. 벽을 뚫고 나간 자동차는 돔의 바깥을 둘러싸고 있던 가림벽에 머리를 박고 정지했다. 수빈이 진화를 뿌리치고 차를 향해 달려나갔다. 지우와 상윤도 뒤를 따라 달렸다.

차 안에서는 동욱이 에어백을 밀어내려 애쓰고 있었다.

"나영 씨. 괜찮아요?"

동욱이 낑낑대며 말했다.

뒷좌석의 나영이 유령처럼 천천히 고개를 들었다.

"네. 괜찮은 것 같아요."

나영은 뻐근한 목을 잡고 뒤를 돌아봤다. 패널이 뜯겨 나가 생긴 구멍 너머로 사람들이 달려오는 게 보였다. 눈의 초점을 가까이에 맞추자 뒷유리에 생긴 세 개의 동그란 흠집이 보였다.

"진짜 방탄유리였어요?"

나영이 동욱을 돌아보며 물었다. 동욱은 그 흠집을 보고는 그대로 얼어붙었다. 나영이 안전띠를 풀고 차를 빠져나왔다. 뒤로 돌아서자마자 수빈이 달려 들어와 품 안에 안겼다. 가슴의 통증에 헉 소리가 나왔다.

"괜찮아요?"

상윤과 지우가 동시에 물었다. 나영은 고개를 끄덕이려다 목에서도 통증을 느끼고는 눈을 감은 채 고개를 젖혔다. 지우가 앞좌석 문을 열고 동욱이 빠져나오는 걸 도와줬다.

"겉은 멀쩡해 보여도 위장이 곤죽이 됐을 수도 있어요. 일단 병원부터 갑시다."

상윤이 말했다.

동욱은 지우의 팔에 살짝 무게를 싣고 나영의 옆에 와 섰다. 상윤이 동욱의 어깨에 살며시 손을 얹었다.

나영이 눈을 뜨자 자몽인 우주선의 바닥이 보였다. 매끈한 은회색의 선체가 시야를 가득 메우고 있었다. 저게 하늘에 떠 있는 거라니. 나영은 우주선의 바닥을 마주한 얼굴에서 바람 한 가닥도 느낄 수 없었다. 엔진 소리나 그 비슷한 기계음 하나 들리지 않았고 심지어 고요하기까지 했다. 나영은 주위를 둘러봤다. 딱 우주선 지름만큼의 원 바깥으로는 도톰한 눈송이가 느리게, 각자의 속도로 하강하고 있었다.

저 가벼운 눈송이도 아래로 떨어질진대.

"정말 괜찮아요?"

멍하니 서 있는 나영을 보고 상윤이 걱정스러운 목소리로 물었다.

"무슨 짓을 했는지 알고 계신 거예요?"

나영은 상윤을 향해 천천히 고개를 돌렸다. 자신을 바라보는 상윤의 팔자 눈썹이 우스워 입꼬리가 올라갔다.

"믿음에 응답한 거죠."

나영의 농담에 상윤은 그제야 안도와 원망이 섞인 한숨을 내쉬며 눈썹을 제자리로 돌려놓았다.

"멀쩡하군요."

미소를 짓던 나영의 시선이 상윤의 어깨너머를 향했다. 상윤이 고개를 돌리자 자몽인들이 구멍을 통해 걸어 나오는 게 보였다. 피카드를 앞세운 자몽인들은 느긋한 걸음으로 돔을 빠져나와 일행들 곁에 멈춰 섰다. 자몽인들과 나영 일행은 잠시 가만히 서로를 바라봤다.

작별인사를 하는 거야. 나영은 생각했다.

"자, 이제 너희 별로 돌아가."

동욱이 자몽인들을 향해 손을 내저으며 말했다.

"따라오는 개 쫓아내듯이 그렇게 하면 되겠어요?"

나영이 가볍게 핀잔을 주자 동욱이 멋쩍어하며 손을 내렸다. 키득거리던 지우가 나영에게 말했다.

"지구인 대표로 나영 씨가 한마디 해줘요."

"아유. 됐어요. 지구인 대표는 무슨."

나영이 정색했다.

"어차피 알아듣지도 못할 텐데요."

"못 알아들으면 어때요. 우리가 듣고 기억하면 되죠. 우리 좋으라고 하는 거예요. 우리 좋으라고."

지우가 장난스럽게 말했다.

지우 씨 말이 맞아. 시간이 지나 이 순간을 기억할 때 함께 떠올릴 문장이 필요하다는 걸 나영은 알고 있었다. 나영은 제대로 마침표를 찍은 적이 한 번도 없었다. 마지막은 항상 구제할 수 없을 만큼 망가진 채로 찾아오거나 손쓸 수 없는 과거로 발굴됐다. 이런 준비된 작별은 흔치 않아. 그러니까 최선까지는 아니더라도 조금쯤은 극적이어도 돼. 작별의 순간에 어울리는 뭔가를, 아, 맞다!

"아, 맞다!"

나영이 수빈과 눈을 마주치며 말했다.

"선물!"

나영과 수빈이 동시에 엔터프라이즈로 달려갔다. 뒷좌석에 뛰어든 두 사람은 곧 쇼핑백을 양손에 들고 돌아왔다. 나영과 수빈, 지우, 동욱, 상윤은 쇼핑백에서 꺼낸 목도리와 털모자를 나눠 들고 각자 자몽인 앞에 섰다. 수빈이 먼저 까치발을 들어 자몽인의 머리 위에 털모자를 올렸다. 인간이 다가

가면 늘 한발 물러서던 자몽인이었지만 이번에는 피하지 않았다. 털모자는 자몽인의 머리에서 미끄러지지 않고 절묘하게 자리를 잡았다. 수빈이 스노우볼을 자몽인의 눈앞에 대고 흔들자 유리구슬 속 북극곰 가족 주위로 눈송이가 휘날렸다. 그 자리에 있는 모든 사람과 외계인의 시선이 작은 스노우볼을 향했다. 난류를 타고 흔들리던 하얀 조각들이 가라앉자 그때까지 손가락만 꼼지락거리던 자몽인이 스노우볼을 향해 천천히 팔을 뻗었다. 스노우볼이 수빈의 손에서 자몽인의 손으로 건네졌다. 자몽인이 손을 흔들자 유리구슬 속에서 다시 눈보라가 일었고 별안간 수빈이 자몽인을 껴안았다.

"잘 가. 또 놀러 와."

수빈이 작별인사를 건넸다.

수빈이 껴안았던 팔을 천천히 푸는 속도에 맞춰 사람들은 멈췄던 숨을 내쉬었다. 말 그대로 최초의 접촉을 마친 수빈이 사람들을 향해 두 손을 펼쳐 보이며 웃었다. 일행은 서로 마주 보며 웃고는 자신의 손에 들린 선물들을 건넸다.

"만약 다시 볼 수 있다면 그때는 서로를 좀 더 이해할 수 있기를 바랍니다. 돌아가는 길에 신의 가호가 있기를 빕니다."

상윤이 인사를 마치며 성호를 그었다.

"아이 윌 비 롸잇 히어."

지우가 자몽인의 이마께에 손가락 끝을 가져가며 〈E.T.〉의 마지막 대사를 흉내 냈다.

"잘 가. 너희는 내가 만난 최고의 외계인이었어."

동욱이 세 번의 시도 끝에 겨우 털모자를 고정하고 작별인
사를 건넸다.

나영은 자신이 피카드라고 이름 붙인 자몽인에게 목도리
를 둘러줬다. 스노우볼을 건네줄 때 피카드의 손끝이 나영의
손가락에 닿았다. 나영은 자기도 모르게 팔을 살짝 움츠렸고
그 모습을 본 피카드도 팔을 한 뼘 거둬들였다.

그리고 나영은 다시 한 번 손을 내밀었다. 피카드도 망설
임 없이 팔을 뻗어 자기의 손가락과 나영의 손가락을 포갰다.
따뜻한 나뭇가지 같다고 나영은 생각했다.

"메리 크리스마스."

나영이 천천히 한발 물러섰다.

자몽인들은 느릿느릿한 움직임으로 모여 원을 만들었다.
아슬아슬하게 걸친 목도리와 털모자가 떨어질까 조심하기라
도 하는 것처럼 보였다.

"견인 광선에 저녁 식사를 걸게요."

동욱이 말했다.

"그럼 저는 계단이 내려온다에 한 표. 고전적으로요."

상윤이 손가락으로 우주선에서 지면까지 이어지는 선을
그렸다.

"에이. 물질 전송 장치 정도는 돼야죠."

"그게 가능했으면 진작 데려갔겠죠."

지우의 주장에 동욱이 반론을 제기했다.

"중간에 벽이 있으면 안 된다거나 뭐 그럴 수도 있죠."

지우가 지지 않고 말했다.

동욱이 뭔가를 말하려다 자몽인들이 흩어지는 걸 보고 입을 다물었다. 자몽인들은 두 패로 갈라졌다. 피카드와 파란색이 한쪽, 검은색, 보라색, 은회색이 다른 한쪽이었다. 두 그룹은 대략 5미터의 간격을 두고 멈춰 섰다. 그리고 파란색이 피카드의 주위를 빙빙 돌기 시작했다. 다른 쪽에선 보라색과 은회색이 서로 마주 본 채 원을 그리며 돌았다.

"뭐 하는 거죠? 자몽인식 작별인사 같은 걸까요?"

"춤추는 것 같아요."

상윤과 수빈의 말은 모두 그럴듯하게 들렸다. 어쩌면 두 추측이 동시에 맞을 수도 있었다. 이별의 순간에 포크댄스를 추는 전통이 있을지도 모르는 일이었다. 보라색이 한 손을 들어 하늘을 찌르자 한층 더 춤처럼 보였고 심지어 〈토요일 밤의 열기〉의 실패한 재연처럼 보이기까지 했다. 물론 그건 상상력을 최대한 발휘했을 때의 이야기이고 인간의 기준으로 볼 때는 어디까지나 춤과 행위예술 사이에서 표류 중인 정체불명의 의식에 가까웠다. 두 쌍은 움직이는 모양도 달랐지만, 그보다 속도의 차이가 더 크게 눈에 띄었다. 파란색에 비하면 보라색과 은회색은 거의 슬로우모션처럼 보였다. 그 탓에 은회색과 마주 보며 돌고 있는 와중에도 보라색이 뻗은 손이 한 방향을 향해 고정되어 있다는 것을 뒤늦게야 깨달을 수 있었다. 보라색은 인간은 불가능한 방식으로 관절을 움직이며 몸이 바라보는 방향과 관계없이 손끝으로 항상 같은 지점을 가리켰다. 나영은 눈으로 그 손가락 끝을 좇았다. 살짝 벌어진 구름의 틈 사이로 하얀 점 하나가 희미하게 점멸하고 있었다.

"저게 무슨 별이에요?"

나영이 물었다.

"시리우스요."

두 남자가 동시에 대답했다.

나영은 공통의 한 지점을 중심에 두고 공전하고 있는 보라색과 은회색으로 시선을 옮겼다.

"혹시 시리우스가 쌍성인가요?"

"맞아요."

동욱이 재빨리 말했다.

"우리가 보는 건 시리우스A이고 눈으로는 안 보이지만 시리우스B라는 백색왜성이랑 공전하고 있어요."

백색왜성이라. 나영은 묵묵히 원을 그리며 움직이는 은회색을 바라봤다. 은빛 피부가 유난히 빛나 보였다.

"나영 씨는…."

상윤이 턱을 괴며 말했다.

"저 자몽인이 시리우스를 가리키고 있는 것 같아요?"

나영은 대답 대신 문득 떠오른 생각에 빠져들었다.

"저들이 시리우스에서 왔다는 뜻일까요?"

동욱이 말했다.

"그럼 다른 애들은 뭐 하는 걸까요?"

지우가 물었다.

나영도 바로 그 의문에 빠져 있었다. 피카드 주위를 도는 파란색. 주황색 주위를 공전하는 파란색. 너무 단순해서 아무래도 틀린 것으로 의심되는 답이 떠올랐다.

"파란 애는 지구예요!"

"그럼 저 자몽색 자몽인은 태양일까요?"

수빈과 지우가 각자의 답을 내놓았다. 나영도 동의하는 바였다. 시리우스와 지구. 이게 너희랑 무슨 상관이지? 이게 다 무슨 뜻이지? 그리고. 나영은 가만히 서 있는 검은색을 바라봤다. 네 역할은 뭐지?

나영의 생각을 읽었다는 듯이, 검은색이 위를 향해 팔을 똑바로 들었다. 나영은 검은색의 손가락 끝을 따라 고개를 젖혔다. 당연하게도 거기에는 자몽인의 우주선이 있었다. 사람들의 시선이 자기에게 돌아오길 잠시 기다렸다가, 검은색은 걸음을 옮기기 시작했다. 보라색과 은회색의 곁에서 주황색과 파란색 쪽으로. 시리우스에서 지구 쪽으로. 천천히 걸어가는 검은색을 따라 사람들의 고개도 천천히 돌아갔다. 그때 나영의 눈은 검은색이 아닌 파란색을 향하고 있었다. 파란색이 피카드의 주위를 한 바퀴 돌 때마다 속으로 숫자를 더하고 있었다.

하나, 둘, 셋….

에필로그

땡.

투명한 종소리와 함께 카페 장뤽의 문이 열리고 동욱이 들어온다. 이번에는 문에 부딪히지도 턱에 걸려 넘어지지도 않는다. 찬바람이 따라 들어오며 동욱의 머리를 흩뜨려 놓는다. 동욱이 머리를 흔들어 눈을 가린 머리카락을 정돈하자 그 모습을 본 카페 손님들이 자기도 모르게 숨을 삼킨다. 정적이 지나간 뒤 주디 갈란드의 목소리로 〈Have Yourself A Merry Little Christmas〉가 흐르자 시네필들은 주디 갈란드 주연의 영화 〈세인트 루이스에서 만나요〉 얘기로 돌아간다. 나영이 입 모양으로 잠깐 기다리라고 말하고는 빈 테이블을 가리킨다. 동욱은 자리에 앉아 나영이 커피를 내리는 모습을 바라본다. 기우는 주전자를 따라 동욱의 고개도 기운다. 손님들의 잔이 모두 채워지고 마지막으로 동욱의 커피를 내린 나영이 김이 나는 머그잔을 내밀며 동욱의 맞은편에 앉는다.

"손 좀 녹이고 계세요. 사장님이 잠시 자리를 비우셨어요. 금방 오실 거예요."

"감사합니다. 아직 시간이 좀 있어요."

두 사람은 벽에 걸린 시계를 쳐다본다. 약속 시간까지는 아직 30분 정도 남았다. 동욱은 호랑가시나무 잎사귀와 빨간 열매가 그려진 머그잔을 두 손으로 감싸 쥔다.

"벌써 1년이나 지났네요."

"그러게요."

구석 자리에 앉아 있던 손님이 자리를 정리하며 일어선다. 따라 일어선 나영이 손님을 향해 인사를 한다.

"안녕히 가세요."

묵례로 답을 한 손님이 카페를 나서는 순간 문 위에 달린 작은 종이 소리를 낸다.

땡.

자몽인의 우주선이 떠나기 직전에도 작은 종이 울리는 듯한 소리가 났다. 광화문의 얼어붙은 대기 속으로 뻗어 나가는 그 소리를 들으며 광화문에 있던 수많은 사람들은 저마다 다른 소리를 떠올렸다. 동욱은 차갑고 어두운 방의 가난한 이불 속에서 울리던 토스터 타이머의 벨소리를, 지우는 여름날 오후 혼자 남은 교실의 에어컨 전원 버튼음을, 상윤은 산티아고의 허름한 게스트하우스에서 파블로가 손끝으로 가볍게 때리던 카운터의 차임벨 소리를, 수빈은 생일날 새벽 12시가 되는 것과 동시에 울리던 휴대폰의 알람 소리를, 나영은 200개의 눈동자가 지켜보는 무대 위에서 탈락을 선고하던 벨소리를 떠올렸다.

소리는 마치 그게 자기 일이라는 듯이 사람들의 옛 기억을 땡 땡 두드리고, 다른 소리들의 포위에 항복하거나 파동 에너지를 다 소모하고 사그라들 때까지 사람들을 두드리고 다녔다. 소리와 함께 자몽인들과 자몽인의 우주선도 떠나갔다. 우주선이 사라진 공중의 빈 공간을 통과해, 그제야 나영의 콧등에도 눈송이가 내려앉았다.

자몽인들이 떠난 후 전 세계 사람들은 자몽인이 남긴 메시지를 해석하는 데에 달려들었다. 많은 사람들이 자몽인이 시리우스에서 왔다고 주장하지만 나영은 거기에 조금도 동의하지 않는다. 만약 자몽인에게 지구인에게 알려주고 싶은 정보의 목록이 있다면 자기 고향별의 위치는 그 목록의 가장 끝에 있을 거라고 생각한다. 이번 일로 지구인에 대한 시선이 좀 달라졌을까? 나영은 자기 별로 돌아간 피카드가 은하 구석의 어느 바에 앉아 지구에 대해 이야기할 때 나쁘지 않은 크리스마스였다고 말하길 기대한다. 피카드 선장이 등장하는 〈스타트렉〉의 첫 에피소드에서 피카드는 인류의 폭력성이라는 죄로 미지의 존재 Q가 판사이자 검사이자 배심원으로 있는 법정에 소환당한다. 피카드는 인간이 더 나아질 수 있다는 가능성을 보여주며 그 위기를 가까스로 빠져나오지만 외계의 존재들은 여전히 인류를 의심의 눈초리로 지켜보고 있을 것이다. Q의 재판은 아직 끝나지 않았다. 우주에게 있어 지구인은 그다지 안전한 존재가 아니다. 물론 지구인 그 자신에게도. 나영은 예전에 비하면 이성의 진보를 믿는 편이지만 여전히 지구인이라는 집단의 인간성에 대해서는 회의적이다.

대신 나영은 초광속 이동의 가능성을 믿는다. 검은색이 파란색에 도착할 때까지 나영이 속으로 더한 숫자는 3이었다. 정확히는 셋하고 반이었다. 파란색이 피카드의 주위를 세 바퀴 반 도는 동안 검은색은 보라색과 은회색이 있는 곳을 출발해 파란색에 도착했다. 시리우스에서 지구까지 세 바퀴 반. 시리우스에서 지구까지 3년 반. 나영은 자몽인들이 알려주고 싶었던 게 이것이라고 생각한다. 8.6광년을 3년 반 만에 날아갈 방법이 있다는 사실 말이다. 그 방법이 뭔지는 아무도 모르고 1년이 지난 지금까지도 과학자들은 감을 못 잡고 있다. 하지만 초광속이 가능하다고 믿는 것과 초광속이 가능하다는 것을 아는 것은 완전히 다르다. 이제 인류는 초광속 이동이 가능하다는 것을 알기 전으로 결코 돌아갈 수 없다. 언젠가는 인류도 광속을 넘어 태양계 바깥으로 탐험을 떠날 것이다. 그 미래를 앞당기기 위해 지금도 과학자들은 대전 외곽에 마련된 시설로 옮겨진 우주선을 게걸스럽게 분해하고 있다.

자몽인들이 정말 뭔가를 알려주긴 한 걸까? 처음에 줬던 인상처럼 단지 작별의식이라거나 어쩌면 지긋지긋한 감금에서 벗어나 자기 별로 돌아간다는 기쁨에 겨워 춤이라도 춘 게 아닐까? 이 점에 있어서 나영은 확신을 가지고 있다. 초광속에 대한 힌트는 털모자와 목도리, 스노우볼에 대한 자몽인들의 보답이라는 확신이다. 만약 그때가 크리스마스 시즌이 아니었다면, 잔인한 4월이나 이글거리는 8월이었다면, 그래서 수빈이 자몽인들에게 크리스마스 선물을 주겠다는 생각을 하지 못했다면 자몽인들이 제아무리 너그러운 종족이래도 결코 인간과 뭔가를 나눠야겠다는 생각을 하지 않았을 것이다. 자몽인들은 땅에 침만 뱉고 떠났을 테고 과학자들은 뭘 찾아야 하는지도 모른 채 지식의 바다를 눈앞에 두고도 그 언저리를 떠돌고 있을 게 분명하다.

하지만 수빈이 있었고, 때마침 크리스마스였다. 어쩌면 그게 인류가 내세울 수 있는 최상의 조합이었을지도 모른다. 털모자의 따뜻함, 목도리의 부드러움, 스노우볼의 반짝임 같은 것들이 어떤 방식으로든 자몽인들의 마음을 움직였고 거기에 더해 우리들의 선의가 조금쯤은 전해졌을 거라고 나영은 믿는다. 그리고 자몽인들의 암호와도 같은 연극은 그에 대한 보답으로 우리에게 준 선물이었다고 생각한다. 그것도 아주 끝내주는 크리스마스 선물 말이다.

그리고 수빈은 행운의 마스코트가 맞다. 이 이야기를 하면 수빈은 분명 그런 틀에 박힌 어린이 캐릭터 취급은 사양한다며 분한 표정을 지을 것이다. 하지만 수빈은 행운의 마스코트가 맞다. 수빈이 아니었다면 크리스마스 선물 교환 같은 일은 일어나지 않았을 것이고 자몽인과 인류는 각자 빈손으로 헤어졌을 것이다. 이유는 또 있다. 자몽인들이 초광속이라는 정보를 전달하기 위해 사용한 개념은 매우 단순하다. 가리키기. 흉내 내기. 그것들은 모두 자몽인과 함께한 며칠간 수빈이 수십 번, 수백 번 반복했던 행동들이다. 동욱이 수빈을 나영에게 맡겨둔 내내 수빈은 자몽인에게 손가락 끝으로 단어나 사물을 가리키고 몸을 움직여 그것을 설명하거나 묘사하면서 시간을 보냈고, 자몽인들은 좋든 싫든 하루에 대여섯 시간씩 수빈의 수업을 들어야 했다. 바로 거기에서 자몽인들이 소통의 실마리를 발견한 것이다.

이 모든 게 계산된 일이었다고 말하기는 어렵다. 수빈이 가르치려고 했던 건 손짓과 몸짓으로 지시하는 대상이었지만 자몽인이 그것을 배웠는지는 확실하지 않다. 대신 자몽인은 수빈의 의도, 즉 몸짓의 규칙을 이해했다. 신체언어의 단어보다 문법을 먼저 이해한 것이다. 나영이 아는 한, 단어보다 문법이 쉬운 언어는 신체언어가 유일하다. 신체언어의 기본 문법은 몸과 시간이 전부이고 모든 생명체는 몸 안에서 시간을 타고 흘러간다. 이 점에 있어서 자몽인과 지구인은 꽤 닮아 있다는 걸 나영은 뒤늦게 깨달았다. 하지만 결과적으로, 다행히 너무 늦지는 않았다.

자몽인들이 한국어로 말했던 이유나 그 뜻은 여전히 오리무중이고 시간이 더 주어진다고 해서 그것을 해석할 가능성은 보이지 않는다. 피카드의 그 말들은 아마도 영원한 수수께끼로 남을 것이다. 대신 그 사건은 엉뚱한 방향으로 반향을 일으킨다. 자몽인들이 떠난 후 한국어 열풍이 전 세계를 휩쓴

것이다. 이제 한국인들은 별 준비도 없이 해외로 나가 케이팝 가사로 한국어를 가르치며 쉽게 돈을 벌고 전 세계는 이런 자격 미달의 한국어 교사들로 골머리를 앓는 중이다.

신체언어에서 돌파구를 찾았던 자신의 아이디어가 결정적인 역할을 했으며, 자신이야말로 행운의 신일지도 모른다는 생각을 해본 적도 있다. 하지만 그 생각은 본인에 의해 곧바로 기각당한다. 만약 수빈이 아니었다면 그건 그저 아이디어에 그쳤을 것이다. 그러니까 결론적으로, 수빈은 행운의 마스코트가 맞다. 나영은 오늘 수빈을 만나면 이 이야기를 해줄 것이다. 수빈의 뾰로통한 표정이 벌써부터 기대된다.

최근 수빈의 가장 큰 관심사는 환경 위기에 맞서 정부와 사람들의 변화를 촉구하는 일이다. 수빈의 유튜브 채널에서는 환경 보호를 위한 작은 실천들을 생활 속에 퍼뜨리는 캠페인을 진행하고, 매주 금요일에는 초등학생들이 주축이 된 '기후를 위한 학교 파업'에 앞장서고 있다. 책 리뷰 방송도 꾸준히 진행하는데 가끔 수경이 출연해 SF 소설을 소개하기도 한다. 수경은 수빈의 방송을 보는 수십만 명에게 SF 소설을 추천하면서도 여전히 나영을 만날 때마다 다른 SF 소설을 추천해준다.

나영은 수빈을 볼 때면 가끔 작은 김나영을 보는 것 같아 놀라곤 한다. 김나영의 어린 시절 모습이 아닌, 현재 김나영의 작은 버전. 거기에 더해 나영에게는 없는 타고난 낙천성으로 불확실함 속에서도 방향을 잃지 않는 현명한 아이. 수빈은 나영에게 장래에 과학자와 아이돌이 되는 것 가운데 어느 쪽이 더 세상에 도움이 될지 모르겠다는 고민을 털어놓은 적이 있는데, 나영은 수빈이라면 둘 다 할 수 있다고 믿어 의심치 않는다.

동욱은 본업인 대학원생으로 돌아갔지만 정신없이 바쁜 것은 매한가지다. 졸업 논문을 준비하고 있는 요즘은 특히나 그렇다. 동욱은 논문 주제 후보의 하나로 과학 연구와 실험에 대한 에코 페미니즘적 접근을 염두에 두고 있는데 그 논문을 자신이 존경하고 좋아하는 두 여성, 수빈과 나영에게 헌정하겠다고 선언했다. 그 선언에 나영은 "일단 완성부터 하시죠."라고 핀잔을 놓았다. 동욱이 나영을 좋아하는 방식에 대해서는 지난겨울에 고백을 한 바 있다.

"처음 나영 씨를 데리러 갔을 때, 카페 창문 너머로 나영 씨를 봤을 때부터 첫눈에 반했어요. 엄청 티 났다고 생각했는데, 어떻게 모를 수가 있어요? 저 제대로 걷지도 못했잖아요."

그 자리에서 나영은 참지 못한 웃음을 터뜨리고 만다. 외계인이 아니라 고전 소설에서 튀어나온 듯한 이 사람이야말로 연구할 가치가 있다. 자신 말고. 다른 누군가가.

상윤은 한동안 바티칸에 붙들려 있다가 크리스마스를 며칠 앞두고서야 겨우 풀려나 한국으로 돌아온다. 바티칸에 있는 동안 상윤은 쏟아지는 질문들에 답하는 한편 교회의 과대한 해석에 단호히 저항하느라 종교적 번아웃에 시달렸다. 그사이에 있었던, 자몽인들의 자유와 그것을 위한 사람들의 행동을 강력하게 지지한다는 교황의 성명이 본래의 생각인지 상윤의 영향인지는 알 수 없다. 다만 적어도 이번에는 바티칸의 목소리와 자신의 믿음이 일치했다는 점과 짧은 휴가를 얻어 친구들에게 돌아올 수 있다는 사실에 만족한다.

지우는 이들의 모임에 가장 나중에 들어왔지만(물론 불과 이틀 차이이긴 하지만) 어느새 모임의 중심이 되어 나영과 사람들을 엮어주고 있다. 짧았던 서울에서의 생활을 정리하고 세종시로 돌아간 지우는 성폭력 피해자를 지원하는 부서에 발령을 받는다. 그동안의 일과는 비교가 안 될 정도로 힘들지만, 그 어느 때보다도 자신의 직업에 보람을 느낀다. 상처받은 영혼은 여행에세이로 달래는데, 매번 만족하기보다는 이런 건 나도 쓰겠다며 불평을 해대는 통에 사람들로부터 그럴 거면 왜 자꾸 읽냐는 핀잔을 받는다. 결국 어디 그럼 네가 한번 써보라는 사람들의 응원 아닌 응원에 힘입어 생애 최초의 해외여행을 계획하고는 함께 가자며 나영을 유혹하고 있다. 얼마 전에 일본에서 '미나토치카'라는 이름의 밴드로 활동하고 있는 민아, 치카와 연락이 닿아서 언젠가 만나자는 약속을 했다는 이야기를 지우에게 전했더니 영혼을 팔아서라도 일본 여행을 성사시킬 기세다.

시간이 지났지만 모임은 이어지고 있다. 나영은 모임의 취지는 어떻게 된 거냐고 딴지를 걸고 싶은 욕망을 종종 느끼지만 돌아올 낯간지러운 대답을 예상하고 곧 마음을 접는다. 대신 KFC라는 이름을 매번 걸고넘어지고 그럴 때마다 사람들은 못 들은 척 얼렁뚱땅 흘려 넘기는 레퍼토리를 반복한다. 모임에서는 종종 공통점이라고는 하나도 없는 우리가 어떻게

모이게 됐는지 신기하다는 애기가 화제에 오른다. 나영은 이 다섯 명의 공통점을 하나 알고 있으면서도 절대로 말하지 않는다. 언젠가는, 아마 머지않아 모두가 깨닫게 될 것이고 그때의 흥분을 내심 기대하고 있다. 우주에 지구인 말고 다른 생명체가 존재할 확률과 우연히 만난 한국인 다섯 명이 모두 철 지난 미국 SF 드라마 시리즈의 팬일 확률 가운데 어느 쪽이 더 낮을까? 나영은 가끔 이 질문을 가지고 놀며 즐거워한다.

그리고 아주 가끔 자몽인 생각을 한다. 언젠가 자몽인을 다시 만날 수 있을까를 스스로 묻고 아마 아닐 거라고 대답한다. 자몽인을, 피카드와 일행들을 다시 만나는 일은 두 번 다시 없을 것이다. 나영은 거의 그렇게 믿고 있다. 거의. 나영은 밤길을 걷다 이유 없이 깜빡이는 센서등을 발견하면 그 자리에 멈춰 한동안 그 장면을 바라본다. 저 패턴이 자몽인이 보낸 신호가 아닐까 생각하면서.

땡.

나영과 동욱의 휴대전화가 동시에 울린다. 다섯이 모인 단체 채팅방에 새로운 메시지를 알리는 숫자가 떠 있다.

상윤
저 도착했어요.

다들 어디쯤이세요?

수빈
지하철 내림요.

지우

저 거의 다 왔는데

수빈

꺅!!!!!

지우

얘를 만나서 ㅠㅠ

수빈

언니 어디에요? 저 거기로 갈게요

상윤

저 도착했는데요;;

지우

[데이버 지도]
서울 은평구 녹번동 74-99
http://daver.map/TlnpLt

수빈

ㅇㅇ지금 갈게요!

상윤

저기요…

동욱

ㅋㅋㅋㅋㅋㅋㅋㅋ

저 나영 씨 만나서 같이 갈게요

나영

아직 가게인데 야속시간 전에는 갈 거예요

상윤

정말 야속하네요

나영

…

약속

지우

수빈. 올 때 캔 하나만

수빈

ㅇㅋ

상윤

제 귀국환영회라면서요…

지우

겸 크리스마스파티

동욱

겸 송년회 겸 수빈이 생파

상윤

조용히 있겠습니다.

근데 빨리 오세요.

사장님이 자꾸 쳐다봐요…

"슬슬 출발해야 할 텐데요."

동욱의 말이 끝나기가 무섭게 나영의 엄마가 가게로 들어온다. 엄마의 머리와 갈색 스웨터에 하얀 눈송이가 달라붙어 있다. 나영과 동욱은 그제야 창밖에 함박눈이 내리고 있다는 걸 깨닫는다. 굵은 눈송이가 기척도 없이 펑펑 쏟아지고 있다. 나영은 엄마와 교대하고 앞치마 대신 외투를 걸치고 나온다.

"가요."

가게 밖으로 나온 두 사람은 고개를 들어 눈 내리는 하늘을 바라본다. 코트 속에는 아직 온기가 남아 있고 가게 안의 캐롤이 작게 들려온다.

"또 화이트 크리스마스네요."

동욱이 말한다.

"그러게요."

나영이 여전히 내리는 눈송이를 보며 대답한다.

"아무도 다치지 않기를, 모두가 따뜻한 곳에 있기를 빕시다."

그리고 두 사람은 나란히 걸어간다. 친구들이 기다리고 있다.

〈끝〉

작가의 말

이 소설은 2018년 봄에 시작되어 2021년 겨울에 끝났다. 그 기간에 나는 대체로 슬프거나 화나 있었다. 글을 쓸 때면 과거를 기록하고 현재를 노려보며 바라는 미래를 쓴다고, 쓰고 싶다고 생각한다. 그러니까 여기에는 내가 바라는 미래가 어느 정도는 담겨 있다.

다소 뜬금없지만 넷플릭스 드라마 〈기묘한 이야기〉에서 내가 가장 좋아하는 인물은 스티브 해링턴이다. 그건 스티브가 나 그리고 우리와 가장 닮아 있기 때문이다. 일단 들어보시라. 끝에 가서는 그렇게까지 뜬금없는 이야기는 아니다.

〈기묘한 이야기〉 시즌1 초반의 스티브는 괴물한테 빨리 잡아먹혔으면 좋겠는 사람 탑3 안에 들 정도로 이기적이고 못돼먹은 인간인데 내가 볼 때 사람들은 대체로 이기적이고 못돼먹었다. 물론 스티브는 상류층 백인 남성이고 특히 그 헤어스타일 때문에라도 도무지 동질감을 느낄 수 없는 인물이기는 하지만 하이틴 영화의 전형적인 악인이라고 할 수 있는 그 특징조차 전형적이라는 면에서 우리와 닮은 구석이 있다. 나쁜 사람들은 언제나 독창적이지 못하고 전형적으로 나쁘니까.

하지만 시리즈가 진행되면서 그런 스티브에게서도 좋은 면이 보이기 시작한다. 자신을 희생해 타인을 감싸는 스티브를 발견하게 된다. 스티브 본인의 말을 빌리자면, 과거의 스티브는 지나친 자신감과 멍청함의 잔인한 조합이었지만 머리를 제대로 한 대 맞은 후로 변할 수 있게 되었다. 뭔가를 배우고, 앞으로 기어갈 수 있게 되었다. 천천히. 이 고백을 들으며 나는 거의 울뻔했다.

바로 이것이 내가 슬픔과 분노 속에서 이 소설을 쓰면서도 끝까지 놓치지 않으려고 했던 이야기 같다. 이 엉망인 세상 속에서도 어떤 좋은 점을, 나아질 수 있다는 희망을 발견할 가능성이 있다는 것. 보라. 심사위원들도 이 소설 속에서 뭔가 좋은 점을 발견해내지 않았는가.

이 소설은 원래 한 사람만 볼 작정으로 되어 있었고 작가의 말을 쓰는 지금까지도 내가 알기로는 읽은 사람이 채 열 명이 되지 않는데 어쩌다 일이 이렇게 되어버렸는지 모르겠지만 이것 또한 좋다고 생각한다.

2022년 겨울
김원우

참고 작품 목록

니컬러스 에번스, 《아무도 모르는 사이에 죽다》, 김기혁, 호정은 옮김 (글항아리)

로저 젤라즈니, 〈전도서에 바치는 장미〉, 《SF 명예의 전당 2: 화성의 오디세이》,
  이정 옮김 (오멜라스)

월리스 스티븐슨, 〈Final Soliloquy of the Interior Paramour〉

위저, 〈Wind in Our Sail〉

윌리엄 크로퍼, 《위대한 물리학자 3: 패러데이의 전자기학과 볼츠만의 통계 역학》,
  김희봉 옮김 (사이언스 북스)

최유미, 《해러웨이, 공-산의 사유》 (비)

크리스마스
인터내셔널

초판 1쇄 발행   2022년 12월 25일

지은이	김원우
펴낸이	박은주
편집	강연희
일러스트	김산호
디자인	김선예, 장혜지
마케팅	박동준

발행처	(주)아작
등록	2015년 9월 9일(제2021-000132호)
주소	04050 서울특별시 마포구 양화로 156
	LG팰리스빌딩 1428호
전화	02.324.3945-6 **팩스** 02.324.3947
이메일	arzaklivres@gmail.com
홈페이지	www.arzak.co.kr

ISBN   979-11-6668-707-5 03810